偽りのシスター

横関 大

幻冬舎文庫

目次

偽りのシスター

プロローグ

朝の住宅街に人影はほとんどない。楠見《くすみ》和也《かずや》は運転席のウィンドウを開けて、新鮮な空気を大きく吸った。電信柱にとまった一羽のカラスが、さきほどからけたたましく鳴いている。

時刻は早朝五時を回ったところだった。問題のアパートを見上げる。同僚の二人が二階のある部屋に踏み込んでから、およそ七分が過ぎようとしていた。

きっかけは後輩刑事の野口《のぐち》が摑《つか》んだ情報だった。甲斐《かい》清二《せいじ》という私立探偵が麻薬の売買に関与しているというものだ。たしかな情報であると野口が主張したため、今朝踏み込むことになった。令状はなく、名目上は任意の事情聴取だ。証拠が出てこなければ捜査は振り出しに戻るし、野口の面目も潰れることになる。それでも強行して踏み込むことになったのは、上司である今村《いまむら》の親心みたいなものだろうと和也は推測している。

野口は刑事課に配属されて二年になり、そろそろ手柄を上げておきたい時期だった。だから今村は本来であれば麻薬担当の生活安全課と協議すべき案件を、刑事課強行犯係のごく小人数で処理しようとしていたのだ。甲斐が麻薬を所持していた場合、当然、その手に手錠をかけるのは野口の仕事となる。

さらに二分が経過した。和也は覆面パトカーの運転席から降り立ち、その場で屈伸運動をしながら周囲の様子を窺った。

南品川の住宅街だ。まだ時間が早いせいか、たまにジョギングをするランナーや新聞配達のバイクが通りかかる程度だった。実は和也の住むマンションも同じ南品川で、第一京浜を挟んだところにある。

再び和也は覆面パトカーに乗り込み、引き続き待機する。踏み込んだのは野口と今村で、和也は甲斐が逃走した場合に備えての見張り役だ。

今回の件で一つ気になっているのは、甲斐清二の前歴だ。甲斐は三年前まで警視庁管内で現役の警察官だった。飲酒運転により懲戒免職になっているが、それでも元警察官という肩書に偽りはない。もしも甲斐が麻薬を所持していた場合、元警察官の犯行とマスコミは報道するだろう。そのことについて今村と何度も協議を重ねたが、疑いのある以上、たとえ相手が元警察官であっても容赦するべきではないという至極真っ当な結論に達し、今朝の踏み込みとなったのだった。

右手に持っていた携帯電話が鳴り、すぐに和也は通話ボタンを押した。携帯電話を耳に当てると同時に、怒声にも似た今村の声が鼓膜に突き刺さった。

「甲斐が逃げた。野口から拳銃を奪いやがった。追え、楠見。絶対に甲斐を逃がすな」

和也は迷わなかった。路地の多い住宅街なので、パトカーで追跡するのは賢明ではないと即座に判断する。すぐに覆面パトカーから降り、アパートの裏手に回って走り出した。アパートの裏から飛び出してくる人影が見えた。灰色のシャツを着た男だ。あれが甲斐に違いない。

「待て、甲斐」

和也はそう叫ぶと、男の背中がびくっと震えたように見えたが、男はそのまま細い路地へと逃げ込んでいく。和也は男の背中を追うように、走る速度を落とさないまま路地へと駆け込んだ。

十五メートル、いや二十メートル先を男が背中を向けて走っていた。路地の両側にはブロック塀が積まれており、路面はやや濡れて走りにくい。それでも和也は全力で男の背中を追った。

やがて路地を抜けて、幅五メートルほどの道路に出た。男は北に向かって道路の中央を走っている。一見して通行人の姿はなく、対向車も見当たらない。

和也はアスファルトを蹴った。そのたびに男との差が徐々に縮まっていくのを感じた。男の右手に握られた黒い物体がはっきりと見えたので、和也は走りながら上着の懐に手を入れて、ホルスターから拳銃を抜いた。

男との差は十メートルまで迫っていた。ややつんのめるように男は走り続けている。和也は叫んだ。

「止まれ。おい、止まるんだ」

和也の声に反応したのか、男の走る速度が落ちていく。和也はあまり男に近づき過ぎないように注意しながら、走る速度を遅くして七メートルほどの距離をキープした。相手は拳銃を所持しているため、それを放棄させてから近づくのが鉄則だ。

やがて男が完全に足を止めて、その場で膝に手を置いた。背中が上下に揺れていることから、荒い呼吸をしているのがわかる。和也は両手で構えたまま、親指で拳銃のセーフティロックを解除した。

「まずは拳銃を捨てろ。それからゆっくりとこちらを向け」

男は和也の言いなりにならず、拳銃を右手に持ったまま振り向いた。和也は男の顔を凝視する。

甲斐清二に間違いない。警視庁在籍時代の写真でしか顔を見たことはないが、甲斐清二に違いなかった。警察官であったときより髪が伸び、濃い無精髭を生やしていた。息を整えるように、甲斐は激しい呼吸を繰り返している。

「聞こえなかったのか。拳銃を捨てろと言ったんだ」

甲斐は何も言わず、和也の目を正面から見据えていた。何を考えているかわからない目をしていた。どんよりと曇った目は薬物依存者のそれというより、何かを諦めた者の目のようでもある。

「拳銃を捨てろ。聞こえなかったのか」

甲斐の目を見たまま、和也はもう一度言った。しかし甲斐は無反応で、どんよりとした目でこちらを見ているだけだ。拳銃を持った右手はだらんと下に垂れている。

笑っている？　和也は自分の目を疑った。甲斐の口元に笑みが浮かぶのがはっきりと見えた。撃てるわけないだろ。そんなことを言いたげな笑みだった。甲斐は唇に笑みを貼りつかせたまま、一歩ずつ後退していく。

「逃がすな。甲斐を逃がすな」

背後で今村の声が聞こえた。二つの足音が後ろから迫ってくる。今村と野口が駆けつけようとしているのだ。甲斐が和也の背後に目を向けてから、さらに一歩後ろに下がる。

「止まれ。今すぐ拳銃を捨てろ」

そう言って和也は銃口を甲斐の胸に向けたまま、三歩前に進む。甲斐との距離は五メートルにまで近づく。

そのときだった。下に垂らしていた右手を、甲斐はまっすぐに振り上げようとした。人差し指が撃鉄にかかっているのが見えた。

まさか、撃たれる？

和也の頭の中を思考が駆け巡った。撃たれる前に撃て。いや、まず初弾は威嚇《いかく》射撃だ。天に向かって威嚇射撃をするのが基本中の基本。警察学校でもそう習っただろ。違う、状況を考えろ。そんな悠長なことを言っている場合ではない。

甲斐の右手が水平になるまでの間に、それだけのことが和也の頭の中をよぎり、気がつくと引き金を引き絞っていた。

銃声が鳴り響いた。遠くでカラスの鳴き声が聞こえた。

第一章　弟の苦悩

テレビのプロ野球中継の四回裏の攻撃が終わると、楠見太一《たいち》はよーい、どんといった感じで腰を上げる。これが毎日の太一の日課だ。寸分の狂いもなく、四回裏の攻撃が終わった瞬間だ。

太一はキッチンに向かい、スーパーマーケットの袋から買ってきた惣菜をとり出し、温めるべきものは皿に入れ、ラップをしてから電子レンジに入れる。今日はメンチカツを二個レンジで温めて、冷蔵庫からイカの刺身とトマトを一個とり出して、リビングのテーブルまで運ぶ。再びキッチンに引き返して、今度は冷蔵庫から冷えた缶ビールと同じくきんきんに冷やしたビールグラスをリビングまで運んでテーブルの上に置いた。ソースや醤油などの調味料を用意しているうちに電子レンジのブザーが鳴り、温まったメンチカツと一緒にリビングのテーブルに持っていく。ここまでちょうど一分三十秒が経過したところだ。

太一がテレビを眺めると、広島東洋カープの先発ピッチャーが投球練習をしているところだった。キレのあるストレートがキャッチャーミットに投げこまれていた。

よし、今日も上々だ。

プロ野球シーズンの間、毎日必ず太一は広島東洋カープの試合中継を見ながらビールを飲む。これは日課であり、太一にとって儀式に近い。別に一回表から飲み始めてもいいのだが、それをしてしまうと六回くらいでうつらうつらと眠くなってしまう。この五回表から飲むというタイミングは、太一が長年かけて生み出した絶妙のタイミングだ。仮に延長戦に突入した場合も対応できるし、普段なら缶ビール三本と決めてある酒量も、延長に入った場合のみは一本余計に飲んでもいいという特別ルールが適用されるのだ。

缶ビールのプルタブを開け、グラスの三十センチ上から垂直にビールを注ぐと、半分ほどが白い泡で満たされる。そこで五秒ほど泡が落ち着くのを持ってから、太一はグラスを持って斜めに傾けて、泡とグラスの間に滑り込ませるようビールを注いだ。左手を加減させながら、徐々にグラスを縦にしていくと、泡と液体の比率が三対七という見事なビールが完成した。

ごくりと唾を飲み込む。ここが至高の一時だ。太一がグラスに口をつけようとしたそのとき、玄関でインターホンが鳴り響いた。

誰だろう、いったい。

太一は一瞬だけ悩んだ。インターホンなんか無視してビールを飲みたい誘惑に駆られたが、追い打ちをかけるように二度目のインターホンが鳴ったので、太一は仕方なく立ち上がって、玄関に向かった。

「どちら様ですか？」

そう呼びかけても返答はない。しかしドアの外に誰かいるのは気配でわかった。一応ドアチェーンはかけたまま、太一は小さくドアを開けた。二十センチほどの隙間から、若い女が顔を覗かせた。

「楠見さんのお宅ですよね？」

女にそう言われ、太一はうなずいた。「ええ、楠見ですけど」

この子は何者なんだろう、と太一は訝《いぶか》しんだ。押し売りか何かだろうか。若い頃、英会話の教材を押し売りされて、一年近くローンを支払った経験があるので、ここは警戒すべきだと太一は気を引き締めた。

「押し売りなら勘弁してください。間に合ってますから」

「太一さんですよね？」

「えっ？」

表札には名字が書いてあるだけで、下の名前は書いていない。なぜこの女は僕の名前まで知っているのかと太一は不安になる。

「お願いですから、中に入れてもらえませんか？　少しだけ話を聞いてほしいんです」

「ですから押し売りは結構なので」

「私、宮前麻美《みやまえあさみ》といいます。宮はお宮参りの宮、それから前後の前……」

ドアの向こうで女は必死に喋っている。女の説明を聞きながら、太一は頭の中で宮前麻美という文字を思い浮かべる。宮前麻美。宮前麻美。宮前麻美。どれだけ考えても心当たりはない。まず自分の名前を名乗ってこちらの警戒を解こうという、新手の押し売りの手法なのかもしれない。ここは無視した方がいいだろう。早く戻ってビールを飲みたい。

「すみません、本当に間に合ってますから」

何が間に合っているのか、自分でもよくわからなかったが、太一はドアノブを摑んで強引にドアを閉めようとした。すると宮前麻美と名乗った女が、ドアの間に足を突っ込んで、切羽詰まった口調で言った。

「お願い。ちょっとだけ話を聞いて。五分でいい。私、あなたの妹なの。腹違いの妹なの」

この三十八年間生きてきて、自分に腹違いの妹がいるなど考えたこともないし、想像すらしたことがない。だからドアの向こう側にいる女が腹違いの妹だと主張しても、そうなんですか、どうぞどうぞお入りくださいと歓迎することなどできず、太一は言葉が出せずにいた。そんな太一を無視して、麻美と名乗った女はさらに太一に詰め寄る。

「ねえ、聞いてるの？　私の話。ちょっとくらい中に入れてくれてもいいじゃない」

「妹だなんて……そんな馬鹿な話……」

「楠見太一ってそんなに冷たい男だったわけ？　父さんから聞いてた話と全然違うじゃん」

この子の言う父さんとは、僕にとっての親父である楠見誠《まこと》のことなのだろうか。そんなことを思いながらドアの向こうにいる謎の女性に声をかける。

「頼むから大きな声を出さないでください。ご近所さんに迷惑だから」

「だったら早く開けてよ。開けてくれたら黙るから」

まったくもう……。何がどうなっているんだよ。太一はわけもわからぬまま玄関のドアチェーンを外した。腹違いの妹を名乗るこの子のことが気になったし、玄関先で大声で喋られるのは得策ではないと判断したからだ。

「お邪魔しまーす」

麻美という女は威勢よく言い、ドアを大きく開いて部屋の中に入ってくる。右手に持ったスーツケースを玄関マットの横に置いてから、勝手にヒールを脱ぎ出した。

「えっ？　何で勝手に靴脱いでるの？」

ヒールを脱いだ麻美と名乗る女は、すたすたとリビングの方に向かって歩いていく。

「へえ、意外にいい部屋に住んでるんだね、お兄ちゃん」

意味がわからない。いきなり訪ねてきた女を妹だと認めるわけがないじゃないか。太一はやや声を荒立てて言った。

「これは何の真似？　何かの詐欺？　妹を騙《かた》って僕を騙《だま》そうったってそうはいかないぞ」

振り込め詐欺の妹バージョンではないかと太一は推測した。妹を名乗り、男に接近するのだ。打ち解けたところで金を無心し、そのまま持ち逃げするという犯罪だ。でもどこかおかしい。電話を使った詐欺ならともかく、いきなり訪ねてくるというのはあまりに無謀だ。

「騙すつもりなんてないわよ。私の言うことが信じられないっていうの？」

「当たり前じゃないか。信じられるわけがない。とにかく出て行ってくれよ」

太一は麻美という女に歩み寄り、手を伸ばそうと思ったところで躊躇《ちゅうちょ》した。男だったら腕でも摑んで外に連れ出せばいいだけの話だが、若い女が相手となると事情が違ってくる。触っただけでセクハラ扱いされたらたまったものではない。むしろセクハラだと大騒ぎして金を奪いとるのが目的かもしれないのだ。

「お願いだから」太一は顔の前で両手を合わせた。なぜこちらが下手に出なければいけないのだ。そんな疑問を覚えながらも太一は言う。「お願いだから出て行ってください。ここは僕の部屋なんだ。僕には妹なんていないんだよ」

「まったく……疑り深い男ねえ」

「当たり前だって。ちょっと事情を説明してくれるかな？　考えてもみてよ、いきなり妹だって言われても信じることなんてできないよ、普通」

「えっ？　知らないの？　私のこと」

「知らないってば。だから驚いているんだよ」

テレビの野球中継を見ると、いつの間にか広島東洋カープの先発ピッチャーは一死満塁のピンチを背負ってしまっている。テレビの前で声援を送りたいところだったが、今はそれをしている状況ではない。

「じゃあ説明するね」麻美は胸の下で腕を組んだ。「私の名前は宮前麻美。母親の名前は宮前悦子《えっこ》。父親の名前は楠見誠。二十四年前、二人が愛し合って私が生まれたの。わかったでしょ？」

わかるわけない。太一は麻美という女に言った。

「待ってよ、それだけじゃ何も明らかになってないって」

ここは強く出るべきだ。妹だか何だか知らないが、優柔不断な態度で接するからつけ上がるのだ。太一は両手を腰に当てて腹から声を出した。

「勝手に他人の部屋に上がり込むな。いいから出てけ、出て行ってくれ」

太一は玄関先まで引き返した。玄関マットの横に置かれたスーツケースを持ち上げる。意外と重い。

「急に現れていきなり妹だなんて、そんな嘘に騙されるわけないじゃないか。大体僕を何だと思っているんだよ。伊達に年を重ねているわけじゃないんだから。詐欺を働くならほかを当たってくれよ。僕はそんなに暇じゃない」

玄関のドアを開けて、スーツケースを持って外に出る。

「ほら、さっさと出て行って……」

スーツケースを置いて後ろを振り返っても、あの麻美という女の姿はない。廊下の向こう側に見えるリビングに、ちょこんと座っている女の背中が見えた。おいおい、人の話を聞いてくれよ。

太一は仕方なく再びスーツケースを部屋の中に運び入れてから、リビングに戻る。女の背中を見下ろして言う。

「証拠を見せてくれ。君が僕の妹であるって証拠だ。まずは免許証だ」

女はテレビの画面から目を離さないまま言った。

「免許ない。車なんて必要ないし」

「じゃあ出身地は？」

「川崎」

「ほら見ろ、もう嘘ってことがバレバレだ」

太一は広島生まれの広島育ちだ。大学進学を機に上京し、こちらで就職した。もしも麻美という女が本当に腹違いの妹であるなら、広島出身でなければならない。

麻美は首を横に振った。

「まったく面倒臭いわねえ。そこのところを説明するとね、私の母親はこっちで水商売をやってたわけ。その店で父さんと出会ったみたいよ。父さんって出張でよく東京に来てたんでしょ、私は生まれてなかったからよく知らないけど。二人は恋に落ちて、私が生まれたわけ。戸籍上は私生児ってことになってるみたいだけどね」

父は広島に本社がある大手食品加工メーカーに勤めていて、たしかに月に一度くらいの割合で東京の営業所に出張に行っていた。東京土産の雷おこしを弟の和也と奪い合うように食べた記憶も残っている。本来であれば父に確認すればいいのだが、生憎《あいにく》五年前に急逝してしまっているし、だからといって広島の実家に一人で住む母に確認することなどできるわけがない。父に隠し子がいたなんて、聞いただけで卒倒してしまうだろう。

「ところで何でカープの中継やってんの？」麻美がテレビを見て言った。「しかも満塁だよ、満塁。まずいなあ、これは。いつもと同じ展開だなあ」

「ケーブルテレビだよ。それより君、カープファン？」

「当たり前じゃない。父さんの影響だけどね。私が小学校に上がるくらいまで、東京に来るたびに父さんは会いに来てくれた。神宮球場にカープ戦を見に連れていってくれたこともあるよ。でもお母さんとの関係がうまくいかなくなっちゃって、父さんとはそれきり」

幼い頃、太一もよく父に連れられて広島市民球場に足を運んだものだ。父から影響を受けたものを挙げろと言われて真っ先に思い浮かぶのが、広島東洋カープだ。

「そうそう。これを見れば信じてもらえるかもしれない」麻美はそう言って、ハンドバッグから一枚の紙片をとり出した。「父さんの写真。私の大事な形見なの」

写真を受けとった。写真に視線を落とすと、たしかに父が写っていた。どこかの観光地だろうか。父は小さな女の子と手を繋《つな》いでいた。

「高尾山に行ったときに撮った写真だよ。私が五歳のときかな」

太一はもう一度写真を見る。写真の男が父であることは間違いない。ということは、この子は本当に……。

　麻美はテレビの前にちょこんと座り、野球中継を眺めている。黒いシャツにはキラキラした模様が入っていて、ホットパンツから黒いストッキングに包まれた足が伸びている。茶色い髪はアップにされていて、頭頂部でごちゃごちゃになっている。どこから見ても今どきの女の子といった感じだ。ややメイクが派手だが、可愛らしい顔をしている。たとえば合コンに行ってこの子がやって来たとしたら、大抵の男が心の中でガッツポーズをするだろう。

　この子が腹違いの妹であると完全に信用することはできなかったが、可能性はゼロではないと太一は思った。ただ一つだけ疑問が残った。太一はその疑問を口にした。

「なぜここに僕が住んでいることを知っていたの？」

「調べたからに決まってるじゃない」麻美はこともなげに言う。「ネットで見たの。もう一人のお兄さんの名前をね。あとは簡単よ。興信所に調べてもらって、このマンションに二人が住んでることを知っただけ」

　なるほど、そういうことだったか。太一は合点がいった。

　今から一週間前、弟の和也の名前がインターネット上のニュース記事で報道された。品川警察署の刑事が逃走中の容疑者を撃ち殺すという事件が発生したのだ。実際に容疑者を撃ったのはほかの刑事で、和也は現場にいただけだったらしいが、撃った刑事の名前と一緒に、和也の名前も実名報道されていた。ネット記事といってもその反響は大きく、太一のもとにもマスコミなどから多数の問い合わせが寄せられた。

「まったくもう、先制されちゃったじゃん」麻美が悔しそうに唇を噛む。テレビの野球中継では外野フライの間にタッチアップで一点を先制されていた。「ところで、もう一人のお兄ちゃんは？　ここに一緒に住んでいるんでしょ？」

「忙しいみたいでね、ここ最近は帰ってこない」

事件以来、和也がこの部屋に帰ってくることはなかった。事後処理みたいなもので忙しいようだ。数日前に着替えなどを段ボールに詰め込んで、品川署まで足を運んでみたのだが、家族だというのに受付で追い返されてしまった。一週間が経過してかなり落ち着いたが、現職警察官が容疑者を射殺するという事件は大きく報道されていた。太一も昼間のワイドショーで何度か事件についての報道を目にしていた。

「それより君はなぜここに来たの？」

太一が訊くと、麻美は噴き出すように笑った。

「君って他人行儀だなあ。兄妹なんだよ。麻美でいいよ、麻美で」

「あ……麻美ちゃんはなぜここに来たの？」

「彼氏と喧嘩して追い出されちゃってね。しばらく四谷に住んでる友達の家に居候していたんだけど、たまたまインターネットのニュースでお兄ちゃんの名前を見かけて、同姓同名かもしれないけど、居ても立ってもいられなくなって。私、一人っ子だったから、お兄ちゃんたちに会うのが子供の頃からの夢だったの。来てみたらやっぱりお兄ちゃんじゃん。これは運命だよ、きっと」

「もしかして麻美ちゃん、ここに……」

「そうよ。しばらく厄介になろうと思ってる。問題ないでしょ、兄妹なんだし。よっしゃ、スリーアウト」

麻美は握った拳を前に突き出した。野球中継を見ると、何とか失点を一点に抑えた先発ピッチャーがマウンドから降りていくところだった。麻美は立ち上がり、部屋の中をぐるぐる回り始めた。トイレやバスルームのドアを開けたり閉めたりしている。やがて麻美は一枚のドアの前に立ち止まり、こちらを振り向いて言った。

「この部屋、使ってないみたいだから、ここが私の部屋ってことで」

まったくどうなっているんだ。太一は深く溜め息をついた。いきなり腹違いの妹が現れ、しばらく居座るつもりだと主張しているのだ。こんなとき和也がいてくれたら、何かいいアイデアを出してくれるだろうと思ったが、和也にしても突然の妹の出現に驚くはずだし、途方に暮れるのは自分と似たり寄ったりかもしれないと思い直した。

テーブルの上には手つかずの料理が残っていた。泡が完全に消え失せたビールを口に運ぶと、ビールはすっかりぬるくなってしまっている。

「お弁当、温めますか？」

レジの店員にそう訊かれ、楠見和也は答えた。「ええ、お願いします」

東品川のコンビニエンスストアだ。ここで夕食を買うのが最近の日課になってしまっている。もう一週間も自宅マンションには帰っておらず、下着や靴下もこのコンビニエンスストアで購入している。

釣り銭と温めてもらった弁当の袋を店員から受けとり、和也は店を出た。歩道橋を渡り、ちょうどコンビニエンスストアの真向かいにあるビジネスホテルに入った。

「お帰りなさいませ」

すでに顔なじみになってしまったフロントの男が、和也の存在に気づいて頭を下げてきた。和也は目だけでうなずいてから、フロントの前を横切ってエレベーターに向かう。ボタンを押して、一階に止まっていたエレベーターに乗り込み、七階のボタンを押す。

このホテルに泊まっているのは和也の意思によるものではなく、すべて署の命令によるものだ。宿泊代も署の経費から落ちている。マスコミ対策を謳《うた》っているが、和也にとっては軟禁に近い状態だ。

七階でエレベーターを降りた和也は、左に折れて廊下を進む。七〇五号室が和也にあてがわれた部屋だ。最初にここにチェックインしたときには見張りの制服警官が二十四時間態勢で部屋の前に立っていた。外部の者と接触しないように警戒してのことだった。しかし見張りの制服警官は三日前に引き揚げ、今は監視態勢は解かれていた。

カードキーを差し込んで中に入る。和也がいないうちに室内はホテル清掃員の手により綺麗に片づけられていて、テーブルの上に残してあった空き缶も撤去されていた。ベッドのリネンも新しいものに交換されている。

ベッドに座り、和也は買ってきた缶ビールを開け、半分ほど一気に喉に流し込んだ。弁当を温めてもらったはいいが、食欲はまったくといっていいほどない。

眠れない夜が続いている。アルコールの力に頼って眠りに就くことが多く、酒の量が増えたことは間違いない。

ここに軟禁されるのも今日が最後だった。明朝のチェックアウトと同時に帰宅を許されていた。騒ぎが一段落していたし、過熱していた報道も下火になりつつあったからだ。

ビールを飲み干して、缶を握り潰す。ちょうど正面に備え付けの小型液晶テレビが置いてあり、そこに自分の顔が映っているのが見えた。部屋に入って一週間、まだこのテレビを点けたことはない。

和也は弁当の入った袋を手に立ち上がり、再び部屋を出た。廊下を歩き、エレベーターの前を通り過ぎ、さらに奥に進む。一番奥の七三〇号室の前で立ち止まった。

ドアをノックする。しばらく待っても応答はない。分厚いホテルのドアのため、中にいる人の気配が伝わってくることはない。テレビの音声なども聞こえなかった。

この部屋にいるのは後輩刑事の野口だ。上司の今村も同じフロアの部屋に泊まっている。今村と和也は完全とは言えないまでも職務に復帰しているが、野口だけはそれを許されていない。毎日のように取り調べや打ち合わせ、現場検証などに引きずり回され、ホテルと警察署を往復するだけの日々を送っている。甲斐を射殺したとされている野口に、自由と呼べる時間はほとんどないのだ。

もう一度ドアをノックしてみたが、やはり応答はなかった。携帯電話を鳴らしてみようと思ったが、それはやめにした。ドアノブに弁当の袋を引っかけて、廊下を引き返す。野口にしたって食欲はないのが当然だろうが、何かしてあげたいという思いが強かった。野口の胸中を推し量るだけで、胸が締めつけられるように痛かった。

再び自分の部屋に入り、バスルームに向かった。バスタブに湯を張るために蛇口を回し、湯を出しっ放しにしたままバスルームを出て、二本目の缶ビールを開ける。ウィスキーの出番はもう少し先だ。

明日の朝、ようやく帰宅できるが喜びなどない。今村も和也と同様に帰宅許可が出ているが、野口はまだ当分帰宅を許されることはないだろう。明日以降もホテル住まいを強《し》いられることになるのだった。

ベッドサイドにテレビのリモコンが置かれている。試しにリモコンを手にとって、テレビを点けてみると、騒々しい笑い声が聞こえてきた。それだけで気持ち悪くなって和也はテレビの電源をオフにした。

太一は朝の七時三十分に目が覚めた。隣の部屋に麻美が眠っていると思うと緊張して眠れないのではないかと不安だったが、ベッドに入った途端に爆睡してしまった。

ベッドから抜け出して、リビングに向かう。キッチンに麻美の姿があった。パンの焼けるいい匂いが漂っている。

「おはよう。もうすぐ朝ご飯できるから、ちょっと待ってて」

「朝ご飯……」

そうつぶやいてから、太一は洗面所に向かって顔を洗った。洗面台の歯ブラシを入れる穴には、太一と和也の歯ブラシと並んで、見慣れないオレンジ色の柄の歯ブラシがささっている。太一の整髪料の隣には、こちらも見慣れないボトルが見える。ラベルを見ると、クレンジングオイルと書いてあった。あの子、本気でこの部屋に居座るつもりなのかもしれない。

洗面所の隣のトイレに入って用を足す。いつもなら盛大に喉を鳴らして痰《たん》を吐いたりするのだが、もしも麻美に聞かれたら恥ずかしいなと思い、遠慮することにした。トイレから出てリビングに戻ると、テーブルの上に豪華な朝食が並んでいる。

大きな皿に大量に盛られたサラダとハムエッグ、コーンスープと焼き立てのパン、鍋敷きの上に置かれたフライパンにはパスタが山盛りになっている。

「早く食べよう、お兄ちゃん」

そう言って麻美は箸をとった。いただきますと両手を合わせてから食べ始める。太一もそれにならい、箸をとった。まずはサラダから食べる。旨かった。うちの冷蔵庫に置いてあったドレッシングの味だと思うが、どこか奥深さがある。

それにしても豪勢な朝食だ。まるでホテルの朝食バイキングのようだと太一は思う。普段の冷凍ご飯をレンジで温めて、納豆をかけて食べるだけの質素な朝食に比べると、革命的だといっても過言ではないだろう。

「それにしてもいいマンションに住んでるね。ここって家賃も高いんでしょ？」

パンを頬張りながら麻美が訊いてきた。

目の前に腹違いの妹がいるということに、まったくといっていいほど現実感が湧かなかった。夢を見ているのかもしれないと思ったが、テーブルに並ぶ料理も本物だし、夢だとしたら食べているサラダの味もリアリティがあり過ぎる。

「ねえ、私の話、聞いてる?」

「あっ、ごめんごめん。このマンションは賃貸じゃないんだ。買ったんだよ、十五年前に」

職場の先輩に勧められ、四十年ローンで購入したマンションだ。一人暮らしには広すぎると最初は渋っていたのだが、いずれ家族ができればちょうどよくなると先輩に説得され、購入してしまった。十五年たった今でも家族はおろか、恋人さえできなかったが、四年前に弟の和也が転がり込んできた。品川警察署に配属されることになったからだ。ここからなら品川署まで歩いていける距離だ。

「へえ、すごいね、お兄ちゃん。じゃあ家賃ただなんだ」

家賃はないが、ローンは残っている。それを説明するのも億劫《おっくう》だった。

「それより麻美ちゃん、そのお兄ちゃんって呼び方、どうにかならないかな? むずむずするんだよね、呼ばれるたびに」

「ちなみに弟には何て呼ばれてるわけ?」

「和也は僕のことを兄貴って呼ぶ」

「じゃあそれで行こう」麻美は笑って言った。「もっと食べろよ、兄貴。残したら承知しないからな」

そのとき玄関の方で音が聞こえた。ドアのロックが外される音だった。しばらくすると足音が聞こえ、和也がリビングに入ってくる。麻美の姿を見た和也は、その場で凍りついてしまったように動かなくなってしまった。

「おかえり、和也。一週間振りだな」

「た……ただいま。兄貴、この子……まさか……」

こんなに朝っぱらから事情をかいつまんで説明するのも面倒だったので、太一はあえて何も説明せず、和也の想像に任せることにした。

「まあな」

「お邪魔だったな。着替えをとりに来ただけだから、すぐに出て行くよ」

和也はそう言って自分の部屋に入っていった。少し和也が痩せたような気がした。無理もない。一週間も帰宅できなかったのだ。精神的にも肉体的にも疲労が蓄積されているのだろう。

しばらくして自室から出てきた和也に麻美が声をかけた。

「ね、ねえ、一緒に食べようよ。たくさん作ったから」

その声はわずかに緊張しているようだった。もう一人の兄と対面できたことに感激しているのかもしれない。

「いや、俺はいい。食欲ないから」

「遠慮しなくていいんだって」麻美は立ち上がり、和也の背中を押すようにして椅子に座らせた。「食べよう。家族三人水入らずで」

「家族って兄貴、もうすでに……」

「まあな」

「いや驚いたよ、まったく」和也はそう言って、麻美がグラスに注いだ牛乳を一息で飲み干した。「本当に驚いた」

「ところで和也、少しは落ち着いたのか?」

太一が訊くと、和也はわずかに表情を硬くした。

「ああ。いろいろ心配かけてすまなかった」

あまり事件について語りたくない様子が和也の表情から見てとれたので、太一はそれ以上追及せずに、手元にあったパンを口に運んだ。麻美が自分の分のハムエッグと一枚のパンを和也に渡す。最初は気乗りしない感じで食べ始めた和也だったが、徐々にエンジンがかかってきたのか猛烈な勢いで食べ始める。フライパンのパスタにまで手を伸ばしたので、太一も負けじとフライパンからパスタをとる。あっさりとしたトマト風味のパスタは美味しかった。

携帯電話の着信音が聞こえた。女性ボーカルの歌声だった。麻美が携帯電話を手に立ち上がり、洗面所の方に向かっていく。「もしもし？　今は大丈夫。あのさ、そっちに置き忘れたものがあるんだけど……」

「あの子、名前は？」

麻美の姿を目で追いながら和也が訊いてきた。

「麻美。宮前麻美」

「ふーん、いい子じゃないか。兄貴にしては上出来だよ」

麻美が腹違いの妹であることを和也に告げようと思った。大事な話だし、先延ばしにできる問題でもない。

「和也、ちょっと話があるんだ」

「悪い。夜にしてくれ。すぐに行くから」

和也はティッシュペーパーで口をぬぐっている。テーブルの上の料理はほとんどが食べ尽くされている。

「お前、食欲なかったんじゃなかったか？」

「食べ始めたら止まらなくなった。久しぶりにものを食った気がする。ところで兄貴、時間は大丈夫なのか？」

時計を見ると八時をすでに回っていた。出社時刻は朝の八時三十分なので、いつもならばすでに家を出ている時間帯だ。急に和也が帰ってくることを想定していなかった。太一はとり繕うように弁解した。

「取引先に直接向かう予定なんだ」

「ふーん、そうか。じゃあ俺行くから。あの子のことは夜にでもゆっくり話を聞かせてくれ」

和也は立ち上がり、太一の背中を軽く叩いてから部屋から出て行った。入れ違いに戻ってきた麻美が言う。

「あれ？　下の兄貴は？」

「仕事に行ったよ。あいつ、忙しいみたいだから。僕もそろそろ仕事に行かなきゃならないけど、麻美ちゃんはどうする？」

「まだ荷物を友達の部屋に残したままだから、それをとりに行ってくる。私、今は四谷の友達のところに居候しているから」

麻美が本気でここに暮らそうとしていることは、その言動からも明らかだったが、出ていけと追い出すのはあまりにも可哀想だ。まあどうにかなるだろうと太一は楽観して、麻美が淹《い》れてくれたコーヒーを啜《すす》った。

誰にでも秘密がある。それは四年間一緒に暮らす兄弟でもだ。むしろ兄弟だからこそ、打ち明けられない秘密というものだってあるはずだ。

太一はスーツを着て、マンションを出た。通常であれば最寄りの京浜急行線の新馬場駅から電車に乗って通勤するのだが、太一は駅を素通りして公園に向かった。

公園の名は南品川公園といい、それなりに大きな公園だった。中央に噴水があり、噴水をとり巻くようにベンチが設置されている。砂場やすべり台といった子供用の遊び場も充実していて、午前中の早い時間から近所の奥様たちが子供を連れて訪れることを太一は知っている。

太一は半年前に長年勤めた自動車タイヤメーカーをリストラされていた。不況の煽《あお》りを受けて業績が悪化したのを理由に、全国で五百人の従業員のリストラが決行され、太一はその対象となったのだ。自分がリストラされると聞いたとき、まあ仕方ないなと太一は半ば諦め気味に思ったものだ。

二十代の頃には太一は営業部で働いていたが、そこでは思うような結果が出せなかった。温厚な平和主義者という性格が災いして、生き馬の目を抜くような営業の世界に馴染めなかったからだ。社内のいろいろな部署を転々として、最終的に太一が辿り着いたのが施設管理部で、全国各地にある社員寮や保養所を管理する仕事だった。寮に備え付けのエアコンを新しくするために電器屋に見積もりを依頼するとか、熱海の保養所の水道管が壊れたから業者を手配するとか、そういう仕事だった。別に一人の正社員が担当しなくてもいい仕事で、リストラされても仕方のないほどの閑職だった。

リストラされたことは和也には話していない。特に隠すつもりもなかったのだが、言い出すタイミングを逃してしまい、今に至っている。毎朝意味もなくスーツを着るのもつらいところだが、定期的にハローワークに足を運ばなければならないし、一週間に数回は面接も受けている。朝型の生活パターンを守るという意味でも、出社する振りをするのも悪くないと太一は考えるようになった。電車代を節約するために一駅くらいは歩くようになり、以前よりも健康的になったくらいだ。

早期退職ということもあり、幾ばくか上乗せされた額の退職金が出たので、リストラされた半年前にはそれほど金銭的な不安を感じなかった。雇用保険も支給されているが、ここ最近になってようやく仕事がないという現実に焦りを感じ始めていた。ハローワークに行けば割と条件のいい非正規雇用の仕事を斡旋《あっせん》してくれるが、一度非正規になってしまうと正規雇用への意欲がなくなるという話も耳にする。まだ三十八歳だし、これから先の人生も長い。次こそは骨をうずめるような仕事を見つけたいと思いつつ、気がつくと半年間が経過していた。

太一はバッグからビニール袋をとり出した。中にはパンの耳が入っている。朝食の残りものだ。パンの耳をちぎって投げると、そこら中から鳩が集まってくる。パンの耳を投げながら、太一は顔を上げて公園の中を観察した。

九月も半ばを過ぎ、真夏に比べて公園での一日も過ごしやすくなった。真夏の炎天下は拷《ごう》問《もん》に近く、さすがに太一も一日中公園で過ごすのは諦め、近くの図書館に退避したものだ。これから秋が深まるにつれ、より快適な公園ライフが送れるはずだ。

もう半年間もここに通っているため、太一は自分がこの公園のレギュラーであるという自覚を持っている。太一のほかにレギュラーは数人いて、たとえば空き缶を拾うホームレスのおじさんもそうだし、芝生の上で一人で太極拳をやっているおばさんもそうだ。一週間というブランクがあっても、ほとんどのレギュラーが変わらずに公園に来ていることに太一は安《あん》堵《ど》した。

太一の斜め前のベンチに見知らぬ顔が見えた。白いワイシャツに紺のズボンをはいた少年だった。中学生くらいだろうか。ベンチの前に自転車を停め、本人はイヤホンをして音楽を聴いているようだ。お節介かもしれないと思ったが、太一は立ち上がった。歩くのに鳩が邪魔だった。

少年の前に立ち、太一は声をかけた。

「ねえ、ちょっといいですか？」

自分の前にできた影に気づいたのか、少年は顔を上げた。不審そうな表情で太一の顔を見上げている。イヤホンを外した少年に向かって言う。

「このベンチ、あの人が座るベンチなんだ」太一は芝生の上で太極拳をやっているおばさんを指でさした。「いつもあの人がここに座るんだ。僕は太極拳おばさんって呼んでいるんだけどね。別に決まっているわけじゃないし、ルールがあるわけでもないけど、できればほかのベンチに移ってもらえないかなって思ってね」

「知りませんでした、すみません」

少年はぺこりと頭を下げた。まだあどけなさの残る顔つきをしている。素直そうな男の子だ。

「僕の隣のベンチに来ればいい。昼になったらＯＬの女の子がランチを食べに来るけど、それまでは誰も座らないから」

太一はそう言って自分のベンチに引き返した。少年は立ち上がり、自転車を押して太一の隣のベンチに移動した。

「ここは今日が初めて？」

太一は隣のベンチに座る少年に訊いた。言っていて自分が可笑《おか》しかった。まるでスナックのママみたいな台詞じゃないか。

「いえ、昨日からです」

少年は素直に答える。今日は平日だし、少年自身も制服っぽい服装をしていることから、おそらく自分と一緒だろうと太一は推測した。不登校という言葉くらいは太一も聞いたことがある。

「餌、あげてみる?」

太一がビニール袋を掲げると、少年が嬉しそうに笑った。「いいんですか?」

「うん。構わないよ」

太一は手を伸ばして少年にビニール袋を渡した。少年が慎重な手つきでビニール袋からパンの耳を出して、自分の足元に投げる。太一の前で群れをなしていた鳩たちが、こぞって少年のベンチに移動していった。

「よう楠見、いろいろ大変らしいじゃないか」

和也が歩いていると、後ろから声をかけられた。二年前まで刑事課にいた同僚だったが、今は生活安全課にいる男だった。和也は素っ気なく答えた。「ああ、まあな」

「野口の奴、かなり凹んでいるらしいな。落ち着いたら飯でも行こうぜ」

「そうだな。それもいいな」

男と別れ、和也は刑事課のフロアに入った。特に大きな事件も起きていないため、強行犯係の面々はほとんどが自席にいた。和也も自分の席に座り、自動販売機で買ってきた缶コーヒーを一口啜ってから、読みかけの報告書を開いた。

連続銀行強盗事件の報告書で、現在品川署に捜査本部が置かれている事件でもある。一ヵ月に一度の割合で都内の三つの銀行が襲われ、二千万円近い被害総額を出している事件だ。似たような手口ではあったものの同一犯である確証が得られなかったが、一件目と三件目で使用された逃走車輛の内部から同一の毛髪が採取されたことから、三件の合同捜査本部が設置される運びとなった。最初に襲われた銀行が品川署の管区内であるため、品川署に捜査本部が置かれている。警視庁からの捜査チームが品川署の捜査本部に常駐しており、和也たちも捜査を担当している。

報告書には直近の犯行で逃走に使われた車について書かれていた。やはりこれまでの犯行と同じく盗難車を使用しており、車内には犯人特定に繋がる痕跡は一切残されていないようだった。

報告書を閉じたところで、フロアに入ってきた課長に呼ばれた。

「今村、それから楠見。ちょっといいか？」

斜め前に座っていた今村と一瞬だけ視線を交わしてから、和也は席を立った。課長に連れていかれた先は、同じフロアにある会議室だった。この一週間、何度この会議室の中に入ったか数え切れないほどだ。

会議室で待っていたのはスーツ姿の二人の男だった。二人は警視庁の捜査員で、甲斐清二射殺事件の担当捜査員だ。総務部という所属からも、彼らが甲斐清二射殺事件の捜査というより、マスコミ対策や今後の対応策を含めた、ある種の火消し役を命じられていることは想像がついた。

「お越しいただきありがとうございます。今日は今後のスケジュール的なことをお二人にもお話ししておこうと思います」銀縁の眼鏡をかけた男の方がそう切り出した。「被害者遺族に現時点で動きはありませんが、告訴もあり得ると想定し、それに対応していくのが肝要でしょう」

死んだ甲斐清二には家族があった。妻と子供が一人だ。甲斐の自宅は戸越にあり、南品川に事務所としてアパートを借りていた。甲斐は朝のジョギングを日課としており、その途中で必ず事務所に立ち寄っていた。一週間前のガサ入れは、その甲斐の習慣を狙ったものだった。

銀縁眼鏡の男が続けた。

「もしも刑事裁判になった場合、おそらく検察側の求刑は懲役六年といったところでしょう。容疑は殺人と特別公務員暴行陵虐致死です。対する我々は何としてでも無罪を勝ちとらなければなりません」

　甲斐清二の遺族が訴訟を起こすか否かは、今後の成り行きを見守っていくしかない。まだ和也自身は甲斐清二の遺族と顔を合わせていないし、今後もその機会が訪れることはなさそうだった。甲斐清二には離婚歴があり、二十年ほど前に離婚しているようで、前妻と一人の子供が川崎市に住んでいるようだったが、現在は交流は皆無という報告が上がっていた。

「野口巡査には殺意もなく、発砲にも違法性はない。さらに甲斐清二は公務執行妨害の現行犯です。そのあたりを主張していくしか方法はありません。できれば甲斐清二から麻薬の陽性反応でもでてきていれば、勝手が違っていたのですが」

　甲斐清二が麻薬の密売に関与していた、もしくは常習者であったのなら、裁判員の心証もかなり左右されるはずだが、死んだ甲斐清二の遺体からは麻薬の陽性反応は検出されなかった。さらに事務所を捜索したところ、麻薬を所持している形跡も見られなかった。現在も甲斐の周辺を捜査員が洗っているが、まだ甲斐が麻薬の密売に関与していた証拠は浮かび上がってこない。野口はガセネタを掴まされたということになる。

「すべて俺のせいだ」ずっと黙っていた今村が腹立たしげに言った。「俺が拳銃を奪われたりしなかったら、野口だってあんな目に……」

それを見て、警視庁の二人の捜査員が顔を見合わせる。銀縁眼鏡の男が諭すように言った。

「事実は事実です。そこは受け止めましょう。裁判になればお二人も法廷に立つことになるはずです。近日中に報告書が出来上がると思いますので、ちゃんと目を通しておいてください。証言に矛盾があると検察側の追及の的になりますので」

事件から一週間がたち、その間に何度も現場検証が繰り返されていた。当然、和也もその場に立ち会ったし、今村と野口も同様だ。

銀縁眼鏡の男がテーブルの上に書類を何度か落として、角を揃えた。話は終わり。そんな雰囲気を見てとったのか、今村が訊いた。

「それで勝ち目はあるんでしょうか？　野口は無罪になるんですよね？」

「負けるつもりはありません」銀縁眼鏡の男が微笑みを浮かべて言った。「ただ裁判では何が起きるかわかりません。現時点では六対四の割合で我々に勝ち目があると踏んでいます。今後も入念なミーティングを重ね、何としても野口巡査の無罪を勝ちとりましょう。そのために我々が出向いているわけですから」

二人の捜査員は立ち上がり、部屋から出て行こうとした。居ても立ってもいられなくなり、和也は二人の背中に声をかけた。

「教えてください。野口はどうしているんでしょうか？　あいつは大丈夫なんですよね？」

ドアの前で立ち止まり、銀縁眼鏡の男が言った。

「彼は警察官として適切な行動をとりました。しかしどんなにタフな人間であっても、人を撃ち殺したというショックから立ち直るのには時間がかかるものです。メンタル面の回復はまだまだ先になると思います」

ホテルの部屋で一人、塞《ふさ》ぎ込んでいる野口の姿が目に浮かんだ。二人の捜査員が会議室から出て行き、今村と二人きりになる。

「今村さん、やはり……」

和也は声を発すると、今村がそれを制した。

「何も言うな、楠見。撃ったのはお前じゃない。野口なんだ」

眩暈《めまい》がした。ここ数日、頻繁に眩暈が起こる。そしてフラッシュバックのようにあのときの光景が脳裏に浮かび上がるのだ。

和也は目をきつく閉じた。

銃声と同時に和也の頭の中が真っ白になった。気がつくと甲斐清二が仰向けに倒れており、背後から走り寄ってくる足音が聞こえた。振り返ると今村と野口の姿があった。

「大丈夫か、楠見」

そう言いながら今村は拳銃を低く構えたまま、倒れた甲斐清二のもとににじり寄った。甲斐が右手に持った拳銃を足で排除してから、膝をついて甲斐の首のあたりに手を置いた。

「息はない。野口、すぐに救急車を呼べ。それから署に連絡だ」

「は、はい」

青白い顔で野口が返事をして、すぐに携帯電話で救急車を呼び始めた。和也は三歩前に出て、上から甲斐清二の遺体を見下ろす。

甲斐は驚いたような表情で目を見開いていた。撃った弾は心臓を直撃したようで、灰色のシャツの胸のあたりが紫色に染まっている。まだ実感が湧かなかった。

俺が……俺が殺してしまったのか……。

撃たなかったら、逆に撃たれていたんだ。俺は悪くない。正当な行為なんだ。和也は自分に言い聞かせたが、それを否定する声が頭の隅から聞こえた。本当か。本当にほかに手段はなかったのか。もっと説得するべきだったのではなかったか。いや、違う。あいつの目を見たはずだ。追いつめられた男の目をしていた。説得に応じるような態度ではなかったんだ。

相反する声が、和也の頭の中を駆け巡った。野口が署に応援を要請している声が、耳を素通りしていく。

「おい、二人とも話がある」

今村の声で我に返った。携帯電話を胸ポケットにしまいながら、野口が近づいてきた。

「すみません、先輩。俺が拳銃を奪われていなかったら……」

「時間がない。二人ともこっちを向け」厳しい口調で今村が言った。「あと十分、いや八分程度で救急車が到着するはずだ。それより前に話しておかなければならないことがある。甲斐が死んだのは銃を奪われた野口に責任がある。異存はないな、野口」

今村にそう言われ、野口はうなずいた。「ええ。その通りです。責任は俺にあります」

和也は外で見張っていたため、甲斐の事務所の中で何が起こったのかわからない。それでも想像くらいはできた。隙を見せた野口を甲斐が襲い、拳銃を奪って逃走したのだ。おそらく今村は別の部屋を捜索中だったのではないか。

「甲斐を撃ったのはお前だ、野口」

一瞬、今村が何を言っているのか理解できなかった。やがて今村の言葉の真意を悟り、和也は思わず声を発していた。

「ちょっと待ってください、今村さん。そんなことって……」

「俺は本気だ、楠見」今村が正面から和也の目を見つめていた。「責任が野口にあるのは間違いない。それにお前のためでもあるんだぞ。半年前の一件を忘れたわけではあるまい。もしも裁判沙汰にでもなったら、必ずあの一件がお前の足を引っ張ることになる」

半年前の一件とは、野口と組んで窃盗犯の自宅に乗り込んだときのことだった。和也が逮捕状を見せても男はそれを破り捨て、頑なに抵抗した。男と揉み合いとなり、和也は男の顔面を殴打して全治二週間の怪我を負わせた。それを知った相手の弁護士が騒ぎ立てたのだ。和也は厳重注意を受け、十日間の謹慎を言い渡された。

「発砲には正当な理由がある。だが楠見、お前の場合、半年前の一件も考慮され、重大な処分が下されるかもしれない。俺はお前を助けたいんだ」

和也は口を開けて、今村の顔を見つめた。本気で言っているのか。

「わかりました。撃ったのは俺です」

野口が前に出た。和也は野口の青白い顔を呆然と見つめた。「野口、お前……」

「俺の責任です。すべて俺が被りますから」

野口が両手を出し、和也の手から拳銃を奪いとった。野口は奪った拳銃のグリップをハンカチで拭いてから、しっかりと右手でグリップを握る。セーフティロックをかけ、引き金に指を置いた。

「幸いなことに目撃者もいない。俺が見たところ通行人もいなかったしな。仮にどこかのアパートの窓からあの瞬間を目撃したものがいたとしても、楠見と野口は似たような背格好だ。見分けがつけられることもないだろう」

　今村の言葉を受け、和也は半ば呆然としながら周囲を見渡した。たしかに早朝の住宅街に人の気配はない。一本奥まった通りのせいだろう。今も通りには通行人はおらず、二百メートルほど向こうからジョギングをするランナーがこちらに向かって走ってくるだけだ。あたりの住宅も静まり返っていて、カーテンが開いている窓も少ない。それでも銃声を聞きつけたのか、玄関前からこちらを覗き込むようにしている主婦の姿が三人ほど見えた。

「時間がない。口裏合わせだ」今村が言った。遠くから救急車のサイレンが聞こえてきた。

「甲斐の事務所に踏み込んだのは俺と楠見。野口は外で見張っていた。俺が拳銃を奪われ、甲斐が逃走し、外にいた野口が追いかけた。甲斐が拳銃を向けてきたため、野口が発砲した。これが今朝起きたすべてだ」

　右手に拳銃を手にしたまま、野口がうなずいていた。顔は蒼白だが、目だけはやけに血走っている。今村が腰を屈めて、アスファルトに落ちていた拳銃を拾った。怪訝《けげん》そうな顔をしながら若い男のランナーが走ってくる。男が通り過ぎるのを待ってから、今村はスーツの袖で拳銃のグリップを握り、それをもう一度甲斐の手に握らせた。

「やっぱり無理ですよ」和也は今村に向かって言った。「絶対に隠し通せるはずがありません。硝煙反応を調べられたら一発でアウトです。ここはやはり……」

「撃ったのは野口。しかも現場にいた別の二名の警察官がそれを目撃している。硝煙反応まで調べたりしないと思うが、念のために上着だけは交換しておいた方が無難だな」

今村の言葉を受けて、野口がスーツの上着を脱いだ。和也のものと似かよったダークグレーのスーツだ。それを和也に向かって寄越してくる。野口、本気なのかよ――。

拳銃は個々で管理するものではなく、すべてが署の備品だ。通常であれば誰がどの銃を持ち出したのか、正確に記録される。ただ今日に限っていえば、ガサ入れが早朝だったこともあり、野口が代表して昨夜のうちに二丁の拳銃の持ち出し申請を行っていた。だから和也と野口が拳銃を交換したところで、その真相を知る者は今村以外には存在しない。

「そろそろだな」今村が立ち上がった。「野口、心配することはない。お前は正当防衛を認められるはずだ。絶対に罪に問われることはない」

「わ、わかりました」

野口が消え入るような声で言った。和也はもう一度甲斐の遺体を見下ろす。生気のない顔がこちらを見上げている。突然、言いようのない不安に襲われた。間違ってる。こんなのは間違ってる。撃ったのは俺なのだ。

「今村さん、俺には無理です。野口に罪をなすりつけるような真似、俺にはできません」

「今さら何を言う、楠見」

「撃ったのは俺なんです。俺が罪に問われるべきだ」

「いいんですよ、先輩」野口が口を挟んだ。口元には諦めたような笑みが浮かんでいる。

「いつも俺はお二人に助けられてきました。たまにはかっこつけさせてくださいよ、先輩」

今年で三十歳になる野口は、刑事課に配属されてまだ二年で、ずっと今村と和也が面倒をみてきた。その優し過ぎる性格が災いして、これといった結果を残せていないのが現状だった。俺は刑事に向いていないのではないか。そんな弱音を仕事帰りの飲み屋で聞かされたことも一度や二度のことではない。

「来たぞ。覚悟を決めるんだ、楠見」

「今村さん、考え直してください。これは重大な隠蔽《いんぺい》です。あってはならない行為です」

「黙れ、楠見。俺たちが口裏を合わせれば何とかなる。いいから俺の言う通りにしろ」

救急車のサイレンがすぐそこまで近づいてきていた。角を曲がった救急車が、赤いランプを点滅させながら走ってくる。

野口に罪を被せるわけにいかない。そう思っていても、心の中で正反対のことを考えている自分がいた。

人を撃ち殺した刑事に対する風当たりは強いだろう。執拗な取り調べを受けることは確実だし、周囲からも陰口を叩かれることもあるはずだ。野口が身代わりになってくれたら、自分はそこから逃げ出すことができるのだ。それを喜んでいる自分がいるのも事実だった。

俺は……俺は何て汚い男なのだ。

やり場のない怒りを覚えて、和也は奥歯を強く嚙みしめた。

会議室から出た和也は刑事課の自分の席には戻らずに、一人で廊下を進んだ。廊下の突き当たりに大きな窓があり、その隣に自販機などが置かれた喫茶スペースがある。誰もいないのを確認してから、和也はベンチに腰を下ろした。

これまでに現場検証で野口と顔を合わせる機会はあったが、話すことはできなかった。署の廊下で見かけることはあっても、常に警視庁の捜査員が随行しているため、気軽に話しかけられる雰囲気ではない。おそらく普段はホテルの部屋に待機させられていて、用があったら署に呼び出されていると考えられた。昨日の夜、ホテルのドアノブに吊るした弁当の袋は、朝になったら消えていた。

野口は決して精神的にタフなタイプの男ではない。むしろ弱い部類に入るだろう。俺は刑事に向いていないのではないか。野口はことあるごとにそうこぼしていたが、それは違うと和也は思っていた。

臆病であるからこそ、野口は捜査に対して細心の注意を払う。石橋を叩いて渡らない男だと、よく周りから揶揄《やゆ》されていたものだ。

だからこそ解せないのだ。なぜ野口がガセネタを摑まされたのか。普段の野口であるなら決して犯さないミスだと言えた。

取り調べでの野口の供述が和也の耳にも届いているが、野口が甲斐に目をつけたのは匿名の電話によるタレコミらしい。甲斐清二が麻薬売買に関与しているというもので、その情報をもとに野口は甲斐をマークした。そして裏付けをとり、事情聴取に踏み切ったのだ。

しかし蓋を開けてみれば甲斐はシロで、麻薬売買に関与していた形跡もない。では野口がとった裏付けとは何だったのかという話になる。このままでは匿名の電話に踊らされた野口の失態であると判断されても不思議はない。

ところが、だ。実際に和也の目の前で甲斐清二は逃亡を図ったのだ。それも野口から拳銃を奪うという暴挙まで犯して。甲斐清二は元警察官だった。刑事から拳銃を奪うという行為が意味するところを知らないわけでもないはずだ。だが甲斐はその暴挙を犯し、逃亡を図った。それほどまでに追いつめられたということだ。

甲斐清二には何かある、と和也の直感が告げていた。なぜ甲斐は逃げたのか。何から追われていたのか。そのあたりのことを調べてみるべきだと思った。

野口のためであると同時に、自分自身のためでもあった。動いていないと気が狂いそうになるのだ。甲斐を撃ったときのあの感触は今も右手に残っているし、時折何の前触れもなくあのときの情景が頭によみがえり、激しく和也を動揺させた。

品川署の内部でも野口が甲斐を撃った一件は大きな話題になっていて、そこら中で野口について会話が交わされている。甲斐を撃ったのは野口である。それが事実として完全に一人歩きしており、野口の話題を耳にするたびに、俺が撃ったのではなく野口が撃ったのだと思い込もうとしている自分に嫌気がさした。

「こんなところにいたのか、楠見」

そう言われて顔を上げると、強行犯係の同僚刑事の姿があった。

「聞き込みだ。付き合ってくれ。本部からの命令でな、もう一度盗難車が乗り捨てられた近辺の聞き込みだ」

本部というのは連続銀行強盗の捜査本部のことだ。品川駅近くの銀行を襲った犯人たちは、約三キロ離れた目黒で逃走車輛を乗り捨て、別の車に乗り換えたと考えられていた。目黒近辺でもすでに何度も聞き込みをしているが、めぼしい目撃証言は得ることができていない。

「どうせ空振りに終わるだろうが、上からの命令には逆らえないしな」

同僚の刑事が唇を歪《ゆが》めて笑った。たとえ空振りに終わったとしても、動いている方が気が楽だ。

「了解しました」

そう言って和也は立ち上がった。


午前十一時半になると、太一は公園を出る。それが毎日の日課だ。

公園を出て、百メートルほど歩いたところに一軒の弁当屋があり、昼食はそこで買うことにしている。チェーン店ではなく、中年の夫婦が切り盛りしている個人経営の弁当屋で、味も価格もいい。正午を回ると近隣のOLやサラリーマンが列を作るほど繁盛しているので、太一はそれを回避するために正午前に弁当を買う。リストラされて暇を持て余した自分の特権だ。

「日替わり弁当を一つ、あっ、やっぱり二つください。それから緑茶も二本」

弁当の包みを持ち、再び公園に引き返した。昼時になると公園にはサラリーマンやOLが集まり始め、さらにそれを客と見込んだ屋台も現れる。屋台はサンドイッチやジャンバラヤといった小洒落《こじゃれ》た食べ物を売るものばかりで、値段設定がやや高めだ。一通りは太一も食べてみたが、やはり日替わり弁当が一番コストパフォーマンスがよいと感じていた。

まだあの少年は同じベンチに座っていた。イヤホンで音楽を聞きながら、ずっと噴水を見つめている。太一は少年の隣に腰を下ろし、袋から弁当を出した。弁当を一つ、少年の膝の上に置いた。少年は驚いたようにイヤホンを外した。

「よかったら食べなよ」

少年は膝の上の弁当に目を落としてから、困ったような顔つきで言った。

「結構です。そろそろ帰ろうと思っていたんで」

「お腹空いてるでしょ。食べなよ」

少年が太一の顔を見て言った。

「いただいていいんですか？」

「うん。もう買ってきちゃったし。ここの弁当、旨いんだよ」

「それではお言葉に甘えて」

お言葉に甘えて、か。最近の子供はみんなこんな言葉遣いをするのだろうか。和也に見習わせたいくらいだ。

「これも飲みなよ」

ペットボトルの緑茶を少年に渡してから、太一は弁当を開けた。今日のメインはチキン南蛮だった。タルタルソースが食欲をそそる。太一は箸を割って、弁当を食べ始めた。

「君、中学生？」

食べながら少年に訊く。少年は答えた。

「高校生です。高校一年生です」

もっと幼いと思っていたので驚いた。全体的に華奢な感じだが、受け答えなどはしっかりしていて、なるほど高校生だなと太一は思う。

「学校、行かないの？」

「ちょっと事情がありまして」

そこで会話が途切れてしまった。無言のまま、二人で弁当を食べ続けた。ほぼ同時に弁当を食べ終えて、少年から弁当の容器を受けとる。ベンチの隣のゴミ箱に弁当の容器を捨てた。昼時のベンチは満杯で、ベンチに座れなかった人たちは噴水の縁や芝生の上に座って昼食を食べていた。

「お節介かもしれないけど」太一はそう前置きして言った。「家族や先生に相談できる人、いないの？　いじめは辛いかもしれないけど、学校休んでいても解決しないよ」

少年が少し口元に笑みを浮かべて言った。

「いじめとかじゃないですよ」

「違うの？」

「ええ、違います」

少年がいじめを苦にして学校を休んでいるのだろうと思ってしまった。胸のつかえが下りたような気がした。

「そうなんだ。僕の勘違いだね。ちょっと君が元気なさそうだったから」

「父が……父が亡くなったんです」少年が下を向いてつぶやいた。「俺、初対面の人に何言ってんだろ」

「気にしないでよ。誰かに話して楽になることもあるから。亡くなったって病気か何か？」

「いえ、殺されたんです」

へえ、殺されたんだ、と思わず相槌《あいづち》を打ちそうになっていた。言葉を呑み込んで太一は少年の横顔を見つめた。下を向いたまま、少年は顔を上げようとしない。太一はペットボトルの緑茶を口にした。

「一週間前、父は殺されたんです。品川署の刑事に」

えっ？　何て言った？

飲んでいた緑茶が気管に入り、思わずむせてしまう。胸が苦しく、太一は自分の胸を拳で叩いた。

「大丈夫ですか？」

「う……うん。ごめんごめん。ちょっとびっくりしちゃったもんで」

「俺の方こそすみません。いきなり驚かせるようなことを言ってしまって。驚きますよね、普通。父が刑事に殺されただなんて」

　そこで少年は顔を上げ、遠くを見るような目つきをした。太一は少年が顔を向けた方向に何があるか知っていた。公園の木に邪魔されて見えないが、ちょうど少年の視線の先は品川警察署があるはずだ。

「なぜ父さんが殺されなきゃならなかったのか。俺はそれを知りたいんです。毎日品川署に足を運んでいるんですが、捜査中の一点張りで、何も教えてくれないんです」

　和也が現場にいた例の事件だ。つまりこの子は死んだ被害者の息子ということになる。一応は新聞記事にも目を通しているので、事件の簡単な概要だけは頭に入っている。たしか和也の同僚に撃たれた男は元警察官の探偵だった。

　こんな偶然があるものだろうか、と太一は自問する。でもこの子は嘘をついているようには見えないし、自分を騙す理由もない。

「どうかしましたか？　随分難しい顔をしていますけど」

「ごめん……大変だなと思ってね、お父さんが殺されてしまうなんて」

　実は僕の弟、君のお父さんが亡くなった現場にいたんだよ、と教えてはいけない気がした。多分和也は少年の父親が死んだ経緯を誰よりも知っているはずだ。だがそれをこの子に教えることはできないだろう。和也がよく言う捜査上の秘密というやつだ。

「今朝も品川署に行ってきたんですが、追い返されました。学校にも行きたくなかったし、この公園で時間を潰すことにしたんです。本当に申し訳ありません。いきなり変なことを言い出して……」

男女の歓声が聞こえてきた。噴水の近くでサラリーマンとOLがバレーボールをして遊んでいる。昼休みに公園でバレーボールをするなんてテレビドラマのエキストラだけだと思っていたが、実際に行われている日常の光景であることを、太一はこの公園に通い始めてから知った。

「お弁当、ご馳走様でした。俺、帰ります」

少年はぺこりと頭を下げて、立ち上がった。太一は少年の顔を見上げた。おそらく彼と二度と会うことはない。たまたま公園で会って弁当を奢《おご》ってくれたおじさん、として自分は彼の脳裏に刻まれるだけだろう。しかしなぜか太一は彼のことを放っておけないと思った。

「あのさ、君」気がつくと太一は声を発していた。「もしよかったら、本当によかったらでいいんだけど、明日もこの公園においでよ。お弁当くらいはご馳走するから」

少年は何も答えなかった。小さくうなずいてからサドルに跨《またが》り、両耳にイヤホンを突っ込んだ。少年の乗る自転車は銀色のスポーツタイプのものだった。ペダルを漕ぎ、少年が去っていった。太一はその場で少年の背中が見えなくなるまで見送った。

夕方の五時まで時間を潰し、太一は自宅マンションに戻った。すでにドアの前で麻美は待っていた。太一の姿を見つけると麻美は立ち上がり、両手を組んで言った。

「遅いよ、兄貴。待ちくたびれたわよ」

「ごめんごめん。でも麻美ちゃん、僕だって仕事があるし、残業することだってあるわけだから」

「残業ってしょっちゅうあるの？」

「いや、ほとんどないけど」

鍵を開けて、中に入る。麻美は手にしていたスーパーの袋をテーブルの上に置き、てきぱきと冷蔵庫に食品を入れ始めた。

「男の部屋の冷蔵庫ってどうしてこうなのかしら。飲み物と調味料しか入ってないし、調味料はだいたい賞味期限が切れてる。ねえ、兄貴。兄貴って嫌いな食べ物とかある？」

「いや、ないよ」

「下の兄貴は？」

「和也はピーマンが苦手」

「何それ。子供みたいじゃん」

麻美が冷蔵庫を閉めた。これから夕食の準備にとりかかるつもりのようで、花柄のエプロンをしている。

太一がリビングで横になると、キッチンの方から包丁でまな板を叩く小気味いい音が聞こえてきた。太一は顔を向けて、麻美の後ろ姿を眺める。

まだ自分に妹ができたという実感はない。それでも実際に麻美はここに住むつもりのようだし、こうして頼んでもいないのに夕飯の支度までしてくれる。妹っていいもんだなあと太一は思う。

本当に彼女は腹違いの妹なのだろうかという疑念は、いまだに太一の中で燻《くすぶ》っている。だが冷静に考えてみても、むさ苦しい男の部屋に上がり込んで、わざわざ料理まで作ってくれるなんて、赤の他人には到底できない芸当だろう。

太一の視線に気づいたのか、麻美が包丁を手に振り向いた。

「どうかした？」

「いや、あっ、そうそう。僕も和也も夜は酒を飲むから、ご飯とかはいらないからね」

考えてみれば、この部屋のキッチンに女の人が立つのは初めてだった。今まで彼女がいなかったわけではない。大学生の頃、二人の女の子と付き合ったことがあるが、社会人になってからは恋人はいない。相談相手としては重宝するが、恋人となると頼りない。それが五年ほど前に告白してフラれた取引先の受付嬢の言葉だ。

「ただいま」

玄関の方で和也の声が聞こえた。しばらくして和也がリビングに入ってきて、キッチンに麻美の姿があるのを見て言った。

「あっ、今日も来てるのか。もし邪魔だったら外そうか。別に俺は署の仮眠室で寝てもいいし」

「気にするなよ。早くシャワー浴びてこいよ」

「兄貴がそう言うなら、まあいいけどさ」

和也はちょっと困ったような顔をしながら、バスルームに消えていった。

「妹だって？　いったい何言ってんだよ、兄貴」

和也は思わず飲んでいたビールを噴き出しそうになった。太一は平然とした様子で言う。

「だから僕たちの妹なんだよ。腹違いの妹」

シャワーを浴び終えて、冷蔵庫からビールをとり出し、それを一口飲んだ途端、いきなり太一が言ったのだ。この麻美ちゃんは僕たちの妹なんだ、と。

まったく状況がわからない。二人して俺をからかって楽しんでいるのだろうかと訝ったが、太一の表情は至って真面目だ。

「ほら、親父って月に一度は東京の営業所に出張に行ってただろ。そのときに浮気をして彼女が生まれたみたい。浮気なんて言ったら二人に失礼かもしれないけどね、子供作っちゃうくらい真剣だったわけだし。麻美ちゃんのお母さんは東京で水商売をやってて、その店で親父と出会ったんだって」

父親が東京に出張していたことは和也も記憶にある。土産のお菓子を太一と競うように食べたものだ。それにしても——。

「麻美ちゃん、あの写真を和也に見せてやってよ」

太一がそう言うと、キッチンで料理をしていた麻美がエプロンで手を拭きながらやって来た。麻美がやや頬を赤らめて言った。「よ、よろしくお願いします。お兄ちゃん」

「なに急に他人行儀になってるんだよ。朝も会っただろ」

太一がそう言うと、麻美がうつむいて答えた。

「イ、イケメンを前にすると、緊張しちゃうのよ、私」

麻美がハンドバッグの中から一枚の写真を出し、それをこちらに寄こしながら言う。

「私の宝物だから、汚さないでよ」

渡された写真を見ると、若き日の父の姿がそこにあった。どこかの行楽地のようだ。五、六歳くらいの少女と手を繋いでいる。

「高尾山に遠足に行ったときの写真だって。うちの親父、麻美ちゃんのことは認知しなかったみたいだけど、定期的に会ってあげていたみたいよ」

父と一緒に写っている少女の顔を見てから、ちらりとキッチンの方に目をやって、戸棚から皿を出している麻美の横顔を盗み見る。たしかに面影は残っている。この写真の少女はおそらく彼女自身で間違いないだろう。

和也は写真を太一に手渡しながら、小声で言った。

「あの子はなぜ、急に俺たちに会いに来たんだよ。怪しくないか？」

「僕たち兄弟に会うのが、子供の頃からの夢だったみたいよ」

「信じるのかよ、あの子の話」

「信じるしかないだろ。本人がそう言っているんだから。親父と一緒に撮った写真もあるし。それにしてもだんだん親父の若い頃に似てきたと思わないか、僕の顔」

そう言って太一は呑気に自分の顔を撫でている。兄貴はいつもそうだ。おおらかというか無頓着というか、この世のすべてをありのままに受け入れてしまうようなところがある。疑うことを仕事にしている自分とは真逆のタイプだ。

「いいこと思いついた」太一が手を打って、和也の耳元で言った。「お前が調べれば一発でわかるだろ。ＤＮＡ鑑定とか、血液鑑定とかそういうので」

「それは職権乱用っていうんだよ」

彼女が自分たちの腹違いの妹である。それを確かめるのは困難を極めることを和也は刑事という職業柄知っていた。戸籍を確認したところで非嫡出子である以上、父親が誰かは記載がない。念のために戸籍を確認するにしても、赤の他人が戸籍謄本を手に入れることは難しい。刑事という立場を利用すればできないこともないが、それこそ職権乱用になってしまう。

「なぜ彼女は俺たちのことを知ったんだ？」

和也が訊くと、太一が答えた。

「例の事件だよ。お前の名前、ネットのニュースに載っただろ。それを見て気づいたんだって」

警視庁が正式に記者発表をしたのは野口の名前だけで、和也と今村の名前は伏せられていた。二人の名前がネットに載ったのは某ニュースサイトの特ダネ記事だが、すぐさま警視庁は記事の削除を申し入れたという。

「彼女、いつまでここにいる気なんだ？」

「彼氏と喧嘩して部屋を追い出されて、行く当てがないんだって。しばらくここにいるつもりらしいよ」

そう言う太一はどことなく嬉しそうだ。普段なら食い入るようにカープの試合を見ているはずだが、今日はそれほど熱中していない。本当に彼女は妹なのだろうか、と和也は自問した。俺はそう簡単に人を信じるお人好しじゃない。妹を騙って俺たちに接近する理由とはいったい何なのか？

「はい、おまたせ」

麻美がキッチンから夕食を運んできた。次から次へとテーブルの上に料理が並べられていく。テーブルの中央に置かれたメインディッシュらしき大皿を見て、和也は啞然《あぜん》とした。

「乾杯しよ、乾杯」

麻美から缶ビールを手渡される。彼女も飲むつもりのようだ。麻美の乾杯の音頭で、三本の缶ビールがテーブルの上で音を立てて重なる。

「やっぱり仕事のあとのビールは格別だな」太一はそう言って、箸をとって料理を食べ始める。「うまいなあ。本当に料理上手だね、麻美ちゃん。ほら、和也も遠慮しないで食べろよ」

「……ああ」

和也は箸を手にとり、近くにあったサラダを食べた。それを見た麻美がビール片手に言う。

「和兄《かずにい》、遠慮しないで食べなよ。私が作ったピーマンの肉詰め、美味しいよ」

メインの大皿にはピーマンの肉詰めが大量に盛られている。ピーマンは苦手だ。もう何年も口に入れた記憶がない。

「悪いけどピーマンは苦手だ。それより和兄って何だよ、和兄って」

「和也兄貴を略して和兄。文句ある？」

麻美はそう言って小皿にピーマンの肉詰めを載せた。そのうえにケチャップをこれでもかというほどかけ、それをよこしてきた。

「ほら、ここまですればピーマンってわからないでしょ」

もはやピーマンの肉詰めというより、赤い物体でしかない。和也は覚悟を決め、それを口に運んだ。ほとんどケチャップの味しかしなかったが、徐々に挽き肉とピーマンの味と食感が口の中に広がる。意外にもまずくはない。

「どう？　美味しいでしょ？」

麻美が顔を覗き込むように訊いてくる。和也は答えた。「ああ。悪くないな」

「でしょ？　どんどん食べてね」

今度は自分で一番小さなピーマンの肉詰めを選んで箸でとり、ケチャップをかけて食べる。やや違和感のあるハンバーグを食べているようだ。

太一が立ち上がり、リビングの奥に向かっていく。トイレに行ったようだ。それを見て和也は麻美に言う。

「どういうつもりだ？　何を企んでる？」

「別に何も企んでなんかいないわよ」

「俺は兄貴ほどお人好しじゃない。人を疑うのが商売だからな」

「私は二人の腹違いの妹。それが事実なの。ほら、どんどん食べよ」

そう言って麻美はピーマンの肉詰めを箸でとる。はぐらかされたということか、どうもペースが狂ってしまう。そもそも俺たち兄弟に接近するメリットなどない。

「それにしても麻美ちゃん、料理上手だね」

トイレから戻ってきた太一が、和也に缶ビールを手渡しながら言った。麻美が答える。

「お母さんがずっと仕事だったから、自炊するしかなかったんだ」

「へえ。ちなみにお母さんは？」

太一が訊くと、麻美はやや声のトーンを落として答えた。

「五年前に癌で死んだ」

「五年前……というと親父と同じ年だね。今頃二人で仲よく天国で一緒にいたりしてね」太一は努めて明るい口調で言う。「なあ、和也。麻美ちゃんもカープファンなんだぜ。親父に連れられて試合を観に行ったこともあるんだって」

「うん、行ったよ。何度か神宮球場にも行ったことがあるよ」

「おっ、じゃあヤクルト戦だ」

料理を食べながら、次々とビールを飲んだ。大皿のピーマンの肉詰めがなくなった頃、冷蔵庫を覗いた麻美が言った。

「もうビールなくなったよ」

「じゃあ買ってこよう。和也、お前ちょっとコンビニまで行ってきてくれよ」

「なぜ俺が行かなきゃならねえんだよ」

「お前、刑事だろ」

「関係ねえだろ、そんなの」

「じゃんけんで決めよう」麻美が提案した。「負けた人がビールを買いに行くことにしようよ。恨みっこなしで。用意はいい？」

麻美の音頭でじゃんけんをした。結果は太一の負けだった。ズボンのポケットに財布を差し込みながら、太一が渋々と立ち上がる。和也は太一に言った。

「兄貴、日本酒も頼むよ。できれば大吟醸で」

「じゃあ私はカクテル系。あとお菓子も適当にね」

「お願いだから」太一が頭を下げた。「もう一回だけチャンスが欲しい。さっきはちょっと集中できてなかったから」

「しょうがないわねえ、どうする？　和兄」

「本当にこれで最後だからな」

再びじゃんけんをした。太一がグーで、和也と麻美がパーを出した。肩を落とす太一に麻美が声をかける。「さすが兄貴、妹思いだね」

「そんなに可笑しいかよ、和也」

太一にそう言われ、自分が笑っていることに和也は気がついた。ここ最近、笑ったことなど記憶にない。和也は玄関先で太一を見送っている麻美の背中に目をやった。気のせいかもしれないが、彼女とは初めて会った気がしない。

手に持っていた缶ビールを飲み干した。

第二章　兄の威厳

今日の朝食は昨日とは打って変わって和食だった。焼鮭や卵焼きといったおかずがテーブルの上に並んでいて、まるで温泉旅館で朝を迎えたような錯覚に陥るほどだ。

「それじゃいただきます」

太一は箸をとり、まずは味噌汁から口にする。旨い。定食屋以外で手作りの味噌汁を飲むのはいつ以来だろうか。和也もちゃっかりと席に座り、卵焼きを食べている。

「おかわりあるよ、ご飯もお味噌汁も」

麻美がそう言いながらエプロンを外し、自分の席に座った。太一と和也が向かい合って座り、麻美がお誕生日席に座るというのが定位置になりつつある。

昨日の夜はかなり遅くまで飲んだ。布団に入ったのは深夜零時近かったと記憶している。

結局太一は三回もコンビニエンスストアに足を運ぶ羽目になった。和也も麻美も酒が強かった。太一は最後の方はウーロン茶に切り替えていたので、何とか二日酔いにならずにすんだが、和也と麻美はひたすら酒を飲み続けていた。それでいて今朝もけろりとした顔で朝飯を食べているのだから驚いてしまう。

「珍しいな。和也が朝ご飯を食べるなんてさ」

普段、和也が家で朝食をとることはない。慌ただしくコーヒーを飲むだけだ。和也が何食わぬ顔で言った。

「悪いかよ、腹が減ってんだよ」

和也が立ち上がり、炊飯ジャーからご飯をよそうのが見えた。負けてなるものか。なぜかライバル心が頭をもたげ、太一はご飯をかき込むように食べた。和也は平然とした顔で黙々と食べている。

「麻美ちゃん、今日の予定は？」

しじみの味噌汁をすすってから、太一は訊いた。麻美は答える。

「午後からバイト。帰りは少し遅くなるかもしれない」

となると午前中は麻美をこの部屋に残していかなければならない。太一はやや不安になった。しかし金目のものなど置いていないし、この部屋はすべてのドアに鍵がかかるようになっている。太一は覚悟を決めた。

「あとで合い鍵を渡すから、それを使ってよ、麻美ちゃん」

和也が顔を上げた。本当にそれでいいのか？　和也はそんな視線を送ってきたが、太一は気にせずにご飯を平らげ、おかわりするために炊飯ジャーに向かった。ご飯をよそって再び自分の席に戻り、納豆をかけてご飯を頬張る。納豆には小口切りにしたネギが入っている。普段は面倒臭くてネギなど入れないが、やはり入れた方が旨いなと太一は実感する。

「それでは先週品川区で発生した現職警察官による発砲事件について続報をお伝えします」

テレビのワイドショーのキャスターの声に、太一は箸を止めた。和也を見ると、黙って飯を食べ続けているが、神経だけはテレビの音声に向かっているのが気配でわかった。

ワイドショーのキャスターが伝えた続報は事件そのものの進展ではなく、死んだ被害者についてだった。元警察官の甲斐清二に助けられたという男が登場し、彼がいかに人格者であったかを熱く語った。こんなにいい人が現職警察官に撃たれてしまったんですよ的な内容で、警察に対する批判がそこには込められていた。

「ごちそうさま」

ワイドショーが別のニュースに切り替わったと同時に和也が箸を置いた。麻美が和也に訊いた。

「ねえ和兄、撃っちゃった人、今はどうしてるの？」

麻美としては素朴な疑問だったのだろう。太一も実は気になっていた。マスコミに追われ、さぞ大変な目に遭っているに違いないと。

「品川のホテルにいる。さすがに自宅に戻るわけにはいかないからな」立ち上がった和也はそう口にしてから、小さく舌打ちをした。「今言ったことは忘れてくれ。捜査上の秘密だから。兄貴、急いだ方がいいんじゃないか」

和也に言われて時計に目をやると、そろそろ家を出なければいけない時間だと気づく。太一は慌てて立ち上がり、大急ぎで身支度を整えた。自分の部屋の戸棚から合い鍵を出し、麻美に手渡した。

「じゃあ行ってくるから」

「行ってらっしゃい」

玄関先で麻美に見送られ、太一は和也と肩を並べて外の廊下に出た。年の離れた可愛い妹に見送られるのも悪くないと思っていると、和也が言ってくる。

「いいのかよ、兄貴。彼女をあの部屋に一人きりにして」

「構わないだろ。金目のものが置いてあるわけでもないし」

「疑えよ、もっと。帰ってきたらテレビやら何やらすべてなくなっていたらどうするんだよ」

「疑うのは和也の仕事だろ。僕の仕事じゃない」

「まったくお人好しというか能天気というか」

マンションのエレベーターで一階まで下り、エントランスから外に出る。今日も陽射しが強いが、湿気はそれほどないので過ごし易い陽気だ。絶好の公園日和だ。

「それより和也」太一は隣を歩く和也を見た。和也の方が二センチだけ身長が高い。「何か悩みがあるなら僕に話せよ。一人で抱え込むのはよくないぞ」

「ねえよ、悩みなんて」

一応兄弟なので和也のことは誰よりも知っているつもりだ。昨日の朝、一週間ぶりに帰宅したときから和也の様子がおかしいことに太一は気づいていた。元々刑事という職業柄か自分の殻にこもるところがあったのだが、その殻がさらに厚くなったような気がする。あくまでもそういう気がするだけで根拠はない。

「あの子には気をつけた方がいいぞ、兄貴」

再び和也が忠告してきたので、太一は反論した。

「悪い子じゃないって。それにお前だって昨日は楽しそうに笑ってたじゃないか。さっきもおかわりしてただろ」

横断歩道の赤信号で立ち止まると、和也が怪訝な顔つきで言ってくる。

「駅はあっちじゃないか？」

「あっ、そうだったな」

和也は徒歩で品川警察署に通っているため、この道をまっすぐ進めばいいが、太一は電車で通勤していることになっているため、ここで右に曲がって駅に向かわなければならないのだ。

和也が念を押すように言った。

「兄貴、いいか。俺たちに妹なんていない。いるはずがないんだ」

「でも和也、あの子の名前って……」

「妹なんていないんだよ、兄貴」

和也の声を無視して、太一は早足で通りを右に曲がった。目の前にコンビニエンスストアの看板が見えた。しばらく店内で時間を潰し、それから公園に向かうとしよう。まったく通勤するサラリーマンを装うってのも楽じゃない。

甲斐清二の事務所であるアパートの一室は、すでに封鎖のテープが剝《は》がされていた。それでもしばらくは許可なしで立ち入ることはできないと同僚の刑事から聞いていた。和也は大家から借りた鍵を鍵穴に差し込み、慎重にドアを開けた。一応白い手袋をはめている。

甲斐清二について調べてみるつもりで、一度署に行ってから同僚の刑事に事情を聞いた。すでに甲斐清二のアパートは捜索が終了し、大家に頼めば鍵を借りられるという話だった。事件解決の目途が立つまでは新しい入居者を入れない口約束が交わされているらしい。そこで和也は単身このアパートまでやって来たのだ。

間取りは1DKで、玄関から入ってすぐのところに応接セットが置いてあった。ここで依頼人の話を聞いていたのだろう。壁から配線が伸びているのが見えたが、その先はどこにも繋がっていない。パソコンなどを押収したのだろうと推測できる。

襖《ふすま》を隔てた奥の部屋が甲斐の私室のようだった。洋服ダンスと学習机が置いてあるだけだ。子供っぽいシールが貼られた学習机は明らかにサイズが小さく、息子のお古を持ち運んできたように思われた。学習机の上に本棚があるが、そこに置いてあるのは男性向けの週刊誌だけだ。おそらく仕事に使っていたノート類があったはずだが、それも押収済みなのだろう。

三年前に警視庁を懲戒免職になった甲斐清二は、二年前に探偵業を始めていた。いろいろと職を探した挙句《あげく》の結論だったのだろう。

警察官を辞めてしまえばただの人だ。再就職先だってままならないのが現状だし、それが自分の身に起こったらと仮定するとぞっとする。しかも自分はそうなってもおかしくないほどの偽証をしているのだ。

　思えば探偵業というのは警察官を辞めた男の第二の人生としては最適なのかもしれない。開業資金だってそれほどかからないはずだ。事務所の維持費と宣伝費くらいか。あとは釣り糸を垂らして魚がかかるのを待つように、依頼が舞い込むのを待つだけだ。甲斐の場合、頻繁に依頼が舞い込むことはなかったようだが、さほど生活に苦労しているという印象は抱かなかった。

　和也は学習机の引き出しを開けた。レシートや領収書が見えた。押収していないということは、事件に関係なしと担当の捜査員が判断したのか、もしくはすでにすべてコピーして持ち去っているのだろう。

　引き出しを閉めて、今度は洋服ダンスを開けてみる。几帳面な性格だったようで、タンスの中は綺麗に整理されていた。意外にカジュアルなブランド物が多い。警察官の私服のセンスはあまり褒められたものではないと和也も常々思っているが、甲斐の私服のセンスはかなり高いと感じた。

　タンスの下に数枚のジーンズが折り畳んだ形で収納されていて、それを見て和也は驚いた。ビンテージ物のジーンズだった。若い頃、ジーンズに凝っていた時期があり、審美眼には多少の自信がある。ジーンズは全部で十本あったが、一本数十万という値段がついても不思議ではない代物ばかりだ。ジーンズはどれも状態もよく、未使用らしきものもいくつかあった。

和也はタンスを閉めて、甲斐の私室を出た。応接セットのソファーに座り、天井を見上げた。ビンテージ・ジーンズ。懲戒免職になった元警察官。探偵。

甲斐清二という男のイメージが今一つ湧いてこない。今朝のワイドショーのインタビューを思い出す。顔が映らないように配慮されたインタビューで、男が話していた。男は空き巣に入られて、その事件を担当したのが生活安全課にいた甲斐だったらしい。親身に相談に乗ってくれて、いろいろと励ましてくれたという。結局犯人は捕まらなかったようだが、甲斐は月に一度は捜査状況を知らせる手紙を男のもとに送っていたようだ。

和也の脳裏に焼きついているのは、最後にこちらを見たときのあの目だ。あれは何かに怯《おび》え、何かから逃げようとしている男の目だった。果たして甲斐は何に怯え、何から逃げようとしていたのか。

たしかに探偵という職業は開業資金は少なくてすむが、やはり自宅のほかに事務所を借りているという現実は、甲斐がそれほど収入に困っていないことを意味していた。さらに洋服ダンスに眠るブランド物の洋服やビンテージ・ジーンズは、甲斐が探偵以外の副収入を得ていることの証《あかし》ではないのか。その副収入が違法なものであるのなら、警察に踏み込まれて突然逃げ出した甲斐の行動にも説明がつく。

やはり野口と話をしたかった。なぜ野口は甲斐清二に目をつけたのか。それを知るためには野口と直接話す必要がある。

和也は立ち上がった。玄関の靴箱の上に、一枚の写真が飾ってあるのが見えた。写真の中で、息子らしき少年と一緒に甲斐清二が笑っている。

午前十一時を過ぎた頃、昨日の少年が自転車に乗って公園に入ってきた。ベンチの横に自転車を停めてから、はにかむように会釈をして、少年は太一の隣に腰を下ろした。

しばらくの間、少年は黙って公園の景色を眺めていた。何か考え込んでいるような表情だ。太一も何も言わず、芝生の上の太極拳おばさんの動きを目で追っていた。毎日見ているせいか、自分も太極拳ができそうな気になりつつある。

「今日も受付で追い返されました」膝の上に手を置いて、少年はぽつりと言った。「俺はただ父の身に何が起こったのか知りたいだけなのに」

「いいお父さんだったんだね」

太一がそう言うと、少年が顔を上げた。「えっ？」

「だってほら、君はお父さんがどのようにして亡くなったのか知りたいわけでしょ。好きでもない父親だったらそこまでしないだろうと思ったんだよ。昨日君の言った言葉が気になったから、インターネットで記事を調べてみた。甲斐君だよね？」

本当は全部最初から知っている。嘘をつくのは気が引けたが、自分が現場にいた刑事の兄であることは明かすわけにはいかないと思った。

「ええ、俺の名前は甲斐弘樹《ひろき》です」少年はうなずきながら言った。「父は探偵で、以前は警察官をしていました。父は……父は俺のせいで警察官を辞める羽目になってしまったんです」

「君のせいで？」

「ええ。あれは三年前のことでした。俺が塾の帰りに車と接触して事故を起こしたんです。完全に俺の不注意でした。急いでいたんで信号無視をしたんです。あまり車の走らない通りだったんで」

幸い弘樹は軽傷だったが、念のために病院に行くことになり、接触した車のドライバーと一緒に近くの総合病院に向かった。両親のもとに病院から連絡が行き、知らせを受けた父親の甲斐清二が病院に駆けつけることになった。

「俺は全然軽傷だったのに、父は焦ってしまったんだと思います。すでに自宅で酒を飲んでいたのに、慌てて車に乗って駆けつけたんです」

甲斐清二が飲んでいた酒は日本酒二合ほどだったが、焦っていたために運転も荒くなり、病院まであと一キロというところで前方を走る車に追突してしまった。車を放置したまま病院に向かおうとした甲斐清二だったが、追突された若い男と口論になり、摑み合いになった。そこに近くの交番から警察官が駆けつけた。

「そして飲酒運転が発覚したんです。父に追突された人の証言もあるんで、警察も父をかばいきれなかったようです。その翌週に父は懲戒免職になったんです」

不運とは重なるものだ。つまり弘樹は自分が接触事故を起こさなかったら、父親が免職になることはなかったと思っているのだろう。

「警察を辞めて、それから探偵になったんだね？」

太一が訊くと、弘樹は小さくうなずいた。

「はい。最初は父も落ち込んでいたようでしたが、一年くらいしてから探偵業を始めたんです。小さな依頼ばかりでしたけど、それなりに仕事はあったようです。この自転車も一ヵ月前に父に買ってもらったものなんですよ」

ベンチの横に置かれた自転車に目を向ける。あまり自転車に興味はないが、それなりに値段の張る代物なのかもしれない。多分海外メーカーのものだろう。

「父は警察官という仕事に誇りを持っていました。俺も小さい頃から父の姿を見てきて、将来は警察官になろうと思っていました。それなのに……」

こともあろうに刑事に射殺されてしまったのだ。弘樹の落胆ぶりは想像に難くない。

太一にしてもワイドショーや新聞報道などでしか事件を知らないが、死んだ甲斐清二は何らかの犯罪行為に関与していた疑いが持たれているらしい。甲斐清二は逃走中に刑事に撃たれている。逃走するということは後ろめたい何かがあったはずだが、弘樹の話を聞いている限りは甲斐清二から犯罪の匂いは嗅ぎとれない。

父親の謎の死を前にして、目の前にいる少年は悲しみや戸惑いといった様々な感情を胸に抱いているのだろう。弘樹の話を聞いているうちに、太一は自分が感情移入していることに気づいていた。この手の話に弱いのだ。何だか無性に弘樹のことを応援してあげたい気持ちになってくるのだが、具体的に弘樹にしてやれることはまったく思い浮かばない。太極拳おばさんがラジカセをオフにしたので、中国風のゆったりとした音楽が聞こえなくなり、そろそろお昼の時間だと太一は気がついた。

「お弁当、買ってくるよ。君も食べるでしょ？」

「今日はいいですって。申し訳ないですから」

「遠慮しないでよ。買ってくるから待っててね」

結局お弁当を奢ってやることくらいしか自分はできないのだ。歯がゆい気分で立ち上がろうとする太一に、弘樹が訊いていた。

「すみません。お名前を教えてもらっていいですか？」

「えっ、名前？」

一瞬戸惑った。楠見というのはそれほどありふれた名前ではない。本名を名乗ってしまえば一発で和也との関係を疑われてしまうだろう。

「ええと……武田《たけだ》だよ」甲斐という名字から戦国武将の武田信玄を連想し、思わず口にしていた。「武田太一っていうんだ。よろしくね、弘樹君」

「ご馳走になります、武田さん」

武田太一か。何だか強そうな名前だな。そんなことを思いながら、太一は立ち上がった。


署に戻った和也は直属の係長である北野《きたの》に野口への面会を求めたが、結局野口と会うことはできなかった。野口は署内にいるようだが、例の警視庁の捜査員たちとミーティングの最中らしい。裁判に向けた本格的な対策が始まったのかもしれなかった。

署の机で報告書に目を通していると、今村に昼飯を誘われ、二人で署を出た。今村は署の前でタクシーを呼び止め、無言のまま乗り込んだ。和也もあとに続く。

五百メートルほどタクシーを走らせてから、今村はタクシーを停めた。五階建ての雑居ビルの前だった。そのままビルのエレベーターに乗り、三階で降りた。タイ風居酒屋の看板があり、今村とともに店内に入った。

店内に客の姿はほとんどない。半年ほど前からランチ営業も始めた店だが、あまり客が入っているのを見たことがない。従業員もカタコトの日本語を話すタイ人のため、人に聞かれたくない話をしながら飯を食うときはよく利用する。完全とは言わないまでも、個室になっているのも好都合だった。

「いらっしゃいませ」

微妙な発音で従業員に出迎えられ、今村と和也はボックス席に案内された。テーブルの上に手書きのメニューが置いてあり、今村がランチセットを注文したので、和也も同じものを頼んだ。

「午前中、どこに行ってたんだ?」

店員が立ち去るのを待ってから、今村が訊いてきた。

「甲斐の事務所です」

「何かわかったのか?」

「特に何も……。甲斐が麻薬の売買に関わっていたという件はウラがとれたんでしょうか?」

「進展はないらしい。野口はガセネタを摑まされたというのが大方の見方だ。俺もまさか甲斐がシロだとは思っていなかった。雲行きが怪しくなってきたな」

もしも甲斐が無実で清廉潔白な男であれば、彼を射殺した野口側の言い分も違ってくる。実際に甲斐清二は警察官から拳銃を奪った公務執行妨害の罪に該当するが、それとは別に犯行に関与してくれていた方が、裁判員の心証も変わってくるというものだ。

「奴の私服をタンスの中で見ました」和也はグラスの水を一口飲んで言った。「かなり値段の張るブランドの洋服を揃えています。甲斐には探偵業とは別の副収入があったのではないかと想像されます」

「あくまでもお前の想像だろ。倹約してブランド物を買っていただけのことかもしれん」

タイ人の店員が料理を運んできた。今日のランチは鶏肉のグリーンカレーとトムヤムクン風のスープだった。元々タイ料理は好きではない。ナンプラーの効いたカレーを口にしながら、あの麻美という女は料理が上手かったなと、腹違いの妹を名乗る女のことを思い出した。

太一が完全にあの麻美という女に心を許していることは態度を見ていれば明らかだ。心を許すというより、恋といった方が正解かもしれない。しかし自分自身はどうなのだと和也はカレーを口に運びながら自問する。

品川署に赴任が決まったとき、署から近いという理由だけで太一の部屋に居候を始めて四年になるが、和也にとっての太一の部屋とは夜遅くに帰って眠るだけのものでしかなかった。

一緒に朝飯を食った記憶もなかったし、太一と楽しく会話を交わした記憶もほとんどない。

それがどうだ。あの女が現れてからは三人で酒を飲んだり、朝食を囲んだりとすっかりペースを狂わされてしまっている。しかしその半面、その状況を楽しんでいる自分がいるのも事実だった。思った以上にあの麻美という女に惹かれているのかもしれないと、認めざるを得なかった。

「お前が野口のために動きたい気持ちもわからないわけでもない。くれぐれも慎重にな」

今村の言葉で現実に引き戻される。すでに今村はカレーを食べ終えていた。まだ三分の一ほどカレーは残っていたが和也はスプーンを置き、店員を呼んで皿を片づけてもらった。店の奥にはコック服を着たタイ人の男がおり、テレビを見ながら煙草をふかしていた。

「甲斐清二は何か臭うんです。俺はあの男の目が忘れられないんですよ。俺が撃ったときのあの男の目が」

「撃ったのは野口だ。お前じゃない」

今村はそう言い放ち、紙ナプキンで口をぬぐった。和也は意を決して言った。

「今村さん。今からでも偽証を撤回するべきではないでしょうか？　やはり真実を……」

「よく考えろ、楠見」今村がやや声を荒くして言う。「それをして何になるというんだ。今になって偽証を撤回したら、俺たち三人とも罪に問われることになるんだぞ」

「だからといって……このまま野口一人に罪を押しつけるわけにはいきません」

そもそも野口に罪を押しつけると提案したのは今村だ。あのときの今村の判断が間違っていたと和也は断言できる。やはり撃った張本人が罪を償うべきだ。その思いは日増しに強まっていた。

今村が正面から和也の目を見ていた。やがて今村が静かに口を開く。

「本当のことを言おう。お前が甲斐を撃った瞬間、俺は頭の中で素早く計算した。どうにかしてお前を救えないかとな。それで野口には悪いが、奴をお前の身代わりにするという方法を思いついたんだよ」

なぜそうまでして俺を……。その答えは聞くまでもないことだった。

今村との付き合いは長い。以前和也が配属されていた赤羽署時代からの付き合いだ。和也が初めて刑事課に配属された七年前、直属の上司が今村だったこともあり、今村から刑事のイロハを叩きこまれた。先に品川署に異動になったのは和也だったが、その一年後に強行犯係の係長として今村が品川署に赴任した。それからもう三年になる。

「すべては俺の責任だ」今村の表情が一段と険しいものになった。「せっかく手塩にかけて育て上げたお前という刑事を失いたくない。そう思ってしまった俺の責任だ」

そこまで今村が自分を買ってくれていることは素直に嬉しかったが、野口の気持ちを考えるとやはり納得できない部分がある。しかし今村の言う通り、今になって偽証を翻せば和也はもちろんのこと、今村の責任も追及されることは必至だ。

今村がやや声を落として言った。

「おそらく野口は警察を辞めるつもりだろう」

「えっ、野口が？」

「何度か相談を受けたことがある。あいつは警察を辞める理由を探していたのかもしれない。そんなときにあの事件が起きた。お前の身代わりになって警察を去る。奴にとってはこれ以上の理由はどこを探してもなかったはずだ」

野口の愚痴は和也も仕事帰りの飲み屋で何度も耳にしたことがある。新米刑事ならば誰しも直面する壁のようなもので、それを乗り越えてしまえば何とかなると安易に受け止めていたが、和也が思っている以上に野口は深刻に悩んでいたということか。

「お前が罪悪感を抱いているのは俺だって痛いほどわかる。だがな、楠見。野口の思いを無駄にするんじゃない」

野口の顔が脳裏によぎった。線の細い神経質そうな男で、刑事というよりどこかの研究者といった感じの風貌だった。それを本人も自覚しており、刑事を志望した動機も自分をもっと鍛えるためだと話していた。

今村は財布をとり出しながら立ち上がった。

「死んだ甲斐について調べることは構わん。野口の罪を軽くするには甲斐の罪状を暴き出す必要がある。何かあったら俺に報告しろ。俺も協力を惜しまないつもりだ」

今村がレジに向かい、精算を始めた。野口の奴、かっこつけやがって。心の中でつぶやいてから和也は立ち上がった。

「ありがとうございます。またどうぞ」

タイ人の従業員のイントネーションの外れた声に見送られ、和也は今村の背中を追うように店から出た。


「それでは当社への志望動機をお聞かせください」

目の前に座る男の面接官が言った。おそらく自分と同じ年くらいではないかと太一は思った。もう一人の面接官は年配の男で、こちらは太一が部屋に入ったときから一言も言葉を発していない。

「はい。私が御社を志望した理由はですね、ええと……」

ここは西新宿にある大手ファミリーレストラン・チェーンの本社ビルだ。午後一時から面接が入っていることをすっかり忘れてしまっており、買ってきた弁当をそのまま弘樹に渡し、電車に乗って駆けつけたのだ。

「食べることが好きだからです」

太一がそう言うと、面接官の男は口元に微かな笑みを浮かべて訊いてきた。

「でしたら別の企業やチェーンでもいいのではないでしょうか。なぜ当社を選んだのか、そのあたりを詳しくお聞かせください」

太一は特に志望する業界があるわけでもない。ただ前職とはまったく異なる分野がいいのではないかと漠然と思っていて、サービス業を中心に履歴書を送りまくっているのが現状だ。

「私は以前、タイヤメーカーに勤めていました。営業などの外回りの際に、御社の系列のレストランで食事をしたことも多くあります。非常に美味しかったのを憶えています。ですから御社を希望させていただきました」

「以前はタイヤメーカーにお勤めされていたとのことですが、再就職を決められた理由は何なのでしょうか?」

履歴書には退職理由は書かれていない。一身上の都合により退職、とだけ記してある。だから相手の面接官は太一がリストラされたという事実は知らないのだ。それを告げるか告げないかは太一の判断次第だ。ハローワークの相談窓口のアドバイスでは、リストラされたことは伏せた方がいいとのことだった。

「私は今年で三十八歳になります。タイヤメーカーでの仕事に不満を持っており、これが最後のチャンスだと思ったんです」

「どのような不満を持たれていたんですか？」

「はい……ええと、主に仕事内容です。管理業務を任されていたのですが、その仕事に不満を持っていました」

「もしもあなたが当社に就職されたとしますね。当然うちの会社にもさまざまな部署があります。配属先で不満があったら、あなたはそのときにまた退職されてしまうということですか？」

「いえ、それはないです。与えられた環境でベストを尽くしたいと考えています」

年配の面接官がボールペンでこつこつ机を叩きながら、こちらに冷ややかな視線を送ってくる。その目を見て、太一は今日の面接も駄目だなと本能的に察した。

その後も面接は続いたが、これといった自己アピールもできずに終了した。そもそも面接は苦手だった。大学卒業と同時に就職したタイヤメーカーでは、業務拡大のために営業要員として雇われたので、比較的すんなりと入社することができたが、再就職となると厳しい。たいした資格も経歴もない地味な履歴書をカバーするには、面接で結果を出すしかないのだ。

「それでは面接を終了いたします。そちらもお時間がないと思いますので、できるだけ早く

ここに来ることは二度とないな、と太一は思った。

「よろしくお願いします」


太一は立ち上がって一礼し、会議室を出た。そのままエレベーターで一階まで下り、吹き抜けになったホールを歩く。営業マンらしき男たちが受付の前に並んでいる。社員証を首からぶらさげた若い女が携帯電話で話しながら太一のことを見向きもせずに通り過ぎていく。

ここに来ることは二度とないな、と太一は思った。


京浜急行線の新馬場駅の改札を出たところで、太一はいきなり声をかけられた。

「兄貴、何やってんのよ」

顔を上げると向こうから麻美が近づいてきた。太一の前に立った麻美は腕を組んで言う。

「元気ないじゃん、兄貴。下向いて歩いてると誰かとぶつかるよ」

面接がうまくいかなくて意気消沈していたとは言えない。太一は曖昧に笑った。

「そんなことないよ。これから麻美ちゃんはバイトだよね。どんなバイト？」

「秘密のバイト」

改札口を出た若いサラリーマン風の男が太一と麻美の顔をちらちら見ながら立ち去っていく。男が鼻で笑っていたように感じられたのは気のせいか。馴染みのキャバクラ嬢と出くわしたサラリーマン程度に思われているのかもしれない。追いかけて行って、彼女は僕の妹なんだぞと教えてあげたい気持ちになる。

「兄貴はこれから暇？」

当然暇だ。でもそれを麻美に言うわけにもいかないので、太一は否定した。

「暇じゃないよ。仕事中だし」

「そうだよね」

麻美はそう言って溜め息をついた。いつもの彼女らしくない。どことなく緊張しているようだ。

「どうかした？　僕でよかったら相談に乗るけど」

「実はね……」

麻美は今から初めてのバイトに向かうところで心細いと説明した。そのバイトは友達から紹介されたものらしく、それなりに高いバイト料がもらえるという。

「僕がついていってあげたいところだけど」

「えっ？　本当？　そうしてくれると助かる」

「ちょっと待ってよ、麻美ちゃん。僕が一緒に行っても許される職場なわけ？」

「その点は大丈夫。心配いらないから」

麻美はそう言い残して、改札口に向かっていく。太一は慌てて麻美のあとを追い、再び改札口を通過した。品川方面行きのホームに向かい、麻美と並んで電車を待った。

「兄貴、仕事は大丈夫なの？」

「うん。外回りの途中だからね。言い訳は何とでもできるから」

やって来た電車に乗り込んだ。数分で電車は品川駅に到着し、麻美は電車を降りて、今度は山手線の東京方面行きに乗り換えた。車内で麻美はずっと吊り革を持って窓の外を見つめていた。その横顔からはやはり緊張感がにじんでいる。果たして麻美はどんなバイトに行くのだろうかと、太一まで不安になった。

「やっぱり兄貴はついてこなくていいよ」山手線が秋葉原駅を通り過ぎたとき、不意に麻美が言った。「私一人で大丈夫だから。兄貴は次の駅で降りていいよ」

「えっ？　でもせっかくここまで来たんだしさ。それとも僕が行ったら邪魔なわけ？」

「そうじゃない。ちょっと恥ずかしい感じかな」

恥ずかしいバイト。いったいどんなバイトなのだろうか。まさか風俗関係ってことはないだろう。そんなバイトに兄を連れて行くわけがない。

「友達のピンチヒッターなの。何度も断ったんだけど、いい経験になるからって言われて、思わず引き受けちゃった」

誰でも初めてのバイトは緊張するものだ。だったら尚更のことだ。ここは絶対に麻美を一人で行かせてはいけないと決意し、太一は吊り革を固く握った。麻美はそれ以上何も言おうとしなかった。

上野駅に到着するアナウンスが車内に流れ、電車が停車すると麻美はドアから降り立った。慌ててその背中を追う。広く雑然とした駅の構内を歩き、公園口から外に出た。麻美は携帯電話のディスプレイを眺めた。道順を確認しているらしい。

上野公園を突っ切るように麻美は歩き始めた。その少し後ろを太一が続く。平日だというのに上野公園は観光客でごった返している。美術館や動物園目当ての客たちを、旗を持ったツアーガイドが案内している。同じ公園でも太一が根城にしている南品川公園とはけた違いだ。

左手に上野動物園を見ながら、公園を歩いていく。公園を抜けたところの信号を渡り、しばらく歩いて赤茶色い煉瓦《れんが》造りの門に到着する。麻美はいったん立ち止まり、大きく息を吸った。気合いを入れるように「よし」と小さくつぶやいてから、敷地内に足を踏み入れた。

行き交う若者たちの感じから、ここが大学であるらしいと太一は察しがついた。やや奇抜というか、かなり個性的なファッションをした学生が多いような気がしたが、それが今風の学生の流行なのかもしれないと太一は考えた。学校の案内図を見上げ、麻美は自分が向かう場所を確認してから歩き出した。太一も何も言わずにあとに続く。

麻美が向かったのは美術学部絵画棟という建物だった。建物内に入った麻美は、階段を上って二階に向かった。太一はようやくここが美術大学であることに気がついた。麻美はドアを開け、一声かけて中に入った。太一もあとに続く。

「失礼します」

そこは美術室だった。太一が通っていた高校の美術室に比べてかなり広い。中央に壇が置かれ、それをとり囲むように椅子が置かれている。椅子の前には絵を描くために台が置いてある。その台の名前を思い出そうとしていると、一人の男が近づいてきた。初老の男だ。

「ユカリの代役で来ました宮前麻美です。よろしくお願いします」

「こちらこそよろしく。そちら様は？」

「私の兄です。ちょっと不安だったので同行してもらいました」

「お兄さん、ですか？」

初老の男が意外そうな顔を向けてきた。太一は頭を下げた。

「兄です。本日は妹がお世話になります」

「まあいいでしょう。それでは宮前さん、こちらへどうぞ。お兄さんはご自由にしていらしてください」

二人は教室を横切って一枚のドアの向こうに消えていった。ご自由にと言われても何をしたらいいのかわからず、太一はその場に立ち尽くしていた。やがて教室のドアが開き、学生たちが次々と中に入ってくる。学生たちは談笑しながらそれぞれの席に座り、画用紙を広げたりしていた。イーゼルだ。あの台の名前はイーゼルだ。そう思いついた瞬間、始業のベルが鳴った。

ドアが開き、麻美が入ってきた。麻美は白いバスローブを身にまとっている。そうなのだ。わかりきったことなのだ。これから麻美が何をするのか、頭ではわかっていたが、それを認めたくない自分がいた。

麻美は中央の壇に上った。何という度胸だろう。電車の中で緊張していた面影は微塵《みじん》もなく、麻美は口元に笑みを浮かべながら、ゆっくりと学生たちを見渡した。学生たちのお喋りがピタリとやむ。

次の瞬間、麻美はバスローブを脱ぎ去った。一糸まとわぬ裸身が目に眩《まぶ》しかった。

「まあ緊張していないと言ったら嘘になるけどね、えいって感じだったのよ」

麻美のバイトが終わり、品川駅まで戻っていた。ここは駅構内のカフェだ。麻美はアイスカフェオレを、太一はアイスコーヒーを飲んでいる。

「最初は不安だったのよ。でもユカリから事前に説明は受けていたの。ユカリっていうのは私の友達。あのバイトはユカリから紹介されたものだったの。私がお金に困っているのを見て、斡旋してくれたわけ」

夢の中にいるような時間だった。麻美は中央の壇で完璧にヌードモデルを演じ続けた。太一を驚かせたのは学生たちの真摯《しんし》な姿だ。若くて可愛い女が裸でいるというのに、学生たちは真剣な顔でデッサンを続けていた。

「でもお金に困っているからといって、人前で裸になるのは恥ずかしいでしょ？」

「まあね。でも実は興味があったのよ。今の私の姿が作品に残るって、何となくすごいことじゃないかって。絵ももらえるんだよ。しかも教授の先生が描いた作品を特別にもらえることになっているんだ。そっちの方が目当てって感じかな」

全然わからない。若い頃の自分の姿を作品に残しておきたいという、女性心理の一種なのだろうか。

「逆に休憩時間の方が何となく恥ずかしかったな。モデルをしていた方が楽だったくらいよ」

二十分モデルをしたあとに五分の休憩が入り、それが三セット続けられた。休憩の間、麻美はバスローブをまとって壇の上で所在なげに座っていた。学生たちの視線もあることから、太一が話しかけることはできなかった。

「これからも続けるつもり?」

太一が訊くと、麻美がストローでカフェオレをかき混ぜながら答えた。

「今日だけよ。ユカリのピンチヒッターだから」

それを聞いて少し安心した。いくら芸術のためだといっても、麻美が毎日のように美大生の前で裸身をさらしているのは正直心が痛む。

「でも麻美ちゃん、本当びっくりしたよ。前もって言ってくれたら心の準備もできたんだけど。ほら、一応僕だって男のわけだし」

「兄妹なのよ、私たち。裸くらいどうってことないわよ。もしあれならお風呂一緒に入ってあげてもいいよ、三千円で」

「えっ? 三千円?」

「冗談よ、冗談」麻美は笑って言った。「それより兄貴、私ちょっと用事があるのよ。あまり遅くはならないと思うけど、もしお腹空いたら先に何か食べてて」

ハンドバッグを手に麻美は立ち上がり、空いたグラスを返却口に戻してから麻美は店から出て行った。店はガラス張りになっていて、麻美が手を振りながら太一の前を横切り、駅構内の雑踏に紛れていく。

さきほどのヌードデッサンを思い出す。麻美が裸で目の前にいるというのに、やましい気持ちがほとんど湧かなかった。やはり兄妹なんだな、と太一は実感していた。僕の前で裸になるなんて、僕のことを全面的に信頼してくれている証じゃないか。

太一は携帯電話をとり出して、紙ナプキンに書かれた番号を新規登録した。カフェに入ってすぐに麻美から教えられた彼女の携帯番号だ。登録の最後にグループ選択の表示があり、太一は『家族』を選んで登録した。ワン切りで着信入れておいてね、兄貴。麻美の声が耳元でよみがえり、そのまま着信を入れようとしたところで携帯電話が突然震え始める。見知らぬ固定電話の番号だ。

「はい、もしもし」

「そちらは楠見太一さんの携帯電話でよろしいでしょうか？　私は……」

さきほど面接を受けた大手ファミリーレストラン・チェーンの担当者からだった。声の感じからして面接官ではない。半ば予期していたことだが、男の口から不採用の旨が告げられる。

「そういうわけで今回はご縁がなかったということで。それでは失礼いたします」

男は用件だけを一方的に言い、電話を切ってしまった。面接の結果も散々だったし、ショックはない。それでも太一は知らず知らずのうちに自分が溜め息をついていることに気がついた。

やるせない気持ちになる。今日、麻美は人前で惜しげもなく裸体をさらし、いくらかの報酬を手にした。バイト代の金額を麻美には聞いていないが、裸になった以上、それなりの報酬を手にしたはずだ。

それに引き換え自分は何なのだ。一回り以上も年が離れた妹が勇気を奮い起こして金を稼いでいるというのに、自分は予備知識もなく面接に挑み、見事に不採用とされる始末だ。

このままでは楠見家の長男として面目が立たない。和也に長男の座を明け渡してやってもいいくらいだ。

「よし、僕は心を入れ替えるぞ」

太一はガラス張りの外を行き交う人波を見ながら、誰にも聞こえないようにつぶやいた。しかしいざ心を入れ替えたはいいが、特に具体的にやるべきことが見つからず、とりあえず麻美に一回着信を入れてからアイスコーヒーを飲み干した。

覆面パトカーを品川署の前に横づけすると、後部座席に座っていた捜査一課の捜査員がドアを開けて降りていく。

「お疲れ様でした」

和也は一声かけてから再びアクセルを踏んで、署の裏手にある駐車場に覆面パトカーを停めた。

午後は連続銀行強盗の捜査に駆り出され、品川近郊のレンタカーショップを回っていた。ハンドブレーキを上げ、キーを外したところでさきほど携帯電話が胸ポケットの中で震えていたことを思い出し、運転席から降りながら和也は携帯電話を開いた。一件の着信が入っていて、表示されている名前を見て和也は目を疑った。野口学《まなぶ》とあったからだ。

すぐにリダイヤルする。三コール目で電話は繋がった。和也が電話の向こうに呼びかける。

「野口、俺だ。楠見だ」

「……先輩。お仕事中にすみません」

言葉を交わすのは一週間振りだ。現場検証の場でも何度か顔を合わせたが、野口の周囲には常に本庁の捜査員が立ちはだかっていて、気軽に話しかけられるような雰囲気ではなかった。

「構わない。どうかしたか？」

「先輩、大事なお話があります。時間は大丈夫ですか？」

「ああ。俺もお前のことが気になっていた。いろいろと話したいこともあったしな」

昼に今村が話していたことがずっと気になっていた。責任をとって警察官を辞めるというものだ。

「今、ホテルにいます。電話では話せない内容なので、こちらまで来ていただけると有り難いんですが」

「すぐに向かう。待っててくれ」

電話を切り、和也はそのまま署の表に回った。野口がいるビジネスホテルはここから一キロほど離れた場所にある。わざわざタクシーを停める距離でもないので、和也はそのまま徒歩でホテルに向かうことにした。腕時計に目を落とすと、時刻はちょうど午後五時になったばかりだった。

それにしても大事な話とは何なのだろうか。電話で話した限りでは野口の口調に覇気はなく、沈んでいるように感じられた。無理もない。もう一週間以上もホテルに幽閉されているのだ。精神的に追いつめられていても不思議はない。

交差点を曲がって海岸通りに出る。夕方のラッシュを迎え、さらに道路工事の影響からか通りは断続的な渋滞が続いていた。足は自然と早足になる。気持ちが先走っているのを和也も感じていた。野口に会ったら伝えるつもりだった。

もっとよく考えるんだ。もし心が変わったら証言を撤回し、本当のことを言ってもいい。俺を助けようなんて思うんじゃない。

今になって証言を翻せば、その影響は計り知れないものになることは和也も承知していた。しかしこのまま野口だけに無実の罪を押しつけて、自分だけはのうのうと刑事を続けることなどできないと思った。とにかく野口と一度腹を割って話したい。それが和也の正直な気持ちだった。

それに甲斐清二の件もある。甲斐清二は何から逃げようとしたのか。野口が何か情報を持っていそうな気がするのだ。あいつ自身、誰にも話していない情報が。

ホテルの前に辿り着いた。エントランスから中に入ると、正面にフロントが見えた。そのまま狭いロビーを通り抜け、エレベーターの前に立ってボタンを押した。一階で待機中だったエレベーターに乗り込み、和也は迷わず七階のボタンを押した。

エレベーターが上昇していく。今村の顔が脳裏をよぎった。今村に何も告げずに野口と会おうとしていることに、わずかな迷いを抱いたが、七階に到着してエレベーターのドアが開いた瞬間、和也は頭を振り今村の顔を脳裏から捨て去った。俺は間違ったことをしようとしているわけじゃない。

廊下を奥に進み、七三〇号室の前に立つ。ドアをノックした。押し殺した声で呼ぶ。「野口、俺だ。楠見だ。開けてくれ」

しばらく待っても中から応答はない。和也はもう一度ドアをノックした。今度は声を張り上げた。「野口、聞こえるか？」

　それでも応答はなく、和也はドアに耳を当てた。ドアの向こうは静まり返っている。人のいる気配はない。和也は携帯電話をとり出し、着信履歴から野口に電話を入れる。数秒してからドアの向こうで携帯電話の着信音が聞こえてきた。

　ノブを摑んで回したが、当然ロックがかかっている。言いようのない不安を覚え、和也は廊下を引き返した。エレベーターのボタンを押していると、小さなテーブルの上に置かれた内線電話が目に入った。すぐに受話器をとってフロントに電話を入れる。フロントマンの声が聞こえた。

「はい、フロントです」

「品川警察署の楠見と申します。七三〇号室に宿泊中の野口学の部屋の前にいます。すぐにスペアキーを持って部屋の前に来てください」

「七三〇号室、ですか？」

「ええ。至急です。急いでください」

　受話器を戻し、和也は廊下を引き返した。再び七三〇号室の前に立ち、ドアをノックする。

「野口、いるんだろ？　開けてくれ。俺だ、楠見だ」

　やはり反応はない。携帯電話で野口にリダイヤルしながら、ドアを叩き続けた。野口、開けてくれ、野口。

「お待たせしました」

廊下の向こうからフロントマンが駆けつけてくる。和也は懐から警察手帳をとり出して、相手にバッジを見せながら言った。

「開けてください。お願いします」

和也の表情から切迫した雰囲気を感じとったのか、フロントマンは慌てた様子で手に持っていた黒いカードキーを挿入口に差し込んだ。緑色のランプが点灯したのが見え、和也はフロントマンを押しのけるようにノブを回しながら室内に入った。

中は薄暗かった。手前にユニットバスがある。和也が宿泊していた部屋とほぼ同じ間取りだった。奥のベッドを覗き込むと、野口が横たわっていた。

カーテンを開け放つと、夕日が室内にさし込んでくる。ベッドに横たわる野口は目を見開いていた。ベッドサイドに置かれたデジタル時計が目に入る。時刻は午後五時二十分をさしていた。時計の横には飲みかけの缶コーヒーが置いてあった。和也はドアの前に立ち尽くしているフロントマンに声をかけた。

「救急車、それから品川警察署に連絡を。急いで」

フロントマンが大きくうなずいてから、廊下の向こうに姿を消した。和也は素早く野口の体を観察する。目に見える外傷はない。

　何もしないわけにはいかない。現場保存などと悠長なことを言っている暇もない。和也は野口の首に手を回して気道を確保してから、胸に両手を置いて体重をかけた。

「……野口、何やってんだよ、野口……」

　叫びにも似た声を洩らしながら、和也は一定のリズムで心臓を押した。野口の口の端からこぼれた涎《よだれ》がシーツに落ちていく。それでも和也は渾身の力を込めて、体を上下させ続けた。


「もう一度確認させてください。野口巡査から楠見巡査長に電話があったのは午後五時で間違いないですね？」

「ええ。間違いありません。携帯の着信履歴を見れば明らかです」

「野口巡査はあなたに話したいことがあると言い、ここに呼び出したわけですね？」

「その通りです。電話では話せない内容だと言っていました」

　すでに品川署の刑事が駆けつけてから二時間ほど経過していた。到着した救急隊員により野口の死が確認され、今もまだ遺体は部屋に残されたままだ。鑑識による現場検証が続いていた。

「あなたは徒歩でここまでやって来て、五時十五分前後に到着した。ドアをノックしても応答がなく、フロントマンを呼んで中に入り、遺体を発見した」

「そうです。フロントマンに救急車を要請して、それから無駄だとわかっていましたが、心肺蘇生を試みました」

ここはホテルの一階にある会議室だ。貸し出しの予約も入っていなかったので、急遽品川署で押さえたらしい。今、和也の目の前に座っているのは本庁の捜査員で、甲斐の事件を担当している二人組だ。彼らが到着する以前にも、和也は品川署の捜査員に一通り事情を話していたので、すでに頭の中は整理されている。

野口は毒物による中毒死だった。ベッドサイドに蓋の開いた缶コーヒーが置かれており、その中に毒物が溶かし込まれている可能性が高いというのが鑑識課の職員の見解だった。

「なぜ野口巡査は死ぬ直前にあなたに電話をしたんですかね？　思い当たる節はありませんか？」

男の物言いが気になった。野口が自殺したかのような口振りだったからだ。和也は反論した。

「まだ自殺だと決まったわけではありませんよね？　他殺の可能性を捨てることはできないでしょう？」

「たしかに自殺と決まったわけではありませんが、状況が状況ですからね」

この二人だけではなく、現場にいる品川署の刑事たち、つまり野口の同僚でさえも自殺だと決めつけている部分があり、それが和也には我慢ならなかった。野口が甲斐の事件で精神的に追いつめられていることは署内の誰もが知っている事実だった。しかしだ。

「あいつは俺に話があると言ってきたんです。そんな男が俺の到着を待たずに命を絶つわけがないですって」

「あなたは野口巡査と懇意にしていたんですよね。お別れの言葉を伝えるつもりだったのかもしれない。しかし土壇場になって気が変わった。あなたの顔を見れば決意が鈍ってしまう。そう思って野口巡査は毒物を服用したのではないでしょうかね」

状況証拠はそろっている。フロントマンは不審な人物を目撃しておらず、野口の携帯電話にも和也以外の履歴は残っていなかったようだ。ただ非常階段を使えばフロントマンに目撃されることなくホテル内に侵入できる。この段階で他殺の線を捨てるのは危険だと和也は考えていた。

「今日はもう帰宅して結構ですよ。そちらの課長とも協議をしましたが、野口巡査の事件から外れてもらいます」

「なぜですか？」和也は思わず身を乗り出していた。「捜査を外される理由がわかりません。俺は第一発見者ですよ。それに野口とだって面識がある」

「だからですよ。余計な先入観は捜査には禁物ですから。あなただけではなく今村警部も同様です」

片方の男が立ち上がり、会議室のドアを開けた。出ていけと言いたいのだろう。反論したい思いを呑み込んで、和也は立ち上がって会議室から出た。

フロントの前で立ち止まり、エレベーターを見た。七階まで上がったところで追い出されるのが関の山だろう。後ろ髪を引かれる思いで和也は自動ドアから外に出た。ホテルの前に植え込みがあり、そこに座っている一人の男の姿が見えた。和也の姿を見つけ、男が立ち上がった。今村だった。

無言のまま今村と肩を並べ、そのまま歩き始めた。先に口を開いたのは今村だった。

「野口の死に顔は見れたんだな？」

「ええ」和也はうなずいた。「あいつが自殺なんかするわけありません。自殺するつもりの人間が、なぜ俺を呼び出したりするんですか」

「あいつは何て言ってた？」

「大事な話がある。そう言ってました」

今でもはっきりと耳に残っている。思い返すとあれが野口と話した最後の会話になったのだ。

「あいつの死に顔を見られたお前が羨《うらや》ましい。俺は現場に入ることさえも許されなかった」

無念そうに首を横に振ってから、今村は手にしていた茶色い紙袋を口に運んだ。それを和也の方に差し出してくる。「飲めよ」

渡された紙袋にはウィスキーの小瓶が入っていた。あたりはすっかり暗くなっており、ヘッドライトを点けた車が海岸通りを行き交っている。

「俺のせいだよ、楠見」今村が下を向いたまま言った。「あいつのメンタルの弱さは俺も承知していた。あいつに身代わりを頼んだ俺の責任だ。俺が殺したようなものだ」

「まだあいつが自殺したと決まったわけじゃありません」

和也はそう言って、手にしていたウィスキーの小瓶を口に運び、一口飲んだ。喉元が焼けるように熱かった。二度と野口と酒を飲むこともできない。そう思うと野口が死んだ実感が湧いてきて、急に喪失感に襲われた。

和也はもう一口ウィスキーを飲んだ。

「和兄、和兄、ちょっと待ってよ」

いきなり背後から呼び止められ、振り向くと麻美がこちらに向かって歩いてくるところだった。白いワンピースが夜の闇に浮かんでいた。和也に追いついた麻美は隣を歩きながら話し始める。

「友達と会っていたんだけど、盛り上がって遅くなっちゃった。すごい久し振りに会った子なの。太一の兄貴に連絡くらい入れておけばよかったかなあ」

麻美の言葉は耳をすり抜けていく。署の前で今村と別れてから、和也は当てもなく歩き続けた。途中で寄ったコンビニエンスストアでウィスキーの小瓶を購入し、それを一息で飲み干した。野口の死に顔が頭にこびりついていた。

「和兄、ご飯食べた？　私はまだなの。あっ、ちょうどよかった、和兄に会えて。ちょっと買い物付き合ってよ。たしかお米が切れていたような気がする」

いったい野口は俺に何を伝えたかったのか。それればかりを考えていた。甲斐清二の情報なのか。それとも本当に俺に別れの言葉を伝えたかっただけなのか。しかし野口の口からそれが語られることは永遠にない。

「聞いてるの？　和兄。早く行くよ」

「……どこへだよ？」

「いいから早く」

麻美に腕を引っ張られるように深夜営業のスーパーマーケットに足を踏み入れた。酔っているせいか店内の明かりがやけに眩しい。麻美からカートを持たされ、それを押して麻美の背中を追った。麻美は次々と手にした食材をカートの上の籠に放り込んでいく。

麻美の後ろ姿を眺めた。この女が自分の腹違いの妹かどうかはこの際置いておくとして、野口が死んだ夜に若い女とスーパーマーケットの店内を歩く自分が滑稽《こっけい》に思えた。野口が死んだホテルでは今も捜査が続いているのは疑いようもなく、それに引き換え俺は何だ。捜査を干された哀れな刑事ってわけか。

カートがずしりと重くなった。麻美が米をカートの下に入れたからだ。もう籠の中身は満杯になっている。惣菜コーナーを通り過ぎ、レジの前に到着した。すでに午後十時になろうとしているのに、レジの前には列ができている。夜の経費節減のためか、五台あるレジのうちの二台しか稼働していないせいだった。

レジの最後尾に並んだ。麻美は財布を両手で持って順番を待っている。和也は胸ポケットから財布をとり出し、一万円札を出して麻美に渡す。「使えよ」

「いいって。私が払う」

「帰ったら兄貴にも請求するから心配するな」

強引に麻美に紙幣を握らせた。ちょうど斜め上から麻美を見下ろす形になり、麻美の胸元に目が行った。白いブラジャーが一瞬だけ見え、腹違いの妹かもしれない女に欲情している自分に気づいて思わず笑ってしまう。

膝に何か当たったのに気づいた。同時に子供の声が聞こえた。足元に目を向けると、そこには商品であるゴムボールが転がっている。向こうから三歳くらいの男の子が歩いてきたので、和也は身を屈めてボールを拾った。

男の子の後ろからスーツを着た若い男が追いかけてきた。男の子の父親だろうか。やや警戒した表情をしている男の子にボールを渡した。父親らしき男が会釈をしながら言った。

「すみません、ありがとうございます」

二人はそのまま和也たちの待つ列の隣の列に並ぶ。父親が腕にぶら下げた籠の中身は弁当が二つと缶ビールと牛乳パックだった。父親の左手に目を走らせると、薬指に指輪はない。シングルファーザーというやつか。男の子は父親の足に寄り添うように、誰にも渡してなるものかといった感じでボールを胸に抱いている。

突然頭に血が上った。男の子の姿から、甲斐清二のことを連想したからだ。たしか甲斐にも息子がいたはずだ。報告書を読んだ記憶では高校生ではなかったか。今この瞬間にも、甲斐の息子は悲しみに暮れているのかもしれない。

甲斐を撃った罪を野口になすりつけた。そのことばかりに気をとられていて、死んだ甲斐清二を被害者として見ていなかった自分に愕然とした。

刑事をしていると、どうしても犯罪被害者の家族と向き合わざるを得ない。一言でいいから謝ってほしい。反省の色を見せてほしい。できるなら死刑にしてほしい。言葉は違えど、被害者家族の口から犯人への憎悪を散々聞かされてきた。残された甲斐の家族は今、彼を失った喪失感とともに、大きな憎しみを抱えて生きているのだ。

本来ならば自分に向けられるべき憎しみは、偽証によって捻《ね》じ曲げられ、撃った自分ではなく死んだ野口に向かってしまっている。刑事として、いやそれ以前に一人の人間として俺はどうしようもなく愚かなことをしているのではないか。

「和兄、顔色悪いけど大丈夫？」

振り向いた麻美に訊かれ、和也は答えた。

「ああ、大丈夫だ」

ようやく番が回ってきたので、和也はレジの前にカートを押し込み、籠をレジの台の上に置いた。隣の列の親子に目を向けると、父親の足元で男の子が和也の顔を見上げていた。視線が合う。男の子は無表情で、じっと和也の顔を見つめている。その邪気のない視線にすべて見透かされているような不安を感じ、和也は思わず目を背けた。

玄関の方でドアが開閉する音が聞こえたので、太一は目を覚ました。夕方部屋に帰ってきても麻美の姿はなく、今日は広島東洋カープの試合もなかったので、風呂に入ったあとでビールを飲んで横になったら、そのまま眠ってしまったようだ。時計を見ると午後十時を過ぎたところだった。

「ただいま」

麻美がリビングに入ってきて、その後ろから和也がビニール袋を持って歩いてくる。和也は重そうなレジ袋をキッチンのテーブルの上に置いた。太一は麻美の顔を見上げて言う。

「おかえり。二人は一緒だったんだ」

「うん、そう。駅の近くで和兄と出くわして、買い物付き合ってもらった。お米が重かったから助かった」

二人で買い物か。和也の奴、羨ましいな。そう思いながらも太一は昼間に美大で見た麻美の肢体を思い出し、全然自分の方が勝っているなと考え直す。

「兄貴、夕飯食べた？」

麻美に訊かれ、太一は答えた。

「いや、まだだけど」

「今何か作るからちょっと待ってて」

「麻美ちゃん、先にお風呂入っておいでよ。夕飯はそれからでもいいから」

「じゃあそうさせてもらう」

麻美はレジ袋から生鮮食品だけを冷蔵庫の中に詰め込んでから、バスルームの方に消えていった。和也がネクタイを外して、リビングのソファーに座った。手には缶ビールが握られている。

「何かあったのか？」

そう太一が訊くと、和也が首を振って答えた。

「別に何もないよ」

何もないわけがない。和也の様子は明らかにおかしい。顔は死人のように青白いし、目がやけに血走っている。昔見た戦争映画で発狂寸前の兵士の顔を太一は思い出した。

二人きりになると会話が続かないのはいつものことだ。太一はテレビのリモコンに手を伸ばし、スイッチをオンにした。テレビの画面に派手なドレスを身にまとったコメディアンの姿が映し出される。往年の名歌手のモノマネをしているようで、誇張し過ぎの表情が観客の笑いを誘っている。太一も思わず笑ってしまいそうになったが、和也はにこりともせずテーブルの上に目を落としている。

「なあ、兄貴」不意に和也が話しかけてくる。「最近仕事は順調なのか？」

どきりとする。いきなり核心を突く質問だ。太一は涼しい顔をして答えた。

「まあまあだな。それなりに順調だよ」

「あれだろ、社員寮のエアコンをとり替えたりしているんだろ。やり甲斐はあるのか？　別の仕事をしたいとか思ったことはないのか？」

別の仕事を探している最中なんだよ。そう言いたいのを我慢して、太一は言った。

「そりゃ僕だって仕事が嫌になることだってあるさ。でも仕事だから仕方ないと思ってるよ。なあ、和也。本当に大丈夫なのか。お前、ちょっと顔色悪いぞ」

和也は缶ビールをテーブルの上に置き、それから両手で顔を覆って言う。

「いろいろあってな。精神的に参ってんだ」

「いろいろって何だよ」

「だからいろいろだよ。悪いけど捜査上の秘密は家族にも洩らすことはできないんだ。知ってるだろ、それくらい」

和也の秘密主義は今に始まったことではない。子供の頃から悩みやトラブルは自分一人で抱え込んでしまう傾向があったが、警察に入ってからそれが顕著になったような気がした。和也の口から警察の捜査情報はもちろんのこと、上司への他愛のない愚痴も聞いたことがない。

しばらく沈黙が続いた。テレビのモノマネをぼんやりと眺めていると、ぼそりと和也が言った。

「兄貴。俺、刑事辞めるかもしれない」

「辞めるって、お前……。刑事辞めてどうするのさ。交通課でも行くのか」

「違う。警察自体を辞めるってことだよ」

　和也は思いつめた目をしていた。その目を見て、和也が本気で警察を辞めることを考えていると太一は察した。今まで弱音の一つも吐いたことのない男なのだ。それほど切羽つまった何かに心をとらわれているのだろう。

「つらくなったら辞めてもいいと思う。でも辞めるの刑事だけにしておけよ。刑事じゃなくたって別の部署に移ればいいじゃないか。ほら、お前昔からバイク好きだっただろ。白バイ隊員にでもなればいいじゃないか」

「そんなに簡単に行くかよ」

　和也が鼻で笑った。あきらめたような笑みだった。

　まずいな、これは。太一は焦りを感じた。もしも和也まで警察を辞めてしまったら、楠見兄弟は揃ってプータローということになってしまう。広島の実家の母が知ったらさぞ悲しむことだろうし、死んだ親父にも顔向けできない。いくら何でも麻美のヌードモデルのバイト代を当てにするわけにもいかないだろう。

「もっとよく考えろよ、和也。何があったか知らないけど、お前は混乱しているだけなんだ。

冷静に考えれば今の仕事を辞めてはいけないことくらいはわかるはずだよ」

「考えたさ、俺だって。考えたうえでの結論なんだよ」

和也はテーブルの上の缶ビールに手を伸ばし、それを摑んで飲み干した。和也の目が潤んでいるように見え、太一は思わず目を見張った。和也の涙なんて今まであまり見たことがない。親父が死んだときでさえ、和也は泣かなかった。記憶している限りでは、小学校のときに一度だけ泣いたことがあるくらいだ。

「お先に。今ご飯の支度するから待っててね」

バスルームから麻美が現れた。太一が貸したスウェットのパンツにTシャツ姿だった。麻美と入れ替わるように和也が無言のままバスルームに消えていく。

「和兄、怖そうな顔してたね。何かあったのかな」

麻美は首を傾げながら訊いてきたので、太一は首を振って答えた。

「さあね。あいつにもいろいろ悩みがあるみたいよ。ところで麻美ちゃん、夕ご飯は何？」

「焼うどん」

「おっ、いいねえ。焼うどん」

麻美がまな板の上でキャベツを切り始めている。太一は立ち上がり、冷蔵庫から缶ビールを一本出して、それを飲み始めた。何気ない感じでバスルームの方を窺うと、シャワーが床に落ちる音が微かに聞こえてきた。

　翌朝、太一は七時に目が覚めた。太一がベッドから抜け出してリビングに行くと、すでに麻美がキッチンに立っていた。

「おはよう、兄貴」

「おはよう、麻美ちゃん」

　リビングのソファーに座り、欠伸《あくび》をしながら太一はテレビを点けた。朝の情報番組にチャンネルを合わせてから、キッチンに立った麻美の背中に目を向ける。

　麻美がこの部屋にやって来て三日がたつが、すっかり彼女はこの部屋の住人として馴染んでいる。器量もいいし、料理も上手だ。完璧な妹だと太一は思う。たった三日しか一緒にいないのに、将来麻美がお嫁に行ってしまう日のことを考えると、太一は絶望的な気分に襲われる。結婚式では絶対に泣いてしまう自信がある。それ以前の問題として腹違いの兄が式に呼ばれるかどうかも微妙なところなのだが。

　パンの焼ける匂いが漂ってくる。麻美が来てから楠見家の食卓は生まれ変わったといっても過言ではないだろう。スーパーマーケットの惣菜コーナーに通うこともなくなったし、毎朝の納豆ご飯も卒業した。

「できたよ、兄貴」

完全に胃袋を握られてしまったな。そう思いながらも太一はいそいそとキッチンのテーブルに向かい、椅子に座った。ハムエッグとサラダとスープ、それから焼いた食パンだ。三人分用意されている。

「いただきます」

大皿のサラダを自分の皿にとり分けていると、和也がリビングに現れた。すでに和也はスーツを着ている。

「和也、飯できてるぞ」

「悪いが食欲がない」

素っ気なく和也は言って、冷蔵庫から牛乳パックをとり出してグラスに注いだ。和也はその場で牛乳を一息で飲み干した。

「せっかく麻美ちゃんが作ってくれたんだぞ。食べていけよ、和也」

「いらないものはいらないんだ」

「じゃあ僕がお前の分まで食べるからな」

麻美がエプロンを外して、太一の斜め前に腰を下ろした。太一は麻美に訊いた。

「麻美ちゃんって誕生日はいつ？」

「えっ、何よ突然」

「お祝いしてあげたくて」

ずっと麻美に世話になりっぱなしなので、どうにか口実をつけて麻美にご馳走してあげたいと突然思ったのだ。

「もうすぐよ。ええと……」

麻美の誕生日は一ヵ月後だった。ラッキー、と太一は内心でガッツポーズを決める。冷蔵庫の横に貼ってあるカレンダーに向かい、太一は麻美の誕生日に大きく赤で丸をつけた。

「この日の夜、お祝いするから。おい、和也。お前もだからな。この日は絶対にほかの予定を入れたりするなよ」

和也はテーブルの前に立ったまま、口をだらしなく開けてテレビを見ている。

「おい、和也。聞いてるのか？」

太一がそう問いかけても、和也は反応しない。気になったので太一はリビングに向かい、リモコンをとってテレビの音量を上げる。情報番組の女のキャスターが原稿を読み上げていた。

「……繰り返します。自殺したのは品川警察署勤務の野口学巡査。一週間前に同区内で五十代の男性を射殺した巡査です。警視庁の発表によりますと、野口巡査は事件後から精神的にナーバスな状態にあった模様です」

「そんな……馬鹿な……」

和也はそうつぶやいてから、グラスをテーブルの上に置いて部屋を飛び出していく。

「おい、待てよ、和也」

太一はあとを追ったが、和也は何も言わずに靴をはいて玄関のドアから外に出て行った。キッチンの方で何かが割れる音が聞こえたので引き返してみると、麻美がキッチンの下にうずくまっている。

「ごめん、兄貴。グラス割っちゃって」

再びテレビの画面に目を向けると、キャスターは次のニュースを読み上げていた。昨夜からの和也の後ろ向きの言動の意味がわかったような気がした。おそらく和也は昨夜の時点で野口という刑事が自殺したことを知っていたのだ。同僚の自殺に対して激しく動揺し、和也はあんなネガティブなことを口走っていたに違いない。

それにしてもだ。太一の脳裏に甲斐弘樹の面影が浮かんだ。彼の父親を殺した刑事が自ら命を絶ったのだ。このニュースを知ったら弘樹は何を思うだろうか。

太一はテーブルの上に目を落とす。三人分の朝食がほとんど手つかずのまま残っている。

太一が公園に向かうと、すでにいつものベンチに甲斐弘樹が座っていた。太一は何も言わずに弘樹の横に座る。弘樹が太一の顔を見て、小さく会釈してきた。太一も小さく頭を下げる。

「おはよう、弘樹君」

「おはようございます、武田さん」

一瞬自分が武田と呼ばれることに疑問を感じたが、そういえば偽名を使っていたのだと太一は思い出す。何て声をかけたらいいのか太一は迷っていた。やはり今朝のニュースについて話さないわけにはいかない。すると意外なことに弘樹の方から話題に触れてきた。

「ニュース、見ました？」

「うん。見たよ」太一は狼狽《ろうばい》しながら答えた。「びっくりしたよ。まさか自殺しちゃうなんてね。弘樹君のところには警察から連絡があったのかな？」

「いえ、俺もニュースを見て知ったんです。警察からは連絡がありません。でも卑怯《ひきょう》だと思いませんか？　責任を感じているなら公式に謝罪すればいいじゃないですか。それなのに勝手に死んじゃうなんて」

弘樹の頬には赤みがさしている。今朝、弘樹が最初にニュースを目にしたときの衝撃は太一にも容易に想像ができた。

「自殺すれば解決するとでも思ったんですかね。俺たち残された家族が喜ぶとでも思ったんですかね」

弘樹は自分に問いかけるように言った。その姿は見ていて痛々しいものだった。昨日までは存在していた怒りのやり場が、今朝になって消え失せてしまったのだ。

「まったくもう」弘樹は自分の膝に拳を打ちつけて言う。「勝手に死ぬなんて卑怯じゃないか。せめて一言くらい……一言くらい俺たちに謝ってくれたってよかったじゃないか」

かける言葉が太一には見つからなかった。弘樹の気持ちは痛いほど理解できる、と言いたいところだが、実際に身内を殺された経験のない自分に弘樹の心を正確に理解できる自信などないと太一は思った。

失業してから半年ほどたつが、午後などは自宅で過ごすことが多かったので、以前は見たこともなかったワイドショーなるものを頻繁に目にするようになった。凶悪事件が起きるたびに、司会者やゲストのタレントは被害者家族に同情するようなコメントを発するのだが、それを聞くたびに太一は違和感を覚えていた。本当にあなたたちに遺族の気持ちが理解できるのか。そんな風に思うのだった。

今、太一の目の前に紛れもない被害者家族の一人がいる。実際に対面してみても、やはり決まりきった同情の言葉をかけることなどできなかった。

「僕ね、半年前にリストラされたんだ」

弘樹が顔を上げた。少し戸惑ったような顔をしている。

「だから朝っぱらから公園でのんびりしていられるんだよ。それまではタイヤメーカーで働いていた。大学卒業してからだから、十六年間勤めたのかな」

弘樹が遠慮気味に言った。

「薄々はわかっていました。多分そうじゃないかなって」

「最初は営業部にいたんだけど、結果が残せなくてね。そのうち仕事に行くのも嫌になって、上司や同僚からも相手にされなくなっちゃって。でも入社してすぐにマンション買っちゃったから、ローンを払うためには仕事を辞めるわけにもいかなくて、会社にしがみついているしかなかった。いろんな部署を転々としてから、最終的には施設管理の仕事をするようになって、この仕事は一人でできる仕事だし、僕としては悪くない仕事だと思っていたんだけど、ある日人事担当に呼び出されてリストラを言い渡されたんだ」

神妙な顔をして弘樹は耳を傾けていた。弘樹の頰の赤みは消えていた。太極拳おばさんが今日も芝生の上で優雅に舞っていて、ラジカセから中国風の音楽が流れている。

「あと二ヵ月くらいで雇用保険も切れるし、早めに新しい仕事を見つけたいところなんだけど、なかなかうまくいかないんだよ。面接は受けまくっているんだけどね。なぜ弘樹君にこんな話をしているのか、僕も正直わからない。わからないけど……」

本来であれば和也と弘樹を会わせたい。そして和也の口から弘樹の父がどのように亡くなったのか、なぜ亡くなったのかを説明させたい。しかし兄という特権を利用したとしても、和也がそれを承知しないことは太一も知っていた。

「人生ってやつはさ、なかなか思い通りにいかないものだよ。そのうちうまくいくさ。そう思っていれば、なるようになるんじゃないかな」

弘樹に対してというより、自分自身に言い聞かせているようだと太一は感じた。

「あっ、忘れてた」太一は唐突に気づいた。慌てて携帯電話を出してスケジュールをチェックする。「今日も午後から面接だったんだ」

昨日心を入れ替えたはずなのに、大事な面接を忘れてしまうなんて何たる失態だ。弘樹に向かって偉そうなことを言っていた自分に憤りを感じて、太一はがっくりと肩を落とした。

「たったこれだけじゃ自殺と決めつけることはできませんよ。いったいどうなっているんですか」

品川署に到着した和也は、刑事課長が到着するのを待って直談判に向かった。課長は涼しい顔で湯呑みの茶を啜っていた。課長は和也の顔をちらりと見上げてから、視線をそらして言った。

「警視庁が発表したんだ。野口が自殺だとな。文句があるなら本庁にかけ合ってみればいい」

和也は手に持っていた朝刊を強く握る。朝刊各紙を読んだ限りでは、野口が自殺したと断定できる要素はなく、すべて状況証拠のみで語られていると推測できた。野口の遺書も発見されていないし、使用した毒物の入手経路も不明のままだ。

課長に当たったところで事態が好転することはないと見切りをつけ、和也は同じフロアにある自分の席に戻った。強行犯係は係長以下全員が出払っている。野口の事件の裏付け捜査に向かっているのだと想像がついた。警視庁は勇み足で自殺と断定したが、所轄の品川署ではその裏付けをとらなければならないのだ。

一人の刑事がハンカチで手を拭きながら強行犯係のシマに戻って来た。平田《ひらた》という刑事だ。来年には定年退職を迎え、最近では後方支援的な役割を果たすことが多い。今日も現場には行かずに署で情報の整理に当たるのかもしれなかった。

平田が自分の席に座って欠伸を嚙み殺すのが見え、和也は席を立った。平田の元に向かい、頭を下げる。

「おはようございます、平田さん」

「おう、楠見。お前さんも留守番だな」

「平田さん、教えてください」和也はやや声のトーンを落とした。「野口の事件です。捜査はどの程度まで進んでいるんでしょうか？」

平田が周囲の視線を気にするようにあたりを窺った。自分に情報を洩らすなと本庁の捜査員から言われているのかもしれない。やがて平田は口を開いた。

「ここだけの話、自殺と断定できる要素は何もない。だからといって他殺を示す証拠もない状態だ」

「鑑識の報告は？」

「死亡推定時刻は午後五時。これは野口と電話で話したお前の証言によるところが大きいな。使用された毒物は青酸カリだ。現場に残されていた缶コーヒーから検出されている」

部屋に入ったときのことを思い出した。ベッドサイドの時計の脇に、プルタブの開いた缶コーヒーが置かれていたのを憶えている。

「目撃者は？俺以外の何者かが野口の部屋を訪ねた形跡はないんですか？」

「今のところはそういう形跡はない。防犯カメラの映像からも怪しい人物は特定できていない。ただし野口が宿泊していたフロアはエレベーター付近に一台の防犯カメラが設置されているだけで、廊下まではカバーしていない」

野口の部屋は廊下の奥の突き当たりにあった。そのすぐ隣が非常口で外階段につながっている。非常口を使えば、防犯カメラに映ることなく、野口の部屋の前まで辿り着くことが可能なのだ。

「ところで楠見、お前は野口とプライベートでも親しくしていたのか？」

「えっ？　まあプライベートとは言いませんが、仕事帰りに飲みに行く程度の付き合いはありました。それが何か？」

「事件が起こる少し前のことだ。ちょうどお前が現場に着く直前だと思うが、一人の女性が野口を捜してフロントを訪れているんだ。追い返されたらしいがな」

野口と女の話をしたことはないが、恋人がいてもおかしくはない。野口は自分の宿泊先を家族にさえ口外することは許されていなかった。不安になった恋人が野口の行方を捜し回っていたということか。

「それともう一つ」平田が指を一本立てた。「半年ほど前のことだ。野口の奴、水商売の女に入れ揚げてトラブルを起こしていたらしい。新橋のキャバクラに勤める女だ」

警察官というのは男女の出会いが少ない職場だ。水商売の女と深い仲になる警察官もいるとは話に聞く。しかし野口のイメージとはややかけ離れているような気もした。

「女のバックには暴力団の幹部がいた。つまり愛人だったわけだな。あとはお決まりの話だ。

それで手を出したとか出さないとかで、野口は責められていたらしい」

まったく知らなかった。元々野口は自分という殻に閉じこもりがちで、あまりプライベートな話を自らするタイプではない。自分は刑事に向いていないのではないか。そんな弱気な気持ちが逆に野口を女に走らせたのだろうか。

「その情報の出所は？」

「野口の同期が渋谷署にいてな、そいつから聞き出した情報だ。ただしトラブルは円満に解決したと野口は言っていたらしい。金でも払ったのではないかというのが、同期の男の推測だ」

「現在の捜査方針を教えてください」

「まずは青酸カリの入手先だ。それからホテルに野口を訪ねてきた女の特定だな。この女が新橋のキャバクラ嬢かどうかは現時点では判明していない。今も現場検証は続いているようだ。いずれにしても野口の死は警視庁の上層部にとっては大助かりだったようだな。昨夜遅くに記者会見を開いたようだが、甲斐を撃ったことに責任を感じて自殺したというのが公式な見解だ。俺も腑に落ちねえが、そういう事件の終わらせ方もあるってことだ」

違うんだ、撃ったのは野口じゃなくて俺なんだ。喉元まで出かかった言葉を呑み込んで、和也は平田に対して礼を述べた。

「ありがとうございます。参考になりました」

和也はその場を離れ、自分の机に向かった。机の上で充電していた携帯電話を手にとり、上着の懐にしまった。そのまま部屋を出ようとしたところで、背後から平田の声が聞こえてくる。

「無茶するなよ、楠見」

和也は振り返って平田に一礼したあと、早足で部屋を出た。


太一は品川駅近くのスーツ量販店にいた。弘樹も一緒だった。公園で太一が今日の面接を忘れていたことを話すと、弘樹が呆れたように首を振った。

「その格好で面接に行こうというんですか。それはちょっと無謀だと思いますけどね」

太一はポロシャツにスーツの上着を羽織っていた。別に自分がおかしな格好をしているという自覚はなかった。

「変かな。ほら、クールビズっていうし、問題はないと思うけど」

「武田さん、もう少し真剣に考えた方がいいっすよ。仮に私服で来いと言われていても、きちんとした格好をしていくのが面接ってもんなんですよ」

そういうやりとりがあり、弘樹に連れられてスーツ量販店までやって来たのだ。すでに比較的安いスーツを購入し、裾を直してもらっている。白いシャツと派手過ぎないネクタイも買ったし、革靴も新調した。弘樹が受けた高校は筆記試験だけでなく、面接も重視することから、面接での心構えやコメントなどを研究したらしい。企業の面接用の対応集などにも目を通したようだ。

店内はエアコンが効いていて快適だった。三十分ほど待っていると、女の店員に呼ばれた。

「武田様、お待たせしました」

女の店員から大きな紙袋を受けとった。試着室を使って着替えさせてもらうことにする。下着以外のすべてを着替えて試着室を出ると、外で待っていた弘樹が笑みを浮かべて太一を出迎えた。

「合格です。でも安心するのはまだ早いです。第一段階をクリアしただけですからね」

二人で店を出た。脱いだ服は紙袋に入っている。南品川公園まで歩いて戻ろうと思ったが、面倒だったので近くのハンバーガーショップに入ることにした。太一の奢りで五百円のセットを二つ買ってから二階の客席に向かった。まだ十一時を過ぎたばかりでランチタイムには早いせいか、店内は空いている。窓際の席に弘樹と向かい合って座った。

「さてと、では始めましょうか」

「お願いします」

弘樹が面接の手ほどきをしてくれる約束になっていた。なぜ高校に上がったばかりの少年の手ほどきを受けなければならないのか。そんな反発心が太一の中にないわけでもなかったが、実際に面接に臨む服装についての弘樹のアドバイスは的を射たものだったし、弘樹の気分転換になればいいとも思った。

弘樹が背筋を伸ばして言った。

「当社を志望した理由をお聞かせください」

今日面接が予定されている会社は大手居酒屋チェーンだ。漁港直送の海鮮類を売りにして、ここ数年で業績を伸ばしてきたチェーンだ。

「ええとですね……私自身がお酒が大好きなので、御社を志望させていただきました」

「まったく話になりませんね」弘樹が溜め息をつきながら言う。「武田さん、それじゃ全然駄目です。志望動機は絶対に聞かれますよ。もっとしっかり考えましょう。できれば具体的なやつがいいと思います」

「具体的？」

「そうです。具体的にです。たとえば居酒屋に関して武田さんが感動したエピソードとかないですか？」

感動したエピソード、か。太一は腕を組んで考え込む。感動といえるほど大袈裟《おおげさ》なものではないが、一つだけ思い出した。それを弘樹に話す。

「営業をやってた十数年前の話だけど、仕事帰りに一人で居酒屋に寄ったんだよ。一人客だったけど平日だったからボックス席に案内されたんだ。僕は営業で結果が残せなくて落ち込んでて、ゆっくり飲みたい心境だったわけ。でも隣の席の大学生らしき集団が大声で馬鹿騒ぎしてて、うるさくて辟易《へきえき》していたんだ。そしたら若い女の店員が『こちらの方が静かですよ』って隅の席に案内してくれた。彼女の気遣いが嬉しかったことをよく憶えてるよ」

「それですよ、それ」弘樹が目を輝かせる。「いいじゃないですか。それ使えますよ。その店が今日受ける系列のチェーン店だったことにしちゃいましょうよ」

「弘樹君、それじゃ嘘つくことになるよ」

「嘘も方便ってやつですよ。今のは絶対に使えます。そうですね……そのときの優しい女性店員の気遣いに触れて、私は人間性を重視する御社の社員教育に感動しました。人と人の触れ合いこそ、サービス業の原点だと私も感じていますので、今回御社を志望させていただきました。うん、これで行きましょう」

「ちょっと待ってよ、弘樹君。今メモするから」

「駄目です。覚えてください」

「もう一度、言ってくれる？」

仕方ないと言った感じで肩をすくめて、弘樹はさきほどの台詞をもう一度言ってくれたので、太一はそれを一字一句頭に叩き込んだ。

「では次です。好きなものは何ですか？」

「ええと……ビールと広島東洋カープです」

「ギリギリセーフですね。できれば巨人の方が共感してもらえる確率は高いですが、まあいいでしょう。では嫌いなものは？」

「泥棒です」

「即答でしたね。その理由は？」

「人のものを盗んではいけないと思うからです」

「では武田さんのセールスポイントを教えてください」

「セールスポイント……ですか。ええと……ご飯を残さず食べることです」

「それはセールスポイントではありません。先に食べちゃいましょうか、武田さん。時間はまだありますから。セールスポイントは絶対に聞かれる質問ですよ。食べながら考えておいてください」

そう言って弘樹はハンバーガーの包みを手にとり、それを頬張り始めた。太一はアイスコーヒーに手を伸ばし、ストローで一口飲んだ。弘樹の口元がほころんでいるのが見えたので、太一は訊いた。「どうかした？」

「いえ……何か楽しいなと思って」

これはいいかもしれない。僕の面接の練習にもなるし、弘樹君の気分転換にもなりそうだ。


「では再生をお願いします」

和也は野口が死んだビジネスホテルを訪れていた。実は三時間以上前にホテルに到着していたのだが、中で現場検証が続いていたので立ち入ることができなかった。ようやく鑑識の人間が引き揚げるのを見て、和也はホテル内に足を踏み入れた。不審な女が映っていた防犯カメラの映像を見たいと申し出ると、奥のスタッフルームに案内された。和也の目の前には数台のモニターがあり、それがリアルタイムで流れているようだ。男が手元のパソコンを操作していた。彼の肩書はサブマネージャーだった。

「用意できましたよ、刑事さん」

「正面の四番のモニターです。ご覧ください」

太一はモニターを凝視した。小さいモニターのため、目を凝らさなければ細部まで見ることはできない。

ちょうどフロントを斜め上から撮っている映像だった。音声はない。画面奥の自動ドアが開き、一人の女が入ってきた。女はまっすぐフロントの前まで歩いてきて、二人いるフロントマンの一人に話しかけた。女の顔を見て、和也は息を呑んだ。

まさか、麻美？

女は一言二言フロントマンと会話を交わし、そのまま回れ右をしてホテルから出て行った。ホテル内にいた時間は一分弱といったところか。映像の右上に表示された時間を見ると、昨日の午後五時二分をさしていた。ちょうど野口と電話をしていた時間帯だ。

「もう一度再生してください」

和也が頼むと男はうなずいて、マウスを操作する。すぐに同じ映像が再生された。今度は女の顔にだけ注目する。間違いない、麻美だ。白いワンピースにも見憶えがある。昨夜遅く一緒にスーパーマーケットに行ったときに彼女が着ていたものだ。

「彼女とのやりとりはどのようなものだったのでしょう」

「別の刑事さんにも話しましたが、簡単なものだったようです。いきなり『野口学という刑事さんはこのホテルに泊まっていますか』と訊かれて、応対した者は一応パソコンを調べる振りをしてから、『そのような方は宿泊しておられません』と答えたようです。野口さんが当ホテルに泊まっておられたことは口外厳禁だと品川署の方に言われていましたから」

おそらくこの映像はすでにコピーされ、品川署に押収されているはずだ。場合によっては鑑識に頼みこんで画像を拡大してもらうことも可能だが、捜査を外された自分の頼みを鑑識が聞き入れてくれるかどうか微妙だった。しかし野口を訪ねた女の正体がわかっただけでも大きな収穫だ。

「ありがとうございました。ご協力感謝いたします」

礼を言ってから和也はスタッフルームから出た。ホテルの外に出る前にフロントの横のロビーに向かい、ソファーに腰を下ろして頭を整理する。

やはりあの女は食わせ者だったのだ。彼女は俺たちの妹なんかではない。では彼女の正体は誰なのか。現時点で考えられる有力な候補は、野口の恋人もしくは奴に近い女といったところだが、それにしても解せない部分がある。

そういえば……。和也は昨日の朝の出来事を思い出した。甲斐の事件の続報がワイドショーで流れたとき、彼女が質問したのだ。ねえ和兄、撃っちゃった人、今はどうしてるの？

野次馬根性から出た何気ない疑問だと思い、口を滑らせてしまったのだ。野口は品川のホテルに滞在していると。それが彼女にとっては大きなヒントとなったわけだ。まったく迂闊《うかつ》だった、完全に俺のミスだ。和也は唇を嚙んだ。

疑問は山ほどある。彼女は何者なのか。なぜ野口を捜しているのか。野口とはどういう関係なのか。

さらに考えるなら、野口が死ぬ直前にホテルを訪れたのは偶然で片づけていいものだろうか。フロントマンには追い返されたが、彼女が何かを嗅ぎとったとは考えられないか。疑い始めればきりがないが、それが刑事というものだ。

まずは彼女に問い質《ただ》さなければならない。和也は携帯電話をとり出し、太一の番号を呼び出してコールをした。太一なら彼女の携帯番号を知っているかもしれないと思ったからだ。しかし太一の携帯電話は電源を切っているのか繋がらなかった。

まったく兄貴、こんなときに何やってんだよ。

内心つぶやいてから、和也は自宅の固定電話に電話を入れたが、こちらはすぐに留守電になった。まずは自宅からだ。それでも捕まらなかったら、何とかして兄貴と連絡をとり、麻美の携帯番号を聞き出すまでだ。

和也はホテルを出て、通りに立った。秋の陽射しがアスファルトを照りつけている。三台目に通りかかったタクシーが停車したので、すかさず和也は後部座席に乗り込んだ。

「東品川までお願いします」

運転手に告げてから、和也は深くシートに体を沈めた。あの女の顔を思い出す。すっかり見慣れたものになりつつあった、麻美の顔。

宮前麻美。お前はいったい何者なんだ？

太一を乗せたエレベーターは下降中だった。今さっき面接を終えたばかりでこれから帰るところだ。太一の周りには大手居酒屋チェーンの社員たちが首から社員証をぶら下げてエレベーターの階数表示を見上げていた。近々お世話になります楠見太一という者です、と自己紹介したい気分になってくる。

一階に到着したエレベーターから降りて、ロビーを歩く。いつもより大股で、背筋もピンと伸ばして歩く。何だか気分がいい。新調したスーツを着ているせいかもしれない。やはり外見に気を使うのは重要なのだ。正面受付の隣に自動販売機が並んでいるのが見えたので、微糖の冷たい缶コーヒーを二本買った。

回転ドアから外に出たところに植え込みがあり、そこで待っている弘樹の姿が見えた。太一が駆け寄っていくと、弘樹が立ち上がった。

「面接、どうでした？」

弘樹に訊かれて、太一は親指を立てた。

「うまくいったよ。かなりの好感触」

ここは麻布にある大手居酒屋チェーンの本社ビルの前だ。ビルの前は広々とした空間になっていて、動物のオブジェのような奇怪な物体がところどころに置いてある。ベンチの役割も果たしているようなので、そのうちの一体に弘樹と並んで腰を下ろした。持っていた缶コーヒーを一本、弘樹に渡した。

「本当に弘樹君のお陰だよ。あんなにうまくいくとは思わなかった」

志望動機もセールスポイントも打ち合わせ通りに話すことができた。特に志望動機を語る際に、居酒屋のエピソードを交えて社員教育に感動したことを話すと、人事担当の面接官が身を乗り出して言ったのだ。お目が高い。その通りです。うちは社員教育に最も力を入れているんですよ。

「趣味を聞かれたときに、野球観戦だと答えたんだ。すると担当官の目つきが変わってね、話を聞いてみるとその人は大学まで野球をやっていて、六大学リーグでプレーしていたみたいなんだ。僕もドラフトに興味があるから、六大学リーグにも注目しているんだ。話が盛り上がっちゃって、予定時刻を五分もオーバーしてしまったよ」

「それはすごい。いい兆候じゃないですか」

「だろ。僕もそう思うよ。もしかしたら内定もらえるかもしれない」

「内定もらえたらいいですね」弘樹はそう言いながらも、きちんと釘を刺す。「でも浮かれてる場合じゃないですよ。今日のことは忘れて次の面接に備えましょう」

「うん。わかった」

太一は素直に返事をした。缶コーヒーを一口飲んでから、首に手をやってネクタイを緩めた。隣を見ると、弘樹も缶コーヒーを飲んでいた。その横顔を見て、太一は小さな罪悪感を覚える。

弘樹は知らないのだ。目の前にいる武田と名乗る男が、実は父親が死んだ現場に居合わせた刑事の兄であることを。

このままでいいのだろうか、と太一は自問した。弘樹には世話になった。面接の練習にも付き合ってもらったし、スーツ選びも手伝ってもらった。そんな弘樹に嘘をつき続けることが、正直苦痛になり始めている。

太一は大きく息を吸った。そして決意する。太一は姿勢を正して体ごと弘樹の方を向いた。

「弘樹君。実はずっと内緒にしていたことがある。別に悪気があったわけじゃないんだけど、本当のことが言えなかった。でも決めたんだ。実はね……」

「知ってますよ、楠見さん」

「えっ？」

「実は最初から知ってたんです。あなたが楠見和也の家族であることを」

「最初……から？」

続く言葉が出ず、太一は呆然と弘樹の顔を見つめるしかなかった。弘樹は口元に小さな笑みを浮かべている。

「父が死んだ理由を知りたくて、毎日のように品川署を訪ねていたのは事実です。父が死んだ三日後くらいだったかな、品川署の受付で、楠見和也への面会を依頼するあなたの姿を見かけたんです」

それなら太一も憶えていた。着替えやら何やらを段ボールに入れて面会に出向いたのだが、受付で追い払われてしまったのだ。持参した段ボールも受けとってもらえず、すごすごと引き返したのを今でも憶えている。

「それであなたを尾行したんです。あなたはその足で南品川公園に向かった。ベンチに座っていたあなたの姿を遠くから見張っていたんですが、うっかり俺がトイレに入った隙に、あなたは公園から出ていってしまいました。完全な俺のミスでしたよ。でも俺は諦めませんでした。毎日のように南品川公園に足を運んでいると、ようやくあなたに会えたんです。しかも太一さんから話しかけてくれたんです。あのときは本当に驚きましたよ」

つまり弘樹とあの公園で出くわしたのは偶然ではないわけだ。まあそれもそうだろう。偶然にしては出来過ぎだ。

「結構やるでしょ？　こう見えても一応探偵の息子なんですよ」

弘樹がそう言って片眼をつむった。

「ごめん、今まで黙ってて」太一は頭を下げた。「楠見和也は僕の弟だ。弘樹君のお父さんが亡くなったとき、現場にいたらしいんだ」

「そうらしいですね。インターネットの記事で読みました」

「うん。嘘をついていることに耐えられなくなったんだ。本当に黙っててごめん」

太一はもう一度頭を下げる。弘樹が慌てるように言う。

「いいですって、楠見さん。嘘をついたのはお互い様ですって。それに撃ったのは野口という刑事で、楠見さんの弟さんは関係ないじゃないですか。もう野口って刑事だって死んでしまったわけだし。あなたに接触すれば、父のことが何かわかるかもしれない。そう思っていたんですけど、気がつくと楠見さんと一緒に居ることが楽しくなってました。俺に探偵は向いてないかもしれません」

「僕、和也を……弟を説得してみようと思ってる。弟は弘樹君のお父さんが死んだ現場にいたんだ。だから知ってるはずだ。なぜ弘樹君のお父さんが撃たれることになったのか。それに自殺した野口って刑事とも弟は面識があるに違いない。彼が何を思い、死を選んだのか。それも知ってると思う」

太一は顔を上げて、缶コーヒーを強く握った。目の前の本社ビルにはスーツを着た男たちがひっきりなしに出入りしている。

「弟を説得してみるよ。弘樹君に直接会って、事情を説明するようにね。頑固な弟だから一筋縄じゃいかないと思うけど、僕にできる範囲で説得する」

それが難しいことは太一も承知していた。甲斐清二を撃った野口の同僚である和也は、いわば加害者側の人間なのだ。被害者家族である弘樹と会うには、それなりの理由ってやつが必要になるだろう。それでも試みる価値はあると思った。和也だって鬼ではない。被害者家族の心情を汲みとる優しさくらいは持ち合わせているはずだ。

「ありがとうございます、楠見さん」

そう言って弘樹が小さく頭を下げるのを見て、太一は膝に手を置いて立ち上がった。

「そろそろ帰ろう。あと弘樹君、僕の本名は楠見太一。太一って呼んでいいから」

「ええ、わかりました。太一さん」

弘樹と肩を並べて歩き始める。すれ違ったOLらしき女性がこちらを見ているのに気づき、周囲には親子のように見られているのかもしれないと感じたが、まあそれも悪くないなと太一は思った。

和也は西新宿に来ていた。東品川の自宅マンションに戻ったが麻美の姿は見えず、相変わらず太一の携帯電話も不通の状態が続いていた。仕方ないので太一の会社に連絡を入れたが、太一まで内線電話を回してもらえなかった。交換の女性の煮え切らない口調に苛立《いらだ》ちを覚え、和也はすぐさま電車に乗って太一の勤務先に向かったのだ。

太一が勤める会社はタイヤのメーカーだ。一度も訪れたことはなかったが、携帯電話からネットに接続して本社の場所もすぐに調べることができた。西新宿の高層ビルの十五階から十七階にテナントとして入っているようだった。

受付は十五階とエントランスの案内表示が見えたので、和也はエレベーターで十五階に向かう。スーツを着たサラリーマンたちでエレベーター内は混雑していた。

十五階でエレベーターを降りる。降りた正面に受付が見え、受付嬢らしき若い女性が二人、和也に向かって頭を下げてきた。

「こんにちは。今日はどのようなご用向きでしょうか？」

右側の女が尋ねてきたので、和也は答えた。

「楠見太一をお願いします」

「面会のご予定は？」

「ありません。実は私、楠見太一の弟です。兄に用があるんですが、携帯が繋がらないものでしてね。さきほどお電話をさし上げたところ、兄に繋いでいただけず、ここまで来た次第です」

「お兄様はどちらの部署でしょうか？」

「申し訳ない。それもわからないのです。施設の管理を任されていると思うのですが」

「少々お待ちください」

そう言って受付の女は手元のマウスを操作して、何やらパソコンで調べ始めた。生憎和也の位置からではパソコンの画面を見ることはできない。

「楠見様、すぐに担当の者が参りますので、あちらのお席でお待ちになっていただけますでしょうか」

受付の女が手で示した先には、応接セットが並んでいる。なぜ兄貴本人ではなく、担当の者が参るのだ。そんな疑問を感じたが、仕方なく和也は応接セットに向かい、ソファーに腰を下ろした。

さすがにタイヤメーカーだけあって、タイヤそのものが壁に沿って展示されていた。芸能人を起用したポスターも貼ってある。兄弟揃って自家用車を持っていないため、太一がタイヤメーカーに勤めている恩恵にあずかったことは一度もない。

「楠見様でいらっしゃいますね」

そう言いながら一人の男が近づいてきた。四十代後半とおぼしき男だった。和也は立ち上がり、頭を下げた。

「ええ。私が楠見です。ところで兄は？」

「そのことなんですがね。ええと楠見様。念のために身分証明書を確認させてもらってよろしいでしょうか。これからお話しすることは個人情報も含まれますので」

何を言い出すのだろう。兄を訪ねただけなのに身分証を提示しろと言う。財布の中に免許証も入っているが、やや男の応対に不満を覚えた和也は、胸ポケットから警察手帳をとり出して中の写真を男に見せた。

「これで確認できますでしょうか。品川警察署の楠見です」

「これは……警察の方でしたか。楠見様、お座りくださいませ」

男に言われ、和也は再びソファーに腰を下ろす。男も和也の正面に腰を下ろし、それから声をひそめて言った。

「実はですね、楠見様。お兄様の楠見太一さんはこちらの会社を退職いたしました。……嘘ではございません。そんなに怖い顔をなされなくても」

太一が自宅マンションに戻ったのは午後五時を回ったところだった。弘樹とは品川駅を降りたところで別れて、太一は図書館に直行した。弘樹の言葉が耳に残っていたからだ。今日のことは忘れて次の面接に備えましょう。

次の面接は週明けの飲料メーカーだった。図書館で飲料業界について予備知識を仕入れ、面接関連のハウツー本を読んだ。一時間ほど図書館で勉強してから自宅に戻ることにした。

玄関のドアを開けて中に入る。麻美の靴がないことから、まだ彼女は帰ってきていないことを知った。新調したスーツを脱ぎ、しっかりとハンガーにかけてから、太一はキッチンのテーブルの上に大きな鍋が置いてあるのを発見した。鍋の蓋を開けてみると、中身はカレーだった。麻美が作ったものだろう。

太一はソファーに座った。テレビをつけて、有料チャンネルの広島東洋カープの試合中継に合わせる。そろそろペナントレースも山場にさしかかっており、見逃せない熱戦が続いている。

まだ試合は始まっていない。昨日の試合のハイライトを見ながら、太一は弘樹のことを思い出した。

弘樹とは口約束を交わすことなく、品川駅で別れた。だから弘樹が明日公園に来る保証などないし、突然気が変わって弘樹が学校に通い始めてしまったら、二度と彼と会うことはないだろう。それでも太一は予感がしていた。多分明日も弘樹君は公園に来る。そんな漠然とした予感だった。

だんだんと腹が減ってきた。空腹よりむしろビールを飲みたかった。さすがに今日は四回裏が終わるのを待ってはいられない。面接もうまくいったし、どこか充実している。早々とビールを飲んでしまいたい。

テーブルの上に置いた携帯電話を手にとると、電源が入っていないことに気づいた。昼前にハンバーガーショップで面接の練習を始めたときに電源を切ったことを憶えていた。電源を入れると、すかさず携帯電話が震え始める。三件の不在着信があり、すべてが和也からの着信だった。珍しいこともあるもんだ。何かあったのだろうか。

携帯電話を持ったまま太一は立ち上がり、冷蔵庫に向かう。もうビールを我慢できなかった。冷蔵庫の扉にマグネットで便箋のような紙片が張ってあるのが見えた。女の子っぽい丸い字が読めたので、麻美からの伝言だろうと思いながら、まずはビールを出そうと冷蔵庫を開けた。缶ビールを一本とり出して、冷蔵庫の扉を閉めて麻美からの伝言を読む。

一度読んで、何かの間違いだろうと思った。目をこすってからもう一度読み、どうやら間違いなさそうだと実感する。嘘だろ、麻美ちゃん。そんなことって――。

缶ビールをテーブルの上に置いた。ビールなんか飲んでる場合じゃない。

慌てて玄関先まで向かった太一だったが、靴をはこうとしたところで自分がTシャツにトランクスという外出するには相応《ふさわ》しくない格好であることに気づき、すぐに自分の部屋に引き返す。ハンガーにかかっていた買ったばかりのスーツが目に入ったので、Tシャツの上に上着を羽織り、ズボンをはく。靴下を探している余裕はなく、太一はリビングを横切って玄関先に向かう。

「大変だ、これは大変だぞ……」

一人でつぶやきながら靴をはき、太一はドアノブに手をかけた。


和也がドアノブを摑んだ瞬間、いきなりドアが内側からすごい勢いで開き、和也はバランスを崩した。間一髪でドアは和也の前髪をかすめた。何とか踏みとどまって、和也はドアの向こう側を見る。そこに立っていたのは太一だった。

「か……和也」太一は目を大きく見開いて言った。「よ……よかった。ちょうどいいところに来た。和也、大変なんだよ。麻美ちゃんが……」

太一が外に出てこようとしたので、和也は太一の両肩を摑んで部屋の中に押し込んだ。

「黙れ、兄貴。麻美はどこだ？　あの女はどこにいる？」

なぜか太一は涙目になっている。和也の剣幕に押されたのか、太一は震える手で一枚の紙片を掲げた。それを奪いとって目を走らせる。

一枚の便箋だった。そこには女っぽい丸い筆跡でこう書かれていた。『今までお世話になりました。カレーは温めて食べてください。宮前麻美』

「どうしよ、和也」太一が泣きそうな顔で言う。「麻美ちゃん、出ていっちゃったんだよ。なぜだよ、なぜ麻美ちゃんが……」

やはり騙されていたというわけだ。しかも野口が死んだ翌日になって急に姿を消すあたりが、彼女が後ろめたい何かを抱えている証だろう。あの女は最初から計算尽くで俺たち兄弟に接触してきたというわけか。

太一が前に出て、和也にすがりついて言う。

「まだ近くにいるかもしれない。和也、手分けして麻美ちゃんを捜そう」

「放せよ、放せったら」和也は太一の腕を振りほどいた。その勢いで太一は体勢を崩してフローリングの上に尻餅をつく。「いい加減に目を覚ませよ、兄貴。あの女はな、俺たちを騙していたんだぞ」

「……騙していた？　麻美ちゃんが？」

「そうだよ。あの女は俺たちの妹なんかじゃない。腹違いの妹なんかじゃないんだ」

「嘘だ、そんなことって……」

太一は放心したような目で和也を見上げていたが、やがて何かを決意したかのように立ち上がった。

「どこに証拠があるんだ。麻美ちゃんが僕たちの妹じゃないって証拠だ。そもそも彼女が僕たちの妹だと偽った理由は何だよ。泥棒か？　それとも詐欺か？　でも僕は断言してもいい。部屋中探したって盗まれたものは何もないはずだ」

　彼女が俺たち兄弟に接触してきた理由。確信があるわけではないが、想像はできた。甲斐清二の射殺、それと野口の自殺。彼女はそのどちらかに、もしくは両方に密接に繋がっているはずだ。そうでも考えないとあのタイミングで俺たちに接触してきた理由に説明がつかない。

「兄貴に言うわけにいかない。捜査上の秘密だからな。だが彼女が俺たちの妹なんかではないことだけは断言できる。考えてもみろよ、兄貴。そうそう都合よく腹違いの妹が現れたりするものかよ」

　もっと早い段階で彼女の素性を疑うべきだったと和也は後悔に襲われていた。しかし甲斐の事件で周囲が慌ただしかったし、本音を言えば麻美との奇妙な同棲生活が心地よかったのも事実だ。

「急に態度を変えるなよ、和也」太一は唾を飛ばす。「お前だって麻美ちゃんと打ち解けていたじゃないか。あんなに楽しそうに笑っていたじゃないか。いつもは家で飯なんか食わないのにちゃっかり飯の時間には帰ってきてたじゃないか」

　痛いところを突かれ、和也は話の矛先を変えた。

「会社を辞めちまったんだって？」

「えっ？」

「今日兄貴の会社に行ったんだよ。ずっと携帯も繋がらなかったし、どうしても麻美の行方を知りたかったからな。そしたら担当者が出てきて、そいつから聞いたよ。そういう大事なことは俺に教えてくれないと。俺の身にもなってみろよ。とんだ恥さらしじゃねえか」

「いいだろ、別に」太一は開き直って反論した。「個人的なことだ。すべてをお前に報告する義務はない」

「まさかリストラされたのか？」

太一の顔色が変わった。目が泳ぐのがはっきりと見えた。図星だなと和也は直感した。

「マジでリストラされたのかよ。なぜ俺に言わないんだ。俺たち兄弟だろ」

「それは僕の台詞だ。兄弟に隠しごとが駄目なら、お前がよく口にする捜査上の秘密はどうなるのさ。兄弟なら教えてくれたっていいだろ。なぜ麻美ちゃんは僕たちの前に現れたんだ？」

「だからそいつは教えられないんだよ」

太一が口を真一文字に結び、それから和也の脇を抜けてドアから外に出て行こうとした。和也は右手を伸ばして太一の体を制する。

「どこに行くんだよ」

「麻美ちゃんを捜しに行くに決まってんだろ」

「無駄だよ、無駄」和也は言葉を吐き捨てた。「あの女、今頃俺たちのことを笑っているに違いないって。それとも兄貴、あの女に惚れちまったのか。兄貴はリストラされたんだろ。女を捜す暇があったら職を見つけろよ、職を」

言い過ぎたという実感はあったが、一度口から出てしまった言葉を撤回することはできなかった。太一は憤然とした表情で和也をにらみ、それから言った。

「出てけよ、今すぐに」

「言われなくても出てってやるよ」

和也は靴を脱ぎ、フローリングの上を歩いて奥に向かった。リビングを横切り、自分の部屋のドアを乱暴に開けた。クローゼットから旅行用のボストンバッグをとり、目についた服や小物などを手当たり次第バッグの中に突っ込む。

背後で太一の声が聞こえた。床に太一の影がはっきりと映っている。

「和也、僕に何か隠してるだろ。僕だってそれほど鈍くない。お前が何か大きなものを胸にしまい込んでいるのはわかる」

太一の言葉が背中に突き刺さった。和也はボストンバッグのファスナーを閉めて立ち上がった。

言えるわけがなかった。兄貴に人を殺してしまった俺の気持ちがわかるものか。喉元まで出かかった言葉を丸呑みして、和也は太一の脇を抜けてリビングに出た。そのまま玄関に向かって歩き出すと、太一の声が後ろから追いかけてくる。

「和也、僕は何があろうが麻美ちゃんを見つけ出す」

勝手にしろ。心の中でつぶやいて、和也は靴をはいた。和也の靴の隣には買ったばかりのような新品の革靴が置いてある。ボストンバッグを肩にかけ、和也は玄関のドアを開けた。

第三章　妹の涙

太一が自宅マンションに辿り着いたとき、時刻は午後八時を回っていた。部屋の中に入ると点けっぱなしになっていたテレビに広島東洋カープの試合中継が流れていたが、今日ばかりは試合経過に興味も湧かなかった。

キッチンのテーブルの上には缶ビールが置いてあった。すでにビールは水滴にまみれてすっかりぬるくなってしまっている。太一は缶ビールを冷蔵庫にしまい、それから新しい缶ビールをとり出した。麻美が最後に作ってくれたカレーの鍋をコンロの火にかけてから、太一はビールを半分ほど飲み干した。

和也が出て行ったあと、太一も部屋を飛び出して、麻美の行方を捜した。携帯電話に電話を入れてもすぐに留守番電話に切り替わってしまった。まずは自宅マンションの周囲を見て回ったあと、次に太一が向かったのは上野の美術大学だった。構内を歩き回ったあと、太一は昨日も顔を合わせた初老の男と会うことができた。男の名前は古田《ふるた》といい、肩書は教授だった。麻美の連絡先を教えてほしいと頼んだが、古田は首を捻《ひね》った。さあね、モデルの住所までは私も知らないんだよ。うちはプロの事務所に依頼しているから、そこに聞けばわかると思うんだけどね。彼女の場合はピンチヒッターだったから、それも難しいんじゃないかな。

そのまま立ち去ろうとすると、古田という教授に呼び止められた。ちょっと君、これをあの子に渡してくれないか。連絡がつかなくて困っていたんだよ。

古田という教授から渡されたのは、一枚のキャンバスだった。風呂敷に包まれているから、中身がどんな絵なのかは不明だ。でもそこに描かれているのは麻美の姿であることだけは想像がついた。

キャンバスを受けとった太一は、モデル事務所の連絡先を聞き、礼を言って外に出た。すぐにモデル事務所に電話をして、ユカリという名のモデルを捜していると電話に出た相手に伝えたのだが、ストーカーか何かと勘違いされたのか、電話は一方的に切られてしまった。仕方なく再び山手線に乗って品川まで戻り、失意のまま自宅マンションまで帰ってきたのだ。

缶ビールを飲み干してから、太一は麻美が使っていた部屋を覗いてみたが、出て行く間際に掃除をしたのか、塵一つ落ちていない。次に和也の部屋を覗いてみたところ、こちらは逆に空き巣に入られたあとのような状態で、クローゼットの隙間から衣類の袖がはみ出したりしている。

和也に何かあったことは、太一もずっと気づいていた。甲斐清二が殺されてから一週間後、この部屋に帰ってきたときから様子がおかしかった。時折何かを考え込むような、深刻な顔を見せた。麻美がいたから何とか場が明るくなっていたようなもので、もしも二人きりだったら息がつまったことだろう。

和也が仕事の話を自宅ですることはなかったが、刑事という職業が過酷なものであることくらい、太一にだって想像がつく。目の前で人が撃たれるのを目撃する。それだって十分衝撃的だが、撃ったのが自分の同僚となると、そのショックは計り知れない。さらに撃った本人が自殺してしまったなんて、太一にとっては映画やドラマの世界に近い。

キッチンに戻り、鍋の中を覗いてみるといい具合に煮立っている。炊飯ジャーからご飯をよそい、カレーをかけてテーブルの上に置く。冷蔵庫からもう一本ビールを出して、椅子に座った。

「いただきます」

カレーライスを食べ始める。美味しかった。辛いのにどこか甘みがある。三口ほど食べてから、太一はスプーンを置いて部屋の中を見渡した。

広い部屋だ。こんなに部屋が広いことを実感したのは久し振りのことだ。それに一人で食べる食事がこんなに味気ないものだとは思わなかった。カレー自体はとても美味しいのに、どうしてこうも味気ないのか。思えばここ数日、部屋で食事をするときは必ず和也と麻美が一緒だったし、お昼だって弘樹と一緒に食べている。

「そうだよ、何か足りないと思ったんだよね」

太一はわざとらしく声に出して言ってから、冷蔵庫から福神漬けを出してカレーの上に載せた。

「やっぱりカレーには福神漬けがないとね」

そう言ってみても答えてくれる者がいるはずもなく、淋しさだけが募る一方だった。野球中継の音声に混じって、スプーンと皿がぶつかる音だけが響き渡る。

普段なら考えられないことだが、一皿食べただけで満腹になってしまった。鍋の中には大量のカレーが残っている。おそらく和也の分も考えて作ってくれたのだろう。

「一人じゃこんなに食べ切れないって、麻美ちゃん」

太一がそうつぶやいたとき、玄関のインターホンが鳴った。帰ってきたのだ。どちらだろうか。和也はかなり機嫌が悪かったので脈はなさそうだ。となると麻美の方か。

太一は玄関まで全力で走り、ドアのロックを外す。勢いよくドアを開けながら、喉元まで出かかった「おかえり」という言葉を寸前で呑み込んだ。

「夜分すみません、お届けものです」

立っていたのは宅配便のお兄さんだった。太一は膝の力が抜けて、その場に崩れ落ちそうになった。

「大丈夫ですか？」

そう声をかけられ、太一は気をとり直して姿勢を正す。「はい、大丈夫です。サインでいいですよね」

伝票にサインをして、お兄さんから荷物を受けとった。荷物は実家の母から送られてきたもので、伝票には食料品と書いてある。三ヵ月に一度くらいの割合でこうしてレトルト食品などが大量に送られてくるのだ。三十八歳になった今でも、母にとって自分は子供のままなのだろう。それでも広島限定の調味料やカップ麺などは案外重宝するので、いつもならすぐに段ボールを開けて中身を確認するのだが、今日に限ってはそれをする気力すら湧かなかった。

段ボールを玄関先に置いたまま、太一はリビングに引き返した。

「室内から疑わしい指紋は検出されていません。野口本人、それ以外は部屋に出入りしていた女性清掃員のものでしたよ」

鑑識課の前を通りかかったので中を窺ってみると、幸い残っていたのは顔馴染みの若い鑑識職員だったので、和也は中に足を踏み入れた。そして小宮《こみや》という鑑識職員から野口の事件の情報を仕入れることにしたのだ。

「ゴミ箱から水溶性のカプセルが見つかっています。カプセルから青酸反応が出てますので、そのカプセルの中に青酸カリを忍ばせていたんでしょうね。致死量には十分過ぎる量です。野口はあっという間に死んだでしょう」

小宮は品川署に異動してきて間もないため、野口の死にさほどショックを受けていないようだ。鑑識にしか興味がない研究者タイプの男で、さらに署内の事情に疎《うと》いこともあってか、こうして自分にも情報を洩らしているのだと容易に想像がついた。

机の上にはホテルの部屋から押収された証拠品の数々が並んでいる。ビニール袋に密封された野口の携帯電話も見えた。

「この携帯、中身は調べたんだろうな」

和也が念を押すと、小宮が笑って答えた。

「当然ですよ。怪しい点は見当たりませんでした」

「履歴を野口が消去した、ということは考えられないのか？」

「あのね、楠見さん。電話の発着信もメールの送受信もすべて携帯電話会社の記録に残るんですよ。すでに照会結果も届いてますが、怪しい点はありません。一番怪しいのは楠見さんっすよ」

「俺か？」

「だって当たり前じゃないですか。野口の死の直前に電話をしていたのは楠見さんですからね。もしかしたら野口に自殺するようにそそのかしたのは楠見さんかもしれない。冗談ですって、冗談。そんなに怖い顔しないでくださいよ」

野口と電話で話したのは昨日の午後五時のことだ。大事な話があると野口は言っていた。それからおよそ二十分後には野口は死亡している。本当に野口が自殺したのだとしたら、たった二十分の間に自殺を決意させる何かがあったとしか考えられない。

怪しいのは野口の死の直前にホテルを訪ねたあの女だ。宮前麻美。フロントマンの話によると、野口が宿泊していないと言われて引き下がったようだったが、本当にそれだけだろうか。たとえばいったん外に出て、非常階段から野口の部屋を訪ねたとは考えられないか。それに彼女の正体も気になるところだ。

「もう鑑識の報告はすべて刑事課に上げてあります。自殺ということで決着がつきそうですよ」

小宮が言った。野口が自殺するわけない。和也は今でも頑《かたく》なにそう思っているが、そんな胸のわだかまりを小宮に話したところで意味がない。礼を言ってから和也は鑑識課を出て、同じフロアにある刑事課に向かった。

午後八時を過ぎ、刑事課にはちらほらと人が残っているだけだった。強行犯係のシマには人影がない。自分のデスクに座って大きく伸びをしていると、廊下を歩いてこちらにやってくる男が見えた。平田だった。手にビニール袋を持っている。遅番なのかもしれない。

「お疲れ様です」

和也が声をかけると、平田が応じた。

「随分熱心じゃないか、楠見」

「そんなんじゃありませんよ。ほとんど捜査から外されているようなものですから」

「そうぼやくなよ、楠見」自分の席に座った平田は菓子パンの封を切ってから、一枚の写真を投げてよこした。「そいつが野口が入れ揚げていた新橋のホステスだ」

慌てて写真を摑み、女の顔を確認した。違う、麻美ではない。似ても似つかない女の顔が写真に写っていた。

「名前は杉本沙希《すぎもとさき》。半年前、野口が同期の仲間と飲んだ際、立ち寄った店で働いていた女だ。野口は彼女のことを気に入ったらしく、それからも個人的に店を訪れていたようだ。店の同僚の話によると、二人は男女の仲であったというが、本人はそれを否定している。ただの馴染み客の一人だったとな」

杉本という女にはパトロンがいた。男はある暴力団の幹部だった。そして野口の存在が男の知るところになった。

「こちらは令状もないから、迂闊に手出しはできん。組対《そたい》を通じてそれとなく男に事情を聞いてもらったが、野口なんて男は知らないという回答が返ってきた」

組体とは組織犯罪対策課のことだ。和也は訊いた。

「野口の預金口座はどうなっていました？」

自分の愛人に手を出されて、男が黙っているはずはない。しかも相手は刑事なのだ。ありとあらゆる手を使っても野口に落とし前をつけさせただろう。一番考えられるのが金銭的な取引だ。

「ここ半年、野口の口座から多額の出金はなかった。野口がとり込まれたのではないか。そんな声もあったが、それはどうかなと俺は思っている。あんな若造を協力者にしたところで、得られる情報はたかが知れている。いずれにしても新橋の女の一件は、野口の自殺とは無関係だというのが俺たちの見解だ。あいつは甲斐を殺したことに責任を感じ、命を絶った。それだけだ」

そこまで話してから、平田は菓子パンを食べ始めた。和也はもう一度写真に目を落としたが、脳裏に浮かんだのは写真の女ではなく麻美の顔だった。

新橋の女というのが麻美のことではないのか。そんな風に予想していたのだが、それが見事に外れたということになる。ではいったい麻美という女は何者なのか。振り出しに戻った感は否めず、和也は大きく息をついた。

平田に写真を返してから刑事課を出た。廊下を歩き、エレベーターに乗った。一階まで下降する間にも、和也の頭の中は麻美のことで占められていた。

身許照会しようにも宮前麻美という名前が本名である保証はない。もし本名だったとしても前科がなければ警視庁のデータベースには載っていないはずだ。

一階に到着したエレベーターから降りて、裏の夜間通用門から外に出た。五十メートルほど歩いてから、和也は立ち止まった。足が自然と東品川の太一のマンションに向かっていることに気づいたからだ。いったい俺は何をやっているんだ。兄貴とは喧嘩別れをして部屋を飛び出してきたばかりじゃないか。

今夜は署の仮眠室で一夜を明かすことになりそうだ。和也は回れ右をして、再び署に戻ることにした。

狭い待合室は出番を待つ女の子たちでごった返している。まるで学校の部室みたいだなと麻美は常々思う。みんな平気で裸になって着替えるし、腋《わき》の下に制汗スプレーを吹きつけたりしている。中学生のときに所属していたバスケットボール部の部室みたいだ。部室と違うのは煙草を吸っている子がいることくらいか。

「マミちゃん、三番にお願いね」

そう呼ばれたので、麻美は立ち上がった。店ではアサミではなく、マミと名乗っている。今日の衣装はナース服で、しかも超がつくほどのミニスカートだ。歩いているだけでパンツが見えてしまいそうだし、さらに聴診器を首からぶら下げているのだ。まったく意味不明だ。

待合室からフロアに出ると、有線放送で一昔前の流行曲が流れていた。煙草の煙で天井あたりに白い靄《もや》ができている。フロアは間仕切りで個室に分けられていた。ただし入り口は目線のあたりにスライド式のドアがあるだけで、下の一メートルくらいは外からでも見られるようになっているため、完全個室といった感じではない。

「お待たせしました、マミです」

猫撫で声を出しながら、麻美はスライド式のドアを開けた。ソファーの上に一人の男が座っている。四十代の常連客だ。

「会いたかったよ、マミちゃん。お休みしてたんだって？」

「そうなんです。ちょっと体調崩しちゃって。今日から復帰なんです」

麻美は男の隣に座り、焼酎の水割りを作り始めた。男はすぐに麻美の太ももに手を置いて、肩に手を回した。ここは歌舞伎町のキャバクラで、いわゆるセクシー系と言われる店だ。通常のキャバクラに比べて料金は高いが、個室で二人きりになれるし、さらには着衣の上から触り放題という特典もついている。

「はい、どうぞ」

麻美は男にグラスを渡した。男は受けとったグラスをちびりと飲んでから、麻美の耳元で言った。

「臨時収入が入ったんだよ。今度外で会おうよ」

男の名前は吉田《よしだ》という。おそらく偽名だ。すでに何度も来店しているので、プロフィールも頭の中に入っている。国分寺の歯科医で、趣味はゴルフ。乗っている車もゴルフ。飼っている犬はラブラドール。

この店に来る男のタイプは二種類に分かれる。まずは女の子の体を触りたいだけの助平心丸出しのタイプで、次が二人きりで純粋にお喋りを楽しみたいだけのトーク大好きタイプだ。

麻美は後者のトーク大好きタイプの方が接客していて楽しい。元々話すのは大好きだからだ。同僚の中には体を触られている方が話をしなくて済むから楽だという女の子もいる。ただしトーク大好きタイプの男は往々にして隙あらば口説きたがるという欠点を持つ。吉田もその一人だ。

「ちなみに臨時収入って何ですか？」

「家の押入れを整理していたら、死んだ親父が趣味で集めていた洋画が数枚見つかったんだ。美術商に持っていったら三百万で売れたんだ」

「売っちゃったんですか。もったいない」

「だって絵なんて興味ないしね」

絵という言葉から昨日のことを思い出す。上野の美大でヌードモデルになったときのことだ。もっと厭《いや》らしい目つきで自分のことを見てくるかと想像していたが、意外にも学生たちは真剣な目で私のことを見ていた。それより面白かったのは私がバスローブを脱いだときの太一の反応だった。口を大きく開けたまま、その場に硬直してしまったのだ。太一という男を見ていると、母性本能をくすぐられるというか、からかってみたくなってくるから不思議だった。ヌードモデルに付き添ってもらったのも、あの男が戸惑う姿を見たかったというのが本音だった。

「三百万もあったらゴルフのクラブが買えるじゃないですか。この前来たとき、欲しいクラブがあるって言ってましたよね？」

「実は買ったんだよ」吉田は鼻を膨らませる。「試し打ちもしたんだ。いやあすごいよ、あのクラブは。二十ヤードは違う。来週コンペがあるんだけど、実に楽しみだよ」

麻美が水商売の道に足を踏み入れたのは三年前のことだ。元々母もスナックを経営していたので、それほどこの業界に抵抗はなかった。いくつかの店を転々としながら、半年前にこの店に移った。体を触られるなんて嫌だなと最初は警戒していたのだが、過度なサービスを求めてくる客には男性の店員が目を光らせているし、触られることにも徐々に慣れてきた。

「そういえばお金は順調に貯まってるの？　僕と外でデートしてくれたら、それなりのお小遣いは期待してもいいけどね」

「本当ですか？　うーん、でも最近忙しいからなあ」

お金を貯めているのは本当のことだ。いつか自分の店を開きたいというのが麻美の夢だ。新宿や赤坂のビジネス街の一角に小さなテナントを借り、そこで安いワンプレートランチを売りにした洋食屋を開くのだ。もし運よく一階のテナントだったら、外にテーブルを並べてオープンカフェのようにしてもいい。

「そういえばね」吉田が話題を変えた。このまま誘い続けても脈がないと判断したのかもしれない。「先月、三鷹で銀行強盗があったの知ってる？　その銀行、うちのクリニックが取引している銀行でね、話を聞いたときには驚いたよ」

「へえ、そうなんですか」

どうしてだろう。あまり楽しくない。先週までは店に出てきてお客さんと話すことが苦ではなかったのに、今日はどこか気持ちが乗らない。なぜかあの兄弟のことが頭に浮かんでしまう。

楽天家の兄と生真面目な弟。私が作ったカレーライスは食べてくれたのだろうか。できればサラダを用意したかったが、作っている時間がなかった。

「ねえ、マミちゃん。どうかした？」

胸をまさぐりながら、吉田が顔を覗き込んでくる。もうすべて終わったことなのだ。麻美は自分に言い聞かせ、愛想笑いを浮かべて言った。

「大丈夫です。それより銀行強盗はどうなったんですか？」


朝、麻美が作ってくれたカレーを食べてから、太一は新調したスーツを着て部屋を出た。今日は面接の予定は入っていないが、新しいスーツを着ただけで気が引き締まる思いがした。

公園に到着したが、弘樹の姿は見えなかった。仕方なくバッグから図書館で借りてきた面接対策の本をとり出し、ページを開いて読み始めた。陽射しがまぶしいので字が読みづらく、内容もほとんど頭の中に入ってこない。

「太一さん、おはようございます」

顔を上げると弘樹の姿がそこにあった。弘樹は太一の隣に腰を下ろした。弘樹が来てくれたことは素直に嬉しかったが、弘樹がここに来るということは今日も学校を休んだことを意味している。弘樹にしたってこのまま学校を休み続けるわけにもいかないだろう。それに今日は弘樹に謝らなければならないことがある。

「ごめん、弘樹君」太一は最初に頭を下げた。「弟に会わせるとか威勢のいいことを言っておきながら、ちょっと難しくなっちゃったんだ。実は弟と喧嘩しちゃってね」

「喧嘩、ですか？」

「いい年して恥ずかしいよ。僕も興奮してて売り言葉に買い言葉ってやつでね。かなり激しくやり合ってさ。あいつ、部屋を出ていったんだ」

「喧嘩の原因は何ですか？」

「まあいろいろあるんだけど、一番の責任は僕にあるんだ。弟にはリストラされたことを内緒にしていたんだ。それがバレてしまって口論に発展したわけ」

兄であるというプライドが邪魔をして、和也にはリストラされたことを告げられずにいた。和也にしてみれば水臭いと思ったに違いない。

「じゃあ早めに就職を決めないといけませんね。就職したら胸を張って弟さんに会うことができるでしょ。昨日の面接の結果は来ました？」

「まだ。担当者の話だと今日中に連絡が来ることになっているんだけど」

「これ、よかったら飲んでください」

弘樹がバッグの中から袋をとり出し、その中から栄養ドリンクを出して手渡してきた。

「弘樹君、別に僕に気を使う必要はないよ」

「いつもお昼をご馳走になっているんですから、これくらいはどうってことないです」

弘樹はもう一本の栄養ドリンクを持って立ち上がった。そのまま小走りで芝生の方まで駆けてゆく。太極拳おばさんのもとに近づいた弘樹は、おばさんと何やら会話を交わしているようだ。弘樹の手からおばさんの手に栄養ドリンクが渡されるのが見えた。何を話しているかは太一のいる場所ではまったく聞こえない。

やがて弘樹が太一の方を向き直り、大きな声で呼んだ。

「太一さん。ちょっと来てくださいよ」

何なんだろう、いったい。太一は立ち上がって芝生の方に向かった。弘樹が口元に笑みを浮かべて言った。

「紹介します。こちらは古賀《こが》さんです」

弘樹に紹介されて、太極拳おばさんが頭をぺこりと下げた。

「私が古賀よ」

その野太い声に驚いた。男の声だ。太一が口をあんぐりと開けて古賀の顔を見つめていると、弘樹が涼しい顔で説明した。

「古賀さんは新宿二丁目でオカマ・バーを経営されている方みたいです。俺たちに太極拳を教えてくれるようです」

「ずっとあんたらのことは気になっていたのよ」古賀というオカマが言った。「ずっとベンチに座って話し込んでいるし、そんなんじゃ健康によくないわよ。太極拳をやって体と心を整えましょう」

古賀がラジカセのスイッチを押すと、中国っぽい音楽が流れ始める。古賀の前に太一と弘樹は並んで立った。

「足の位置は肩幅くらいよ。そこから手の平を下にしたまま、両腕を肩の高さまで上げる。そうよ、いい感じよ。そしたら今度は手を腰の位置まで下げながら、膝を少し曲げる。これが最初の姿勢。ちょっとお兄さん、その屁っぴり腰は何？」

古賀が近づいてきて、太一の尻の位置を調整した。古賀の首筋から柑橘系のいい香りがした。

「次から動作に入るわよ。ゆったりと心を落ち着かせるの。長江《ちょうこう》の流れに身を任すように」

長江なんて見たことないので、太一は仕方なく荒川の川面をイメージした。なぜ僕は太極拳を習っているのだろうか。そんな疑問を覚えながらも、太一は必死になって古賀の動きをまねた。


会議室には三十人ほどの捜査員が集まっていた。連続銀行強盗の合同捜査会議だ。和也は会議室の後方に座り、警視庁の管理官の話を聞いていた。斜め前には今村の背中も見える。

「なお逃走車輛はいずれも盗難車であることが判明しています。ただし犯人自らが奪ったものではなく、中国人の自動車盗難グループから購入したものではないか、というのが捜査本部の見解です」

中間報告といった色合いの濃い会議で、強盗が発生した各所轄の担当捜査員も派遣されていた。事件が最初に発生したのは品川駅近くの銀行で、今から三ヵ月前のことだった。それからほぼ一ヵ月置きに板橋、三鷹と被害が続いている。

すでに報告書に目を通しているので、和也にとっては退屈な会議だった。一時間ほどで会議は終わり、今後の捜査方針が提示されてから解散となった。

板橋署から派遣されてきた刑事が今村のもとにやって来て、何やら笑顔で談笑していた。警視庁管内での異動を繰り返しているうちに、さまざまな人脈が形成されていくのが警察官というものだ。そんな昔の知己と何かの事件で顔を合わすことも珍しいことではなく、よく見かける光景だ。

板橋署の刑事が去るのを待ち、和也は今村に声をかけた。

「今村さん、ちょっといいですか？」

振り向いた今村の顔には笑顔がまだ残っていたが、和也の顔を見てそれは完全に消えた。

「ああ。とりあえずここを出よう」

「覆面パト、借りてあります」

今村とともに会議室を出た。誰にも聞かれてはいけない話になることは確実だったので、和也は事前に覆面パトカーの鍵を用意していた。エレベーターで一階まで下り、裏の駐車場に向かう。ずっと二人は無言だった。車に乗り込み、すぐに発進させた。

一キロほど走ってから、路肩に車を停車させた。ハンドブレーキを引きながら和也は言った。

「野口は自殺として処理されるようです」

「俺も話は聞いた。あいつが死んだのは俺の責任でもある」

「今からでも遅くはありません。偽証を撤回しましょう。俺が撃ったことを公表すべきだ。罪を償わなければならないのは俺なんですから」

日に日に罪悪感は強くなっている。このまま野口だけにすべての責任を負わせるわけにはいかない。

「何を言ってんだ、今さら」今村が激しい口調で言った。「野口は死んだんだぞ。わかってるのか、楠見。あいつはお前のために命を絶ったんだ。あいつの思いを無駄にしたいのか」

状況は理解できている。元探偵を射殺した刑事が、その責任をとって自殺した。世間ではそう解釈されているのだろう。被告人が死亡してしまった以上、甲斐清二の遺族は訴訟を断念せざるを得ないが、品川署に対して損害賠償を求める可能性もあることから、まだ予断を許さない状況が続いている。

「ですが……このまま野口だけに罪を……」

「いいか、楠見」今村が口を挟んだ。「お前がどうしても罪を償いたいのであれば、俺にそれを止めることはできない。お前が勝手に上に報告すればいいだけの話だ。だがお前はそれをせず、いちいち俺に相談してくるのは、お前に度胸がないだけじゃないのか。心の底ではお前だって野口に恩を感じているだろ。罪を被ってくれて助かったと」

胸を深くえぐられたように感じた。今村の言う通りだった。安堵している自分がいるのも疑いようのない事実だ。偽証を続けてはいけないという正義感と、このまま真実を闇に葬ってしまおうという背徳感がせめぎ合っていた。

「お前が証言を翻したところで、死んだ野口が浮かばれるわけでもない。あとはお前の好きにすればいい。どうしてもというなら係長あたりに真実を告げてやれ」

今村の口から係長という言葉が出るたびに、和也は軽い違和感を覚える。二年前までは係長だった今村本人がそう言うのだから。

二年前、今村は係長の任を解かれた。今村自身に落ち度があったわけでもなく、同じ警視庁管内で警察官をしていた今村の実兄にその責任はあった。

当時、都内の某所轄署で生活安全課に配属されていた今村の実兄は、暴力団から不正に金銭を授与されていたのが発覚し、収賄罪で告発されたのだ。懲戒免職となり、裁判の末に懲役三年執行猶予四年の判決が言い渡された。今村自身は兄の犯罪に一切関与していなかったが、兄の事件の煽りを受ける形で係長から降格になった。

一兵卒に戻って気がせいせいした。今村はそう笑っていたが、それ以来今村が変わったことに和也は気づいていた。

どこがどう変わったのかと言われてもうまく説明できない。捜査に対する情熱を失っていなかったし、さらにその勘は研ぎ澄まされているようにも見える。しかし大局を見ないというか、個人的な行動が目立つようになった。係をまとめ上げていたリーダーシップが見る影もないのは、後任の係長を気遣っているという分析もできるのだが。

「野口の件はお前に任せる。署に戻ってくれ」

和也は何も言わず、今村の指示に従った。ハンドブレーキを解除して、ウィンカーを出しながら車道に合流した。


二時間ほどの太極拳でかなり体力を消耗してしまったので、昼のお弁当は大盛りにした。弘樹と並んでベンチに座り、二人で大盛りのお弁当を食べた。やはり運動のあとはご飯がうまい。

「これ、何の鍵だと思いますか？」

お弁当を食べ終えた頃、弘樹がポケットから出してきたのは一本の鍵だった。太一は鍵を受けとった。鍵には白いタグがついている。

「これ、どうしたの？」

「父のものらしいです。自転車を買ってもらったとき、一緒に工具入れももらったんですが、その中に入っているのを昨日見つけたんです」

白いタグには黒のマジックで『ＳＲＣ４８』と書かれている。何かのスペアキーだろうか。

「弘樹君に心当たりはないの？」

「全然ありません。母に聞いても知らないっていうし」

『ＳＲＣ４８』というのが何かのヒントになっているはずだが、皆目見当がつかなかった。どこかのアイドルグループのような暗号だ。そもそも家族ですらわからないものを、部外者である自分がわかるはずもないのだ。

「ちょっと僕にはわからないな」

弘樹の手に鍵を返した。弘樹はさほど落胆した表情は見せず、手の平の上で鍵をもてあそんでいた。

そのとき太一の携帯電話が鳴り始めた。麻美ちゃんかもしれない。慌てて携帯電話を出して番号を確認したが、表示されているのは見知らぬ固定電話の番号だった。これはひょっとして昨日面接に行った会社からの結果連絡か……。太一は唾を飲み込んでから通話ボタンを押した。

「楠見太一さんの携帯電話でよろしいでしょうか。私は……」

やはり昨日面接を受けた居酒屋チェーンからの連絡だった。太一の気配を悟ったのか、隣にいる弘樹が神経を集中させて聞き耳を立てている。

「……採用とさせていただきます」

その言葉を聞いた瞬間、太一は右の拳を握ってガッツポーズをした。それを見た弘樹が小さく手を叩いた。

「ただし条件がございます」人事担当の男は電話の向こうで続けた。「今日から二週間、研修員として現場で接客を学んでいただきたいのです。楠見さんには新宿南口店での研修をご用意しております。時間は午後六時から深夜零時まで。当然勤務時間に見合った手当もご用意いたします。現場第一というのが我々の方針でして、楠見さんがどの部署に配属されるにしろ、店舗での生の研修は必ず活きてくるものと考えています。いかがでしょうか？」

「ちょっと……ちょっとスケジュールを確認してみます。少々お時間をください」

太一は通話口を指で押さえてから、弘樹に手短に事情を説明した。それを聞いた弘樹は腕を組んで言った。

「今日の夜からというのは随分急ですね。でも採用者のやる気をテストしていると考えれば納得できます。それに二週間の研修は適性を見分ける期間なのかもしれません。太一さん、決めるのは太一さん自身です」

正直不安はある。でもせっかく舞い降りたチャンスなのだ。これを摑まないでどうするんだという思いが強かった。

太一は再び携帯電話を耳に当てた。

「お世話になります。よろしくお願いします」

「そうですか。こちらこそよろしくお願いいたします。では新宿南口店に六時までにお越しください。私もそちらに伺いますので」

電話を切ってから、太一は大きく息を吐いた。隣の弘樹が右手を差し出してきたので、太一はその手をがっちりと握った。

「やったじゃないですか、太一さん。就職決まりましたね」

「う……うん。そうみたいだね」

まるで夢の中にいるような浮遊感があった。騙されているだけではないかという不信感もぬぐいきれない。もしかして最初の二週間は試用期間という意味合いもあるのかもしれない。つまり勝負はこれからなのだ。

「太一さん、飲食店で働いた経験はありますか?」

弘樹に訊かれ、太一は記憶を呼び起こした。

「大学生のときにファミレスでバイトしたことあるよ」

「じゃあ問題ないですよ。うまく行くといいですね、今夜のバイト」

ファミリーレストランで働いていたのはもう二十年近く前の話だ。そのバイトで出会った一つ年上の看護学生が太一が生まれて初めて付き合った女の子で、太一の初体験の相手でもある。そんな甘酸っぱい思い出までよみがえりそうになり、太一は首を大きく振った。

「万全の体調で臨んだ方がいいかもしれませんね」

「僕もそう思ってた」太一は弘樹の言葉に賛同した。「もうしばらくしたら家に帰って昼寝をするよ。太極拳で体力使ったからね」

「明日も古賀さん、俺たちに太極拳教えてくれるでしょうか？」

「どうかな。でも今日も途中までだったし、古賀さんも結構楽しそうだったからね」

最初は新宿二丁目のオカマと聞き、妙な先入観を持ってしまったのだが、話してみると悪い人ではなかった。ずっと太極拳おばさんと心の中で呼んでいたのだが、実際には太極拳オカマだったわけだ。

「第二式！」

太一がそう叫ぶと、弘樹が弾かれたように立ち上がり、その場で演武を始める。ゆったりと腕を伸ばしながら、弘樹が言う。

「野原を駆ける馬のたてがみのように」

「そうですか……ご協力ありがとうございました」

和也は礼を述べてからフロントから離れた。ポケットから出した地図に赤ペンで×印を記す。次のホテルの場所を地図で確認する。ここから歩いて五百メートルほどだ。

野口が自殺する直前に、麻美が現場となったホテルのフロントを訪ねているのは防犯カメラの映像が証明している。フロントマンが品川署から口止めされていたため、麻美はにべもなく追い返されてしまったが、同じように別のホテルを麻美が訪ね歩いていたことは容易に想像がついた。

麻美という女の正体が気になった。複数のホテルを訪ね歩いているのであれば、どこかで痕跡を残しているかもしれないと推測し、捜査に乗り出すことに決めたのだ。

品川駅周辺にはシティホテルまで含めるとかなりのホテルが営業しており、五反田や大崎まで範囲を広げるとホテル数は三十軒を軽く超える。今、和也はやや大崎寄りのエリアのホテルを虱潰《しらみ》しに当たっていた。和也の手にした地図には十個以上の×印が記されている。すでに麻美らしき女の姿を目撃した情報も三件ほど仕入れていたが、いずれも麻美の身許を特定できるような情報ではなかった。

そろそろ九月も下旬にさしかかっているが、照りつける日差しは真夏のものとさほど変わらない。和也はスーツの上着を肩に背負い、ワイシャツの袖も肘までまくっていた。涼を求めるために通りかかったタクシーを停めてしまいたい衝動に駆られながらも、和也は次のホテルに辿り着いた。

やや老朽化が目立つビジネスホテルだった。エントランスも狭く、建物自体が奥に長い造りになっているようだ。エントランスから中に入ると、すぐにフロントがあった。午後の一時過ぎという中途半端な時間のせいか、若いフロントマンが一人で立っているだけだった。

「品川警察署の楠見といいます。少しお話を聞かせてもらってよろしいでしょうか？」

和也が警察手帳を見せると、少し眠そうだった男の目がぱっちりと開いたように感じられた。

「刑事さん、ですか？」

「ええ。一昨日の午後のことです。若い女性がこちらを訪ねてきませんでしたか？　年は二十代前半、茶色いロングヘアーです。野口という宿泊客を捜していたはずなんですが」

「ああ、その子なら憶えてますよ」若い男がうなずいた。「結構可愛い子ですよね。夕方の四時くらいに来たと思います。刑事さんが言ったみたいにノグチって男を捜してました」

若いフロントマンの口調が気になった。ホテルマンにしては礼儀がなっていないように感じられた。

「彼女のことで何か気になったことはありませんか？　どんなに細かいことでも構いません」

「特にないですね。こちらがそんな宿泊客はいないと答えたら、すぐに帰ってしまいましたしね」

「本当ですね？」

和也は男の目を覗き込むように訊いた。男は視線を逸らせて動揺したように答えた。

「知らないですよ、本当ですって」

この男は何か知っている。和也は直感的にそう思い、声をひそめて男に言った。

「本当に何も知らないのか。あとで何か出てきたらあんたの立場が危うくなるぞ。場合によっては署に同行してもらうことになるんだが」

「ちょっと待ってくださいよ」男が眉をひそめて言った。「何で警察に連れていかれなきゃならないんですか。少し立ち話をしただけなのに」

「詳しく話してくれ」

「わかりましたよ。顔がタイプだったんで、ちょっと気を引いてみようと思ったんですよ」

男は途端にくだけた口調になった。教育のなっていない新人か、もしくは単なる不真面目なホテルマンか。

「もしかしたら君を手助けできるかもしれない。そう言ったんです。もしも調べてノグチっていう宿泊客がいたら、こっそり連絡してあげてもいいとね」

「連絡先を聞いたわけだな？」

「別に悪いことじゃありませんよね」男が開き直った態度で言う。「好みの女の子の連絡先を聞いただけですよ。これのどこが罪になるんですか」

和也は肩をすくめてから、素っ気ない口調で言った。

「君のことを責めてるわけじゃない。彼女から聞き出した連絡先を教えてくれ」

男が渋々といった表情でズボンの後ろに手を回し、黒い長財布をとり出した。財布の中から一枚の名刺を抜きとった男は、それをひらひらと振ってみせた。

「彼女がこれをくれたんですよ。裏に携帯番号も書いてくれました」

放っておけば金を要求してきそうな勢いだったので、和也は素早い手つきで男から名刺を奪った。

表には店名が書かれている。新宿の歌舞伎町にある〈ナイトフィーバー〉というキャバクラらしい。名刺を裏返すとボールペンで携帯番号が走り書きされていた。

「インターネットで調べてみたんですけど」男がにやけた顔で言った。「かなり際どい感じの店みたいっすよ。値段は高めだけど、お触り自由ですって」

和也はフロントの奥に目をやった。目に余る男の態度を支配人あたりに忠告したい気分だったが、生憎交代で昼休憩でもとっているのか、ほかに人影は見当たらない。

「この名刺は預からせてもらうから」

「そりゃないですって、刑事さん。できればコピーでも……」

「借用書を書いてもいい。でもその場合、ここの支配人を呼んで事情を説明しなければならないが、それでもいいかい？」

「わかりましたよ」

男が不貞腐《ふてくさ》れたように唇を尖らせる。和也は男に背を向けて、ホテルから出た。その場でもう一度名刺を眺めた。

マミと書いてある。麻美という漢字はマミとも読める。おそらく源氏名だろう。だからといってアサミというのが本当の名前とも言い切れない。どちらも偽名の可能性も残されている。

店の営業時間は驚いたことに昼と夜の二部制になっているようで、今も営業時間内であることがわかった。和也は名刺に書かれていた店の電話番号を携帯電話に入力し、通話ボタンを押した。すぐに愛想のいい男の声が聞こえてくる。

「はい、こちら〈ナイトフィーバー〉です」

「すみませんが、マミさんの出勤時間を教えてください。ホームページを見て気に入ったものので」

「マミちゃんですね。少々お待ちください」しばらくして男が言った。「マミちゃんでしたら本日は七時から出勤になります。予約を入れておきましょうか？」

「いや、結構です」

和也は電話を切った。さらにホテルを訪ね歩いたところで、この名刺以上の収穫を得ることは難しそうだ。夜になったら店を訪ねて、彼女の口から真相を聞き出すしかないだろう。

さきほどまで照りつけていた陽射しが影をひそめ、空を見上げると灰色の雲に覆われ始めていた。雨が降りそうな空模様だった。和也は早足でアスファルトの舗道を歩き出した。


〈大漁市場うおまる新宿南口店〉は平日の夜だというのに大変な賑わいをみせていた。雑居ビルの三階から五階までが店舗となっていて、太一は五階のホールスタッフとして働いていた。ドリンクを運んだり、空いた席の片づけをするのが主な仕事だ。

「楠見さん、十二番のライチサワー、すぐに作ってもらえます？」

若い女の店員にそう言われ、太一はグラスに氷を入れ、ライチサワーを作り始める。簡単なドリンクなら任されるようになっていた。ベースとなるサワーにシロップを入れるだけなので、さほど難しい作業ではない。子供でもできる。

「はい、ライチサワーです」

太一が渡したグラスを持ち、女の店員がそれをテーブルに運んでいく。食器洗浄機のブザーが鳴ったので、太一は洗い終わった食器を片づける。湯気の上がった食器は熱い。

スタッフは全員が二十代くらいの若さだったが、太一のような研修員は珍しいことでもないらしく、ごく普通の態度で受け入れてくれた。

「楠見さん、これは洗い直した方がいいですよ」

　これまた若い女の店員が太一が片づけている皿を見て注意してきた。彼女はこの店一番の新人で、まだバイトを始めて一週間の短大生だ。自分より後輩が入ってきたのが嬉しいのか、しきりに先輩風を吹かせてアドバイスをしてくれる。

「脂っこい皿は一度こっちのシンクで洗ってから、洗浄機に入れるんですよ」

「うん、わかった。ありがとう」

「ちょっと研修員さん、五番の片づけ、手伝ってもらっていいすか？　予約のお客さんが待っているんで」

　ホールからそう声をかけられた。両耳にピアスをつけた若い男のバイトが立っている。聞いた話によると彼はアマチュアバンドのベーシストで、この店でもかなりの古株らしい。

「はい、今行きます」

　太一は持っていた布巾を置いて、ベーシストの背中を追ってホールに出た。五番の座敷は八人用の個室だった。飲み放題のコースが終了した直後のようで客の姿はすでにない。テーブルの上に大量の空いたグラスや皿が並んでいる。ものの三分もしないうちにテーブルの上は綺麗になった。テーブルの上を布巾で拭いて、それから人数分の皿を並べる。

「研修員さん、最後に忘れ物のチェックを」

ベーシストは太一を名前で呼ぼうとしない。あくまでも本社から来た研修員として太一を扱うつもりのようだ。その口調はどこかよそよそしく感じられる。

畳に膝をついて、太一はテーブルの下に目を凝らす。忘れ物は見当たらない。太一が顔を上げると、ベーシストが予約席と書かれたプレートをテーブルの中央に置いたところだった。

「チェックOK。行きましょう、研修員さん」

ベーシストはそう言ってから、耳のヘッドフォンから飛び出たピンマイクを口元に寄せた。

「五番の準備できました。お客様をお通しください」

ベーシストとともに厨房まで引き揚げる。途中、例の短大生の新人が、ホールに膝をついて謝っていた。ドリンクを間違えて持ってきてしまったようだ。クレームをつけているのはスーツを着た三十代の男で、すっかり酔った口調で短大生に難癖をつけている。

「間違えたのはそっちだろうが。これ、ただにしろよ。そしたら飲んでやるからよ」

隣を歩くベーシストが動き出そうとしたが、台車を押していない太一の方が動き出しが数秒早かった。太一は短大生の隣に向かい、片膝をついて頭を下げた。

「これは申し訳ありません、お客様。すぐに新しいお飲み物をご用意いたしますので、少々お待ちください」

短大生に目配せを送ると、彼女はすぐに太一の意図を察したのか、立ち上がって新しいドリンクをとりに戻った。

「誰だよ、お前。責任者かよ」

男は尊大な口調で言う。目の周りが赤く、かなり酩酊《めいてい》状態にあるようだ。上司に怒られたサラリーマンが飲み屋で憂さを晴らしているといったところか。

「いえいえ、私はバイトでございます。本当に心からお詫び申し上げます」

太一は床に額が届きそうなくらい、深く頭を下げた。頭上で男の声が聞こえた。

「ちっ、仕方ねえな。いいから早く持ってこいよ」

「かしこまりました、お客様」

太一は立ち上がってその場をあとにした。厨房の近くまで戻ると、短大生が沈んだ顔で立っている。ドリンクは別の者が運んでいったらしい。短大生が頭を下げてきた。

「ありがとうございました。助かりました」

「気にすることないって。相手の虫の居所が悪かっただけさ」

厨房に入って洗い物を片づけようとすると、再び背後からベーシストに呼ばれた。

「楠見さん、でしたっけ。冷蔵庫に従業員用のアイスコーヒー入ってるから飲んでいいっすよ」

ベーシストは素っ気ない口調でそう言ってから、早足でホールに舞い戻っていく。店は盛況で今も満席が続いている。まだまだ夜はこれからといった感じだった。

「まあ君くらいのルックスなら仕事は山ほどあるよ。一ヵ月で百万も夢じゃない。本当に可愛いねえ、マミちゃん」

狭い個室の中で、麻美は男の言葉を聞いていた。二十代前半で、ロレックスの腕時計を巻いた軽薄そうな男だ。薄いブルーのサングラスを店内でも外そうとしない。男はスカウトマンらしく、さきほどから執拗に事務所に入らないかと勧誘してくる。

「仕事終わるのは二時でしょ？　俺、それまで待っててもいいよ。君みたいに可愛い子にはそうそう出会えるもんじゃない。俺、マジでラッキーだよ」

店内でのスカウト行為は厳禁とされているが、それでもこうして声をかけてくる男は何人もいる。いずれも風俗関係のスカウトだった。今の十倍の給料を稼げる。もっといいマンションに住める。もっと美味しいものを食べることができる。男たちは決まってそう口にした。

「私、ここの仕事に満足してますから」

麻美はそう言って男の空いたグラスに新しい水割りを作った。男が煙草の箱に手を伸ばしたのが見えたので、店のライターを男の口元にかざす。

「もったいないな、君みたいな子が。ちなみに仕事終わったら何して遊んでるの？　ホストクラブ？」

「いえ、自宅に帰るだけです」

ホストクラブにハマっている女の子は多い。店が終わるのが深夜二時や三時にもなると飲みに行くにも場所が限られてしまい、必然的にホストクラブに流れてしまうのだ。若いホストに持て囃《はや》されているうちに散財してしまい、今の給料だけでは足りなくなってくる。そこでより高い給料がもらえる仕事を求めて、さらに過激なサービスの仕事に就く。そんな負のスパイラルに巻き込まれて、店を去っていった女の子を麻美は何人も知っている。

「とにかく名刺だけでも受けとってよ。お金に困ったときに連絡してくれても構わない。うちは消費者金融とかにも顔が利くから」

店の入り口の方が騒がしかった。男同士が揉める声が聞こえてくる。システム料金のことでトラブルを起こす客は珍しくないので、麻美はそれほど気にせずに男の話を聞き流す。

「本当は仮登録だけしてくれると嬉しいんだけどな。いやそんなに難しいことじゃないよ。本名と連絡先だけ教えてくれるだけでいいんだけど」

外の騒動がさらに激しさを増したのが気配でわかった。ホールを歩く足音が近づいてきた。

「……ちょっと困りますって、お客さん」

そんな慌てたような店員の声が聞こえたのと同時に、麻美の目の前にあったスライド式のドアが外側から強引に開かれる。一人の男が険しい顔で個室に一歩、足を踏み入れる。和也だった。

「話がある。来い」

問答無用といった感じで和也が言い放ったので、麻美は戸惑いながらも反論した。

「な、何してんのよ。勝手に入ってこないでよ、仕事中なんだから」

「黙れ。俺はお前に話があるんだ」

「あんた、何いきがってんだよ」スカウトの男が言った。「こっちは金払ってんだ。出てけよ。さもないとな……」

腰を浮かしかけた男の鼻先に、和也は警察手帳を突きつけた。

「品川署の楠見だ。悪いが女を借りるぞ」

警察手帳に怖じ気づいたのか、スカウトの男は途端に大人しくなって黙り込んだ。和也が手を伸ばしてきて、麻美の右の手首を強引に摑んだ。

「立て。外に出るんだ」

和也の力は強く、引っ張られるように麻美は立ち上がった。そのまま個室の外に連れ出されてしまう。

「痛いってば。放してよ」

麻美の言葉に耳を貸さずに、和也はホールを出口に向かって進んでいく。普段は個室の中から聞こえる話し声もぴたりと止み、客もホステスも個室の中で息をひそめているようだ。男の店員が和也の前に立ちはだかった。

「待ってください。警察だったら手順ってものがあるでしょうが」

和也はその言葉を無視して、店員の脇をすり抜けていく。待合室の方では興味津々といった顔つきで待機中の女の子が顔を覗かせていた。受付にいる男の支配人が背を向けて携帯電話で話しているのが視界の隅に映った。

自動ドアから外に連れ出される。そこは雑居ビルの廊下で、突き当たったところにエレベーターの扉が見える。麻美は右手を握ったままの和也の手を振り払った。

「何してんのよ、自分が何をしたのかわかってんの?」

「それはこっちの台詞だ。お前こそ何なんだよ。俺たち兄弟を騙しやがって」

和也が麻美を見下ろしていて、その視線が全身に突き刺さるようだった。軽蔑した目をしている。今日も露出度の高いナース服だ。客の誰に見られても触られても全然恥ずかしくないのに、なぜか急に居場所がなくなったような不安な気分になる。

「お前はいったい何者なんだよ。教えてくれ、なぜ俺たち兄弟に近づいたんだ?」

麻美は何も答えなかった。下を向いて、唇を噛んだ。

「黙ってないで何か言えよ。お前が野口の死んだホテルを訪れたことはわかってるんだ。野口とどういう関係なんだよ」

肩のあたりが震えた。野口という単語に無意識の内に反応してしまったようだ。さらに和也が険しい表情で詰め寄ってくる。

「やはり野口を知ってんだな。お前、野口とどういう関係だ。恋人なのか、それとも……」

「放っておいてよ、私のことなんか」麻美は和也から視線をそらして言った。「知らないわよ、そんな人。私のことは放っておいてよ。もう終わったことなんだから」

「終わったこと？　何が終わったんだよ。おい、言えよ」

和也に肩を摑まれる。それを振り払おうと抵抗していると、和也の背中の向こうでエレベーターの扉が開くのが見えた。一人の男がエレベーターから降り立ち、こちらに向かってまっすぐ歩いてくる。和也よりも巨漢のスキンヘッドだ。和也も男の気配を察したのか、麻美の肩から手を放して振り返った。

スキンヘッドは首を回しながら和也の前まで歩み寄ってくる。一目見ただけでも堅気ではないことが明らかにわかった。思わず和也の背中に身を寄せている自分がいて、麻美は戸惑いながら和也の背中から距離を置いた。

「あんたかい？　店で大暴れしてる品川署の刑事ってのは」

　スキンヘッドが低い声で言う。和也が答えた。

「悪いかよ。この女から事情を聞きたいだけだ」

「令状持ってんのか？　一応俺はこの店の治安を任されているもんでね」

「何が治安だよ。寝惚けたこと抜かすな、暴力団の分際で」

「言葉を慎め。ここは歌舞伎町だ。品川署の刑事にでかい顔されちゃ俺たちの面目が潰れちまうだろ」

　スキンヘッドが準備体操だと言わんばかりに右肩を大きく回した。それを見て和也の背中が小さく丸まるのが見えた。上体を小さくして、前で拳を構えたのだ。

「腕に覚えがあるってわけだ。でもいいのかい、兄さん。令状もないんじゃあんたの営業妨害だ。言い訳はできねえぜ」

　沈黙が訪れる。麻美は息をひそめて、なりゆきを見守ることしかできなかった。十秒ほどたってから、和也の背中から力が抜けるのがわかった。勝手に店に入ってきて麻美を強引に連れ出したのは和也なので、営業妨害だと言われたら反論できないのだろう。和也は麻美の方に一瞬だけ目を向けてから、廊下を歩いてエレベーターの方に向かっていく。

「怖かっただろ、お姉ちゃん。店の中に戻ろうか」

スキンヘッドに肩を抱かれるように、麻美は店内に戻った。男の支配人が駆け寄ってくる。

「マミちゃん、さっきの刑事はいったい……」

「前の店の常連でした。刑事なんだけどちょっとストーカーっぽいっていうか……。私、仕事に戻りますね」

「いいんだよ、マミちゃん」支配人が手を振りながら言う。「別の子に入ってもらったから大丈夫。ちょっと休憩しておいで。三十分後に指名客が入ってるから」

「……わかりました」

麻美は受付の前を通り過ぎ、奥の待合室に向かった。待機中の女の子が数人中にいたが、誰も話しかけてこようとしない。パイプ椅子に座り、ハンドバッグを膝の上に置いた。中からハンドタオルを出そうとすると、バッグの奥にずっと大切にしまっていた水色のハンカチが見えた。ハンカチを手にとって眺める。ハンカチの右隅にはアルファベットの刺繍《ししゅう》がしてあった。麻美はハンカチをくしゃくしゃに丸めてバッグの奥にねじ込んだ。

テーブルの上にメンソール煙草の箱が置いてあるのが見え、麻美は近くにいた黒髪の女の子に声をかけた。

「一本、もらえる？」

黒髪の女の子が無言のままうなずいたので、麻美は箱からメンソール煙草をとり出した。

箱の上にあった百円ライターで火を点ける。久し振りの煙草は苦かった。

和也は歌舞伎町の繁華街を歩いていた。深夜十時を回ったところだったが、まだまだ歌舞伎町はこれからといった雰囲気で、酔っ払いたちが徒党を組んで歩いていた。水商売系の女たちも和也の横を足早に通り過ぎていく。

雨が降り始めていた。最初は小雨だったが、その雨脚は急速に強まっていく。新宿駅までまだ距離があったので、和也はドラッグストアの軒先で売られていたビニール傘を一本買った。傘をさして、再び駅に向かって歩き始める。

もっと冷静になるべきだったと和也は反省した。店に入って受付に行くと、指名客の予約が入っているので麻美が空くのは二時間後だと言われ、思わず頭に血が昇って気がつくと個室のドアを開けていた。あのスキンヘッドの男が言っていた通り、営業妨害だとそしられても何の弁解もできない。

あのスキンヘッドの男と対峙したとき、和也の中で何かが切れそうな感じだった。このまま殴り合ってもいいような、そんな気持ちに襲われた。野口が死に、甲斐を撃った自分はのうのうと生きているという現実から逃れるためにも、このまま殴り合ってしまいたいという屈折した願望が不意に芽生えたのだ。

靖国通りにさしかかった。横断歩道が赤信号だったので、手前のビルの前で立ち止まって雨をしのいだ。同じことを考えた通行人がビルの前に並んでいる。和也は携帯電話をとり出した。

麻美が働いていた〈ナイトフィーバー〉という店のサイトにアクセスして、店のウェブサイトのURLを保存した。それから新規メールの本文にURLだけを貼りつける。送信先を指定してから発信ボタンを押した。別にあの男に店を教えたところで事態が好転するとも思えなかったが、それでもあの女の正体だけは教えてあげたかった。

送信が終了した。和也はさきほどの〈ナイトフィーバー〉の店内を思い出した。かつてあの手の店によく出入りしていたことがある。プライベートでなく、捜査の一環としてだ。

十年くらい前のことだ。和也は渋谷署の生活安全課にいたことがある。青少年の非行を取り締まるのが主な仕事だった。当時はまだデートクラブなる無店舗型の風俗店が幅を利かせており、高校生を中心とした援助交際が盛んに行われていた。抜き打ちの家宅捜索にも何度も同行した経験があり、まだあどけなさを残した女子高生たちを数十人、いや百人以上は署に連行した経験もある。今でもあの手の店に足を踏み入れるたびに、店で働く女の子と十年ほど前に連行した女子高生たちの面影が重なり合うのだ。

横断歩道の信号が青に変わった。歩き出そうとすると携帯電話に着信が入る。表示された着信の主を見て、和也は首を傾げながら通話ボタンを押した。「もしもし？」

「和也、元気でやってんのかい？」

電話は広島に住む実家の母からだった。

「元気だよ。それよりどうかしたのか？　悪いけどまだ仕事中なんだよ」

「太一だよ。宅配便送ったんだけど届いたのかなと思ってね。いつもはすぐに連絡してくるんだけど、まったく連絡してこないもんで。携帯も通じないし、家の電話も留守番電話だ。太一はどこに行ってるんだい？」

「知らないって。飯でも食いに行ってるんだろ。悪いけど切るよ」

いったん携帯電話から耳を離した和也だったが、気になることがあったので再び携帯電話を耳に持っていく。

「なあ。ここ最近、誰かそっちを訪ねていかなかったか？」

「誰かって？」

「多分親父のことを聞いていったと思う。憶えはないか？」

「そういえば同窓会の事務局って人が来たっけ」

「同窓会の事務局？」

「そう。父さんの通っていた高校が開校百周年を迎えるらしくて、盛大な記念式典をやるんですって。父さんの話をいろいろ聞いていったわよ」

「どんな奴だった？　男か？　それとも女か？」

和也が訊くと、母は答えた。

「男の人よ。あんたと同じ年くらいの」

おそらく探偵だろう。あの麻美という女はやけに楠見家の個人情報に精通していた。探偵を使って情報を仕入れたのだ。からくりが徐々に見えてきたが、その動機だけは依然として闇の中だ。

「写真を預からせてほしいと頼まれただろ？」

「何であんたが知ってるのよ」電話の向こうで母が驚いたように言う。「記念アルバムで写真を掲載したいからって、写真を持っていったわよ。社員旅行で東京の高尾山に登ったときの写真を貸してあげたけど」

画像を合成したのだろう。パソコンさえあれば簡単にできるし、素人の目を騙すことも十分に可能だ。母から預かった写真に自分の幼少時代の写真を合成したのだ。その道に詳しい者に依頼したのかもしれない。

「ねえ和也、母さん何かまずいことした？　新手の詐欺か何かなのかい？」

詐欺みたいなものだが、別に母に被害が出るわけでもない。和也は適当にはぐらかして、最後に母に訊いた。

「教えてくれ。その同窓会事務局の男に、俺たちの妹のことも話したんだな？」

強烈な雨が降っていた。太一のズボンはすでにずぶ濡れで、靴下まで雨水が入り込んでしまっている。時刻は深夜二時を少し回ったところだった。

〈大漁市場うおまる新宿南口店〉は平日は深夜一時、金曜と土曜祝日は深夜三時までの営業なのだが、研修員は深夜零時までという決まりだったので、太一は日付が変わってすぐに仕事を終えた。帰り際、ロッカールームから出たところでベーシストが待っていて、今度五階のスタッフの飲み会があるから参加してくれと言われた。初日から仲間になれたみたいで正直嬉しかった。

店から出たところで携帯電話に着信が入っていることに気がついた。実家の母から二回の着信が入っていた。そういえば宅配便で送ってもらった食料品のお礼の電話もかけていない。もう夜も遅いし、母は眠ってしまったことだろうから電話は明日でいい。

メールも一件、受信していた。送信者の名前を見て、太一は驚いた。和也からだった。メールには題名もなく、本文にもメッセージはなく、ただどこかのウェブサイトのアドレスらしきものが添付されているだけだった。そのサイトにアクセスした太一はすぐにそれが何を示しているのか知った。店の場所も同じ新宿の歌舞伎町であることから、太一は雨の中を歩いて店の前に到着したのが今から一時間三十分前のことだ。

すぐに雑居ビルの三階にある麻美が働く〈ナイトフィーバー〉という店の前まで足を運んだが、物怖じしてしまって店の中に入ることはできず、外で見張ることにした。いつ麻美が出てくるかわからないので、雑居ビルの出口から目を逸らすわけにはいかない。しばらく出口の前で見張っていたのだが、ビラを持った呼び込みのバイトが不審な視線を送ってきたので、仕方なく太一は通りに移動して煙草の自動販売機の横に陣取っていた。傘はさしているが、それでも横なぐりの雨を防ぐことはできない。

ビルの出口から数人の女の子が出てきたので、太一は目を凝らした。麻美の姿は見えない。それからしばらくしてまた数人の女の子たちがビルから出てきた。タクシーが滑り込むようにビルの前に停まり、三人ほどの女の子がタクシーに乗り込んだ。タクシーが走り去ったあとで、一人の女の子がその場に残っているのが見えた。麻美だった。

麻美は雨が降っていることを知らなかったかのように空を見上げたあと、再びビルの中に戻る素振りを見せた。傘をとりに戻るのかもしれない。太一は慌てて通りを渡って麻美のもとに駆け寄った。

「麻美ちゃん、ちょっと待ってよ」

太一の姿を見ると、麻美は困ったように眉間に皺を寄せた。

「傘なら僕が持ってる。ほら」太一は傘を麻美に見せた。「どこまで行けばいい？　新宿駅まででいいのかな？」

一瞬だけ迷った素振りを見せた麻美だったが、太一が根気強く待っていると、諦めたような表情で傘の中に入ってきた。二人で並んで歩き出す。

ビニール傘なので太一の肩は傘から大きくはみ出していて、雨が左の肩に落ちてくる。何から切り出せばいいのか太一は迷った。麻美に会うために衝動的に店の前まで来てしまったが、いざ麻美を目の前にしてしまうと言葉が見つからない。それ以前に雨脚が強いので、たとえ声を発したところで雨音にかき消されてしまうだろう。

雨が降っていても歌舞伎町は賑わっている。行き交う通行人たちの傘と傘は触れ合いそうだ。前方に中華料理屋の看板が見えたので、太一は麻美に言った。

「麻美ちゃん、ご飯食べよう。僕、お腹空いてるんだ」

実際、バイトの前にパンを食べてから十時間くらい経過していたから、太一は空腹を感じていた。麻美と静かな場所で話したいという思いもあった。太一が中華料理屋の前で立ち止まると、麻美もそれに従った。彼女もお腹が空いているのかもしれない。

引き戸を開けて中に入ると、カウンターだけの狭い店内が見えた。汚い店だった。カウンターの中で鉢巻きを巻いた親父が「いらっしゃい」と無愛想に言った。カウンターの一番奥で若いホスト風の男がスポーツ新聞を読みながらラーメンを啜っていた。

　太一はカウンターの一番手前に座った。椅子を一つ空けて麻美が座る。椅子一つ分の距離感がたまらなく悲しかったが、太一はそんな気分を吹っ切って注文した。

「瓶ビール、一本。それから餃子一枚お願いします」

　手元にあった薄汚れたメニューを開き、麻美の前に置いた。「好きなものを食べていいよ、麻美ちゃん。今日は僕の奢りだから」

　メニューに目を落とした麻美は、しばらく思案したあと顔を上げて、ちょうどビールを運んできた店の親父に注文した。「私、タンメンください」

「じゃあ僕も同じもので」

　親父から瓶ビールを受けとり、二つのグラスにビールを注いで、片方を麻美の手元に置く。麻美がグラスを持つ雰囲気はないので、太一は小声で「乾杯」と言ってからグラスのビールを一気に飲み干す。

「旨いなあ、仕事上がりのビールは」

　太一が大袈裟にそう言っても、麻美は反応しない。料理を作る店の親父に興味があるのか、ずっと厨房の中を覗き込んでいる。仕方ないので太一は小皿に盛られたザーサイをつまみながら、二杯三杯とビールを飲む。

「今日から仕事を始めたんだ。南口の居酒屋。採用されたのは居酒屋チェーンを経営している本社なんだけど、二週間は研修期間なんだよ。麻美ちゃんには言ってなかったけど、僕は半年前にリストラされていて、やっと半年振りに新しい仕事が決まったわけ」

麻美は親父の動きを目で追っていたが、耳で太一の話を聞いていることが気配でわかった。

太一はビールを飲み干し、さらに手酌でビールをグラスに注いで続ける。

「実は和也にもリストラされたことは内緒にしてて、それがバレてしまって大喧嘩。あいつ、部屋を出ていったんだ。いい年して兄弟喧嘩なんて恥ずかしい話だよね。あっ、これが僕が働いている居酒屋ね」

太一はポケットからティッシュペーパーをとり出し、麻美の前に置いた。店の宣伝用ティッシュだ。焼き上がった餃子の皿が目の前にどんと置かれたので、太一は小皿に醤油と酢とラー油を垂らす。麻美も同じように小皿に醤油を垂らしている。餃子を一口食べ、その美味しさに太一は言葉を失った。こんなに旨い餃子は食べたことがない。隠れた名店ってやつじゃないか、ここは。

もう一本ビールを注文した。餃子を食べながらビールを飲む。空腹にアルコールが効いてしまったようで、顔がやけに熱かった。

次に運ばれてきたタンメンも旨かった。隣を見ると、麻美はいつの間にか髪を後ろで留めて、麺を啜っている。ラーメン食べる女の子っていいな。太一はそんな感想を抱きながら、ひたすらタンメンを食べた。

瞬く間にタンメンを食べ終えた。麻美もほぼ同時だった。カウンターの奥のホスト風の男が勘定をしてから店を出て行った。店の親父は煙草を吸いながら洗い物をしている。

「麻美ちゃんが妹じゃないってことはずっとわかっていた」

言葉が勝手に口から出ていた。麻美が驚いたように肩を震わせるのが見えた。

「腹違いの妹が急に目の前に現れるなんて、都合よすぎる話だよね。でも僕はどうしても麻美ちゃんを追い出すことができなかった。それは和也も同じだったと思う。僕たち兄弟は妹という言葉に過剰な反応をしてしまうんだよ」

麻美は何も言わず、両手を膝の上に置いてラーメンの丼に視線を落としている。

「僕が中学生で和也が小学生の頃だ。母さんが妊娠したんだよ。ちょっと遅すぎる妊娠だったけど、母さんは産むことに決めた。僕と和也も盛り上がったよ」

毎日のように和也と二人で産まれてくる子供の名前を考えたものだった。男の子だった場合、女の子だった場合、それぞれに候補をいくつか選んだ。

「でも結局子供は死産だった。僕と和也は落ち込んだよ。僕も泣いたし、和也も泣いた。和也の涙を見たのはあのときだけだ」

正確に言うなら二日前にも和也の涙らしきものを見た。刑事を辞めると言い出したときのことだ。しかしそれはあいつの名誉のためにも麻美には内緒にしておこうと思った。

「今でも広島の実家の近くにあるお寺には、そのとき死産した子がお墓の下で眠っている。産まれてきた子は女の子だった。名前は麻美。和也が考えた名前なんだ」

椅子の脚がこすれる音が聞こえた。麻美が立ち上がったのだ。それでも構わずに太一は続けた。

「だからね、腹違いの子が現れて、その子が麻美なんて名前を名乗ったら、僕も和也も信じたくなってしまうんだよ。絶対に違うってことはわかっていても、あの死んだ妹が姿を変えて現れたんじゃないかって、そう信じたかったんだよ」

麻美は太一の後ろを横切ろうとした。太一は腕を伸ばして麻美の手首を摑む。振り向いた麻美の顔は泣き顔だった。

「麻美ちゃん、いや本当の名前は違うかもしれない。でもね、僕と和也は怒ってなんかいない。この数日間、本当に楽しかった」

「よしてよ、もう。あんたに私の何がわかるっていうのよ」

麻美は強引に太一の手を振り払い、店から飛び出していった。太一もすぐに立ち上がろうとしたが、酔っているのかバランスを崩し、椅子ごと床に転がってしまう。それでも何とか立ち上がって外に出たが、すでに麻美の姿は雑踏の中に消えてしまっていた。さきほどに比べてさらに雨脚は強まっていた。

肩を落として店の中に戻る。洗い物を終えた店の親父が太一の前までやって来て、煙草の煙を太一の顔面に吐きだしながら言った。

「あんな可愛い子を泣かすもんじゃねえぞ、兄さん」

太一はカウンターの上に目をやった。店の宣伝用ティッシュの下に千円札が一枚、挟むようにして置かれている。

第四章　兄弟

「さあ、海底に釣り針を垂らしていくように」

昨夜の雨が嘘のように、翌日は雲一つない晴天が広がっていた。太一は古賀の動きを目で追いながら、右手に釣り針を持ったイメージで体を深く沈めていく。変な姿勢で腰が痛い。

「いいわよ、あなたたち。その調子よ」

深夜三時に食べた餃子とタンメンが消化しきれていないのか、胃のあたりが重かった。朝の八時に太一が公園を訪れてみると、すでに古賀と弘樹は太極拳を始めてしまっていた。別にどうしても太極拳をやりたいわけではなかったが、気がつくと太一も強引に参加させられていた。

「はい、いったん休憩を入れるわよ」

古賀は今日も化粧が厚い。外見だけなら立派なおばさんだが、声だけはしわがれた男のものだ。弘樹から渡されたペットボトルの水を一口飲んだところで、古賀が二人の前に立った。

「じゃあ講義をするわね」

休憩中は太極拳についての蘊蓄《うんちく》を聞かされるのだ。太一は弘樹と並んで体育座りをして、古賀の講義に耳を傾けた。

「太極拳の起源については昨日話したわよね。太極拳というものは主に二種類あって、伝統拳と制定拳です。伝統拳というのは武術として伝承されている実戦的な武術のこと。一方の制定拳というのは健康体操としての意味合いが濃い、今あなたたちに教えているものなのよ。ただ制定拳にも数々の……」

古賀の講義を太一は聞き流していた。今さら太極拳に詳しくなっても仕方がない。就職活動中であれば面接で趣味として語る機会はあったかもしれないが、すでに昨日から働き出しているため、当面の間は面接をする機会はないし、またあってほしくもない。

「質問があります、古賀さん」

弘樹が手を挙げると、古賀が満面の笑みを浮かべて言った。

「どうぞ。弘君」

「では俺たちが今やってる太極拳は実戦ではまったく役に立たないってことですか？」

「いい質問するじゃない、弘君」古賀は猫撫で声で言った。「たしかに武術としては役に立たないかもしれないわ。でもね、どうしても戦わなければならない相手に対峙したとき、重要なのは気の流れなの。喧嘩というのは気と気のぶつかり合いなのよ。太極拳の鍛錬を積めば、気のコントロールができるようになるわよ。さあ、講義はこのぐらいにして練習を再開しましょうか」

再び立ち上がり、芝生の上で太極拳の練習が始まる。ラジカセの音に合わせて踊っているようにしか感じられないが、窮屈な姿勢が多いのでダイエットにも効果があるかもしれないと思った。

それから三十分ほど練習が続いたところで、前で踊っていた古賀が思い出したように言った。

「あらやだ、忘れてたわ。今日は私、ホテルのバイキングで食事会だったわ」

古賀はラジカセのスイッチを押し、早口で言った。

「今日の練習はこれまで。たった二日間だけどあなたたち二人には基本の二十四の動きはすべて教えたわ。あとは自分で鍛錬あるのみ。気が向いたらまたいらっしゃい。いつでも付き合ってあげるから」

ラジカセを脇に抱えて古賀は慌ただしく去っていく。古賀が公園から出て行くのを見送ってから、太一は弘樹と並んでいつものベンチに腰を下ろした。

「行っちゃったね、古賀さん」

太一が言うと、弘樹が笑って答えた。

「行っちゃいましたね、古賀さん」

「あとは鍛錬あるのみだってさ」

「鍛錬あるのみですね」

時刻は午前十一時になろうとしていた。缶拾いのおじさんが鉄バサミで空き缶を拾い集めている。太陽は真上にあるが、湿度が低いせいか快適な気候だった。

「来週から学校に行こうと思います」弘樹が前を見たまま言った。「いつまでもこうしているわけにもいかないから。来週の月曜日から学校に行こうと決めました」

今日は金曜日だ。さすがに太一も土日は公園に来ないので、弘樹と会うのは今日で最後ということになる。二十歳以上も年は離れているが、就職活動でも世話になったし、すでに弘樹のことを友人だと思い始めていた。

「そうか、淋しくなるね」

「でも太一さんだって二週間の研修が終われば本社勤めでしょ。もうこの公園で時間を潰さなくたっていいじゃないですか」

お互い別々の道を歩み始めるってことだ。弘樹との別れはマイナスではなくプラスの意味だと太一は自分に言い聞かせる。

「あっ、弘樹君」不意に思い出し、太一は声を上げた。「あの鍵の秘密がわかったんだ。自転車の工具入れに入っていたあの鍵だよ」

弘樹がポケットに手を突っ込んで、例の鍵をとり出した。「これのことですか?」

「そうだよ、それのことだよ」

太一は弘樹の手の平から鍵をつまみとって、白いタグを見た。ずっと気になっていたので、今朝自宅でネットを使って調べてみたのだ。

「ここにSRCって書いてあるだろ。Sっていうのは地名を示すアルファベットなんだ。新宿、渋谷、新橋、品川、新大久保と候補はいくらでもある。Rっていうのはレンタルという単語を示している。Cはコンテナのcなんだよ」

実は簡単だった。インターネットで『SRC』と検索した結果、ヒットしたウェブページの中に答えを見つけたのだ。

「品川レンタルコンテナだよ。略してSRC。数字は多分コンテナの番号。場所も調べてあるよ。品川埠頭《ふとう》の中にあるらしい」

弘樹が感嘆したように口笛を吹いた。

「冴えてますね、太一さん」

「だろ？　行ってみるかい？　もしかしたら弘樹君のお父さんの秘密が眠っているかもしれない」

「父の秘密……ですか？」

「弘樹君の判断に任せる。弘樹君の好きにすればいい」

弘樹は迷っている様子だった。彼はずっと自分の父親がなぜ死んだのか、それを知りたがっていた。しかし警察から相手にされず、このまま立ち止まっているわけにもいかないので、来週から学校に行くという決意を固めたのだろう。今になって父の貸しコンテナが見つかっても、それを見るにはそれなりの覚悟が必要だ。中に入っているものが弘樹を喜ばせるものだとは限らない。

「俺、行きますよ」弘樹が力強い口調で言い切った。「父がわざわざ僕に遺したものなんです。それを見るのは俺の義務だと思いますから」

弘樹は立ち上がった。太一も立ち上がり、二人肩を並べて歩き始めた。

「ちょっと待て、楠見。お前いったい何を……」

「ですから甲斐を撃ったのは俺なんです。野口は俺の代わりに罪を被っただけです」

品川署の小会議室にいた。目の前では係長の北野が絶句している。一晩寝ずに考えた末、真実を告げることに決めた。いったん心を決めてしまうと楽になった。今までくよくよ悩んでいた自分に嫌気がさした。むざむざ野口を死なせてしまったことに強烈な怒りを覚えた。

「どういうことなんだよ」北野が頭を抱えた。「お前が撃って、それを野口のせいにしたってわけか。現場には今村さんもいたんだろ」

「ええ。今村さんも承知しています」

北野は係長ではあるが、部下の今村の方が年齢も上だ。元係長ということもあってか、北野は何かにつけて今村を気遣っている。今村のように先頭を走るリーダーシップはないが、北野は温厚な性格で部下に伸び伸びと仕事をさせるタイプの係長だ。

「現時点でこの話を知ってるのは、お前と今村さんだけなんだな？」

北野が念を押したので、和也はうなずいた。

「ええ。それから係長だけです」

「まったく何がどうなってんだよ」北野がぼやくように言う。「本当に野口が撃ったのか。そういう声は早い段階から捜査陣の中でも囁かれていた。野口にそんな根性があったのかという疑問視する声だ。まあ冗談みたいなものだけどな。お前も今村さんも野口が撃ったと証言している以上、そこを疑ってかかることはなかった。それがまさかな……」

北野は目を閉じて腕を組んだ。たっぷり十秒ほどそうしてから、北野は目を開いた。

「なかったことにしないか、楠見」北野が低い声で言った。「今の話、俺は聞かなかったことにしようじゃないか。甲斐を撃ったのは野口、責任を感じた野口は命を絶った。それでいいじゃないか」

「ですが、実際に甲斐を撃ったのは……」

「それはお前の自己満足だろうが」北野がテーブルを両手で叩き、その勢いで立ち上がった。「今さら何を言い出すんだよ。撃ったのは野口じゃなくてお前だと？　馬鹿も休み休み言え」

北野のこめかみには血管が浮かび上がっている。その迫力に和也は押された。

「この話が上に洩れてみろ。お前だってどうなるか想像できるだろ。品川署、いや警視庁全体に飛び火するぞ。当然お前は終わりだ。ただ警察を追われるだけじゃない。一生浮かび上がれないと思っていい。その若さで人生を棒に振ろうっていうのかよ、楠見」

大きな問題になることは和也も承知の上だった。警察を追われることもわかっていた。幹部の責任が追及されることもだ。

「自分だって覚悟はできています。だからこそ係長に真実を告げたんですから」

倒れ込むように北野は椅子に座った。それから懐から携帯電話を出して、ボタンを操作していた。しばらく携帯電話に耳を当てていた北野だったが、三十秒ほどたってから携帯電話をテーブルの上に放り出して言った。

「今村さんは？」

「朝から姿を見ていません」

「まったく……今村さんも今村さんだ。一緒にいながらなぜこんなことに……」

それきり北野は黙りこくった。和也は直立の姿勢を保ったまま、北野の言葉を待ち続けた。

やがて北野が口を開いた。

「考える時間をくれ。この件をどうするか、俺に考える時間をくれ」

「いいえ、とは俺には言えません」

「お前は帰っていい。今の話を言い触らされたりしたらかなわんしな。届け出は出さなくていい。捜査で外に出ていることにしておこう」

「わかりました」

和也は頭を下げて、会議室から出て行こうとした。その背中に北野の声が突き刺さった。

「なあ、楠見。ムショに入って罪を償うことだけが落とし前をつけるってことじゃない。意味はわかるか？」

和也は振り返った。こちらを見る北野の目は真剣だった。

「責任をとる方法はいくらでもあるってことだよ。お前が甲斐を撃ち、その罪を野口になすりつけたことに責任を感じているなら、お前自身で落とし前をつければいい」

ごくりと唾を飲んだ。まさか、北野が言わんとしていることは……。死をもって罪を償え。そう遠回しに言われているような気がしてならなかった。

「今日一日だけ時間をやる。どう責任をとるかはお前の自由だ。好きに考えればいい」

北野は冷たくそう言い放った。和也は声を搾り出した。声が震えているのが自分でもわかった。

「前向きに……前向きに検討させていただきます」

品川レンタルコンテナは品川埠頭の物流倉庫が立ち並んだ倉庫街の中にあった。手前に管理棟があり、その奥の運動場くらいのスペースに五メートル四方のコンテナが整然と並んでいた。まずは管理棟で話を聞くことにした。

「そうですか、借主がお亡くなりにね。ええと、四十八番のコンテナでしたら、向こう一年分は前金で賃貸料をいただいているので、まあしばらくは問題ないですけどね」

管理棟の男はパソコンの画面を見ながら言った。基本的に出入りは自由で、受付で名前を書けば敷地内に入ることができるらしい。太一が男と話をしている間に、弘樹が受付簿に自分の名前を記入していた。

「どんなものが入っているか、ですか？　そんなのわかりっこありませんよ。奥さんに内緒で趣味のプラモデルを大量に保管している男もいるし、海外赴任中のサラリーマンが家具やら洋服やらを保管しているケースもあります。人それぞれですね。中に何が入っているのか我々はノータッチです」

甲斐清二が貸しコンテナを借りていることは、まだ警察も知らないはずだった。知っているなら、その情報は遺族である弘樹の耳に入ってしかるべきだろう。弘樹が知らなかったということは、警察も貸しコンテナの存在に気づいていないと考えていい。

男に礼を言ってから、管理棟を出た。大きな看板があり、敷地内の見取り図があった。四十八番コンテナの場所を確認してから、太一は弘樹と並んで歩き出した。昼前という中途半端な時間帯のせいか、二人のほかに人影は見当たらない。コンテナ群の向こうは物流倉庫のコンテナ置き場になっているようで、巨大なクレーンがゲームセンターのUFOキャッチャーのようにコンテナをいとも簡単に持ち上げていた。

四十八番コンテナの前に辿り着いた。弘樹が前に出て、やや緊張した様子で南京錠に鍵を差し込んだ。カチリという音が聞こえた。鍵が合ったのだ。

弘樹と二人で扉を手前側に開けた。内部で温められていた熱気が押し寄せる。中はこれといって変わった点もなく、むしろ置かれているものが少な過ぎるというのが太一の印象だった。居住スペースのようでもあり、その証拠に扇風機が一台、置かれていた。奥には段ボールがいくつか見える。

「弘樹君のお父さん、ここで仕事してたのかな？」

太一が訊くと、弘樹が首を傾げた。

「さあ……でも父は事務所を借りていましたから」

窓はないので内部は暗い。だが扇風機が置かれている以上、電気が通っていることは間違いない。太一が扉の近くを探っていると、電気のスイッチに手が触れた。迷わずスイッチを押すと、内部が明るくなった。

微かに煙草の匂いがした。床に灰皿が置いてあるのが見え、数本の吸い殻が残っていた。ゴミ箱もあり、ジュースの空き缶が捨てられている。

「弘樹君のお父さんは煙草を吸う人？」

「いえ、吸わないです。もう何年も前に禁煙したって言ってました」

「変だね。じゃああの吸い殻は何だろう」

「共同で借りていたってことじゃないですかね」弘樹がコンテナの入り口に足をかけて言った。「父が友人の誰かと共同で借りていたんですよ。その人が煙草を吸う人なのかもしれません」

弘樹はコンテナの内部に足を踏み入れた。太一は後ろから注意した。

「まずいよ、弘樹君。だとしたら中に入るには共同で借りている人の許可もとらないといけない」

「何言ってるんですか。俺はこう見えても探偵の息子なんです。それに太一さんだって刑事の兄じゃないですか」

中に入った弘樹はコンテナ内を見渡してから、奥に置かれた段ボールに手をかけた。太一も恐る恐る中に入った。まだ熱気がこもっていて中は蒸し暑い。壁に数枚の地図が貼ってあるのが見えた。どれも都内の道路地図だ。

あごの先端から汗が滴り落ちた。とにかく暑い。太一は扇風機を強で回して、その前にしゃがんで顔を当てた。「我々は宇宙人だ」と声に出して言ってみる。昔よく和也と一緒にこうして遊んだものだ。

「ちょっと太一さん、これを見てください」

弘樹の真剣な声が聞こえたので、太一はその場で振り返った。弘樹が手にしているものは緑に金色のラメが入ったマスクだ。プロレスのマスクマンが被っている覆面だ。

「どう思います？」

弘樹が不安そうな顔で訊いてくる。太一は一瞬にして暑さを忘れて立ち上がった。弘樹が持ったマスクを見る。

「な、何かの冗談だろ」太一は自分の声が裏返っていることに気づきながら言った。「弘樹君のお父さん、プロレス好きだったんだろ。だから趣味でマスクを集めていたんじゃないかな」

「父からプロレスの話を聞いたことなんてありません。これってまさか……」

「違うよ、弘樹君。違うって。弘樹君のお父さんはそんなことをする人じゃないはずだ」

太一はコンテナ内を見渡す。壁に貼られた道路地図が目に入る。地図には細かい線や記号が書き込まれていた。ゴミ箱に捨てられた空き缶が見えた。太一はゴミ箱の前に向かい、ジュースの空き缶に触ってみた。まだ水滴が残っている。

「出よう、弘樹君。ここは危険だ。僕たちが来る前までここに誰かいたんだ。そいつが今帰ってきても不思議はない」

弘樹が蒼白な顔でうなずいた。太一は扇風機を消し、それから蛍光灯のスイッチをオフにした。弘樹はすでにコンテナの外に飛び出している。外に出ようとしたところで、太一は壁に貼られた地図を見た。道路地図に混じって、都内全域の地図が貼ってあった。地図に書かれた数字の羅列が太一の頭に引っかかった。

ここから何かを持ち出すことは得策ではないと太一にもわかっていた。しかし受付簿に弘樹の名前を書いてしまった以上、戻ってきた誰かが自分たちの存在に気づいてもおかしくはない。それならば――。

太一は都内全域の地図を壁から剝がした。それを持ってコンテナから飛び出して、あたりを窺う。人影はない。

扉を閉めてから、再び南京錠で鍵をかけた。心臓が高鳴っている。汗が下着までも濡らしていた。


和也の前には拳銃が置かれている。保管庫から持ち出したものだった。その拳銃をホルスターに入れて署を出たが、行く当てがないことにすぐに気づいた。自宅に帰れと北野からは命じられたが、今の和也には帰るべき場所すらない。

足が向いたのは甲斐の事務所だった。すべてが始まった場所だ。甲斐を撃ち殺した現場に立つと、あの日の情景が鮮やかによみがえった。怯えたような甲斐の表情や、後ろから聞こえた今村の叫び。全部が頭の中に残っている。

その場を離れて、和也は甲斐の事務所に足を踏み入れた。鍵は大家が開けてくれた。当分の間は入居させないでくれと署から通達が出ているらしく、家賃の入ってこないことを大家はぼやいていた。

手前が応接スペースで、奥が畳の部屋だった。電気が止まっているので中は蒸し暑く、和也は窓を開けて空気を入れ替えた。子供用の学習机があったので、和也はその上に拳銃を置いて、やや低い椅子に腰を下ろした。平日の昼ということもあり、多くの住民が出払っているようで、アパート全体が静まり返っている。

責任のとり方は自分で考えろ。北野はそう言った。そうなのだ。自分自身の気持ちにケリをつけたいだけなら、辞表を出して警察を去ればいいだけの話だ。さらに言うなら、死をもって償えばいい。そう、野口のように。

死ぬのは簡単だ。銃口をくわえて引き金を引くだけですべてが終わる。北野は自己満足だと言ったが、その表現もあながち間違ったものではないと和也も承知していた。

警察官というのは警察という組織に属している。もしも和也の偽証が表に出てしまえば、和也だけではなくその上司の責任も追及されるだろうし、警視庁への批判も高まることが予想された。世間の信頼を失うことにもなりかねない。

警察官だって組織の人間である以前に一人の人間だ。だから個人の主張を優先させる。そんな考え方は警察では通用しない。十人の警察官がいたら、十人の警察官が自分の主張を押し殺しても組織の利を優先させるだろう。公僕というのは、警察官というのはそういうものなのだ。

果たして俺は死ねるのだろうか。

机の上の拳銃を見つめて、和也はそう自問した。死ぬのは怖い。怖いと思うのは当然だろう。野口の死に顔を思い出す。目を見開いていて、顔を歪めていた。あいつは死んで楽になることができたのだろうか。

拳銃に手を伸ばしてグリップを握る。冷たく、そしてずしりと重い。現在日本に二十八万人いる警察官のうち、そのほとんどが訓練以外の職務中に拳銃を撃つことなく定年退職を迎えると言われている。職務中に拳銃を撃つこと自体が稀なのに、あろうことかその一発が甲斐清二の命を奪ってしまったのだ。さらに今村に強制されたとはいえ、その罪を後輩の野口に着せてしまった。殺人と偽証。二つの罪は死に値する。

できることならあの瞬間まで戻りたかった。甲斐を撃ったあの瞬間までだ。今村の命令に従わずに、自分で潔く罪を認めるべきだったのだ。そうすれば野口も死ぬことはなかったし、今のような状況に追い詰められることもなかったはずだ。

しかし時計の針は巻き戻すことなどできない。これは現実なのだ。死という選択を突きつけられた、俺の現実なのだ。和也はそれを思い知った。

人生に未練はある。たっぷりあると言った方が正解かもしれない。せめて人並みに家庭というものを持ってみたかったし、実家に残した母に親孝行らしきものをしてみたかった。それに二歳年上の兄の太一と仲違いしたままだというのも心の隅に引っかかった。太一が自分のことを心配しているのはわかっていた。和也、僕に何か隠してるだろ。太一の言葉は今も和也の胸の中に残っている。一昨日、背中で声を聞きながら、やっぱり兄弟なんだなと思ったものだ。

それにもう一人。麻美というあの女だ。死を意識し始めた途端、あの女の顔が頭をよぎるのはなぜだろうか。

母が妹を産んだのは和也が十二歳、太一が十四歳のときだった。結局死産だったのだが、生まれてくる子の名前を太一と二人で夜な夜な相談したことを和也は今でも憶えている。男の子だったら太郎、女の子だったら麻美にしよう。二人で相談してそう決めた。太郎というのは太一の発案で、太一の一文字をとって太郎だ。麻美というのは和也の発案で、子供の頃から可愛がってもらっていた近所のお姉さんの名前だった。たまに勉強を教えてもらったりしていたのだが、家が空き巣に入られたことが原因となり、彼女は引っ越してしまっていた。和也にとっては憧れに近い初恋の相手であり、確認したわけではないが太一にとっても似たような存在の女性だったはずだ。

あの女が腹違いの妹を自称して現れたとき、もしも別の名前を名乗っていたなら太一もすんなりと部屋に入れることはなかったはずだ。麻美という名前は二人にとって特別だった。

だから二人はあの女を受け入れてしまったのだ。

今思えば軽率だったと思う。しかしそれ以前に不可解なのはあの女の動機だ。なぜ妹と偽って俺たち兄弟に接触してきたのか。その謎は今も闇の中にある。いったい彼女は何者なのか。

握りしめた拳銃のグリップが汗ばんでいた。開け放った窓から蟬の鳴き声が聞こえてくる。やや弱々しい蟬の鳴き声だ。そろそろ季節は秋に入ろうとしていた。

拳銃をホルスターに収めた。さすがに他人の部屋で死ぬわけにはいかないと冷静に考えた。和也は部屋の中を見渡した。甲斐の事務所だ。目の前にある子供用の学習机は、甲斐清二の息子が使い古したものだろう。机の上にはダイレクトメールの類いが置かれている。部屋に入る前、和也が郵便受けからとり出したものだ。

宅配ピザのチラシやいかがわしい風俗関係のチラシがほとんどだったが、そのうちの一枚のハガキに目が行った。「親展」と印刷されたそのハガキは、銀行のキャンペーンを知らせる内容だった。期間中に定期預金を契約すればもれなくプレゼントがもらえ、さらに抽選で国内旅行が当たるという、よく目にする内容だったが、その銀行名を見て和也ははっと息を呑んだ。

新陽銀行品川支店。それがハガキに書かれた銀行名だった。和也はその場で携帯電話をとり出し、品川署の強行犯係に電話を入れた。電話に出たのは平田だった。

「平田さん、俺です、楠見です。教えてもらいたいことがあるんですが、お時間よろしいですか？」

「何を改まってんだ。さっさと用件を言えよ」

死んだ甲斐清二の口座情報を知りたい。電話口の平田にそう告げると、電話の向こうで書類をめくる音が聞こえてきた。一分ほど待たされてから、平田の声が聞こえてくる。

「甲斐が契約していた金融機関だな。まずはゆうちょ銀行だろ。それから……」

平田が読み上げた金融機関名の中に新陽銀行は入っていなかった。何かのアンケートに協力しただけで、キャンペーンのハガキが送られるという可能性もある。しかし——。

「おい、楠見。どうしたんだよ、黙りこくって」

平田の声で我に返った。礼を言って通話を切ってから、手元のハガキを手にとった。

新陽銀行の品川支店は、例の連続銀行強盗で最初に襲われた銀行だ。今から三ヵ月前、梅雨の季節だった。品川署の管区内であることから、品川署の強行犯係は全員が出動し、捜査に当たった。和也も真っ先に現場へ急行した刑事の一人だ。

喉の奥に小骨が引っかかったような、小さな違和感を覚えた。すぐにハガキにあった電話番号をダイヤルする。音声案内のあと、担当のオペレーターに電話が繋がる。

「すみません、キャンペーンのハガキを見て、電話させていただきました。少し教えてほしいことがあるのですが」

「はい、どのようなことでしょう？」

このハガキを発送している対象者は、新陽銀行に口座を開設している者に限定されているのか。和也がそう質問すると、電話の向こうで女のオペレーターはやや警戒した口振りで言った。

「申し訳ありません、お客様。そのような質問にはお答えできません」

「こちらこそ面倒な質問をして申し訳ない。私は警察官です。事件の捜査の一環として、この質問をしているのです。できれば上司の方とお話をしたいのですが」

おそらく女のオペレーターはバイトか何かだろうと判断した。しばらく待たされたあと、男の声が電話口で聞こえた。

「お電話代わりました」

さきほどと同じ質問を繰り返すが、やはり男の口調は煮え切らない。和也は冷静に続けた。

「私は品川警察署の楠見と申します。一般論で構わないのです。このハガキが送られているのは、そちらに口座を開設している顧客であると考えてよろしいですね」

「ええ、そう考えてよろしいかと思われます」

「ありがとうございました。すぐにそちらに伺うことにいたします」

電話を切ってから、和也は上を向いて天井を睨む。

甲斐が新陽銀行の品川支店で口座を開設していたのは間違いのない事実だろう。しかもその事実は品川署の捜査陣も見落としている新事実の可能性が高い。つまり甲斐は新陽銀行の通帳などを別の秘密の場所に保管しているということだ。なぜ口座を隠す必要がある？　後ろめたいことがあるからだ。これは何を意味しているか。

まさか甲斐清二が……銀行強盗に関与しているというのか。

飛躍した発想だとわかってはいても、可能性はゼロであるとは言い切れない。一度芽生えた着想は、和也の中で徐々に膨らんでいく。元警察官の甲斐ならば警察の捜査方法を熟知しているし、警察無線を拾って追跡を逃れることも可能だ。たいして依頼のなかった甲斐清二が、それほど金に困っていなかった理由にもなる。状況証拠だけは揃っている。

ハガキを握りしめ、和也は部屋から飛び出した。ようやく甲斐の尻尾が見えたような気がしていた。

太一は黙々と弁当を食べていた。隣を見ると弘樹は箸を持ったままぼうっと前を見ている。タクシーで公園に戻ってきたのは一時過ぎで、遅い昼食をとることになったが、弘樹はタクシーに乗っていたときから黙りがちだった。

太一は箸を動かすのを止め、輪ゴムで留めてから弁当箱をベンチの上に置いた。それを見て、弘樹も同じように弁当箱を置く。弘樹の弁当はほとんど手がつけられていない。

太一はペットボトルの緑茶を飲んでから言った。

「決めつけるのは早いと思う。何かの間違いってこともある。あのコンテナは弘樹君のお父さんの名義になっていたけど、使っていたのは別の人間とは考えられないかな。つまり名義だけを貸していたんだよ」

「父の仕事は順調とはいえませんでした」弘樹が前を向いたまま口を開いた。「あまり依頼も来ないようだったし、平日でも家にいることもありました。専業主婦をしていた母が一年くらい前にパートで働き始めるのを見て、父さんの仕事はうまくいっていないんだなと思いました」

個人の探偵というのがどのくらい大変な仕事なのか、太一には想像もつかないが、広告にも力を注ぐ大手探偵社に比べ、集客力が劣るのは当然だろうと思った。

「今年の六月のことでした。塾から家に帰ると父が珍しくお酒を飲んでいました。大きな仕事が入ったと父は嬉しそうに笑っていたんです。それから一週間くらいして、父はあの自転車を買ってくれたんです」

弘樹の視線の先にはピカピカに光ったメタルフレームの自転車が停まっている。

「大きな仕事って、銀行強盗のことだったんですね」

弘樹が抑揚のない声でそう言って、ベンチの脇に目を落とす。そこには彼がコンテナから持ち出してきた緑色のマスクが置かれている。

失業中は朝のワイドショーを欠かさず見ていたため、ここ最近の事件や芸能ニュースに太一は精通していた。もちろん連続銀行強盗についてもある程度の知識はある。三人組の男がプロレスのマスクを被って銀行に押し入ったことも知っていた。

「弘樹君のお父さんには何らかの容疑がかかっていた」太一は頭の中を整理しながら話し始めた。「任意の事情聴取の際に刑事から拳銃を奪って逃走した。追いつめられた弘樹君のお父さんは拳銃を捨てようとはせず、逆に引き金に指をかけて発砲する素振りを見せたので、その場で野口という刑事によって射殺された。これが新聞発表で明らかになっている事実だ」

弘樹は黙ったまま太一の話に耳を傾けている。

「もしだよ、弘樹君。君のお父さんが銀行強盗に関与していたのであれば、それは大発見だ。だって僕たちは強盗犯の正体を知ってしまったんだから」

太一はコンテナから持ち出した都内全域の地図を出した。それを広げて弘樹に見せた。

「三つの赤い点が見えるでしょ。品川、板橋、三鷹。どれも銀行強盗が発生した地点なんだよ。そして弘樹君が見つけたマスク。あのコンテナは強盗犯たちのアジトと考えて間違いないと思う」

さきほど足を踏み入れたコンテナを思い出す。快適とはいえないが、誰にも見つからない隠れ家にはうってつけの場所だ。

「そこで僕は疑問を感じるんだよ。なぜ弘樹君のお父さんは刑事に撃たれてしまったのか。つまり弘樹君のお父さんは銀行強盗に加担していたから、刑事によって撃たれてしまった。そう考えることはできないかな」

「ちょっと待ってください」弘樹が口を挟んだ。「要するに撃った野口という刑事は、父が銀行強盗に加担しているのを知っていたってことですか？」

「そこらへんは微妙なんだよな。僕もまだすっきりとわかったわけじゃないから。でもね、弘樹君のお父さんが刑事に撃たれたという事実と、弘樹君のお父さんが銀行強盗に加担していた可能性。この二つは偶然で片づけてはいけない気がする」

太一は心の中で続ける。和也だってきっとそう考えるだろう。

昼下がりの公園は午前中と違う顔を見せている。ランチを終えたばかりの主婦たちが子供と一緒に訪れ、木陰でのどかに談笑していた。

「父は……父は強盗犯だったから、刑事に撃たれた？」

弘樹はつぶやくように言ってから、太一の手にある都内全域の地図に目を落とした。その一点を見て、弘樹は顔を上げた。

「太一さん。これってまさか……」

「うん。そうなんだよ」太一はうなずいた。「この数字が目に入ったから、思わずこの地図を壁から剝がして持ち去ってきてしまったんだ」

地図の下の方に赤いマジックで数字が書いてある。数字は西暦と日付を表していて、それは間違いなく今日の日付を示していた。

太一は顔を上げて言った。

「今日、犯人たちは四度目の犯行を起こすつもりなのかもしれない。そして襲われる銀行はこれだ」

太一は地図の上に指を置いた。地図上には四つの赤マルが記されていて、そのうちの三ヵ所、品川、板橋、三鷹は過去三件の銀行強盗が発生した場所だった。残りのもう一ヵ所は四谷だった。四谷近辺を囲んだ赤マルのすぐ脇に「双葉」という文字が殴り書きのような乱雑な文字で書かれている。

「四谷にある双葉銀行。次のターゲットはそこなのかもしれない」

和也は署に戻った。北野に見つかると何を言われるかわからなかったが、幸いなことに彼は捜査で外に出ているようだった。

署に入る前に、和也は新陽銀行品川支店に足を運び、甲斐清二という口座を開設した者がいないか窓口の担当者に尋ねた。結果は見事に当たりで、甲斐清二は新陽銀行に口座を開いていた。口座を開いたのは五月上旬、事件が起きる一ヵ月前のことで、最初に千円だけ入金したまま放置してあるという話だった。

甲斐の身辺を洗った報告書では、彼が新陽銀行に口座を持っていたという事実は浮かび上がっていない。おそらく通帳そのものを処分してしまった可能性も高い。なぜ甲斐はそこまでして新陽銀行との繋がりを消してしまいたかったのか。答えは考えるまでもない。彼自身が銀行強盗に関与しているのであれば、通帳を処分するのは当然の行動だ。

銀行を襲うには下見は絶対に欠かせない。行員の数や監視カメラの位置などを確認しなければならないからだ。ただ、用もないのに銀行内部をキョロキョロ観察していては、警備員に怪しまれてしまう。実際に口座を開設するなどの手続きをすれば、その時間は銀行の中にとどまることができる。新陽銀行を下見したのが甲斐だったのではないか。

強行犯係の自分の机に座り、連続銀行強盗についての報告書に最初から目を通した。合同捜査本部が発足してからは専従の任を解かれ、手伝い程度にしか捜査に参加していない。もう一度事件について詳細を頭に入れておきたかった。

最初の事件が起きたのは新陽銀行品川支店だ。今年の六月上旬の平日の午後、突然三人の男が銀行に押し入った。三人はプロレスのマスクを被っており、あとからの調べでメキシコのプロレスラーが被るマスクであることが確認された。

いきなりマスクを被った三人の男が現れ、昼下がりの銀行にいた行員や客たちは戸惑った。しかし先頭に立った男が天井に向かって発砲し、彼らは目の前で起きていることが夢でも予行演習でもないことを知った。

二人の男がカウンターに向かい、持参してきたショルダーバッグを行員の手元に置いた。「ありったけの金を入れろ」と訛《なま》りのない日本語で命令した。銃を突きつけられた行員は恐怖に怯えながらも、言われた通りに金をバッグの中に入れた。一人はカウンターを乗り越えて中に入り、銃で脅しながら行員たちを壁の一方まで追い込み、身動きを封じていた。

二人の男がカウンター付近でそうしている間、もう一人の男は出口の前に立ち、客の動きを監視していた。行員の誰かが緊急通報ボタンを押したのか、けたたましいサイレンが鳴り響いている。

カウンターにいた男が腕時計に目を落とし、ショルダーバッグを担いでから、三人は外に飛び出した。男たちが銀行内に足を踏み入れてから五分もたっていなかった。男たちは外に停めてあったバンタイプの車に乗って逃走した。その様子を目撃していた通行人の話によると、マスクを被った男は二人が後部座席に、一人が助手席に乗り込んだという。その目撃証言から運転手がいることは明らかで、犯人は四人組であることが予想された。

品川の事件から一ヵ月後には板橋、それからさらに一ヵ月後には三鷹で同様の手口の事件が発生し、逃走車輌の内部で発見された毛髪のＤＮＡが一致したことから、三件の銀行強盗は同一犯であることが確定し、品川署内に合同捜査本部が設置される運びとなったのだ。

被害総額は二千万円弱だ。一店舗当たり七百万円を奪っている計算になるが、実際に一番被害額が多かったのが三鷹で、この銀行では一千二百万円が奪われていた。現在、強盗に備えて窓口にはあまり現金を置かないようにと銀行側にも周知徹底されているのだが、三鷹の場合は大口投資家が現金で入金した直後だったこともあり、被害が倍増する結果になっていた。

奥の金庫を襲えば、億近い金を手に入れることも可能なのだが、犯人たちは決してそれをしようとしなかった。金庫にまで手を出していると警察が到着してしまうことを考慮し、彼らが窓口に置かれた現金だけを奪っているのは明らかだった。

三件の犯行はいずれも五分以内で、これも警察の到着時刻を計算した犯人側の意図だといえた。二件目の板橋の犯行では、近くをパトロール中だった警察官が騒ぎを聞きつけて現場に向かい、犯人たちとニアミスしている。その警察官は自転車で犯人たちの乗ったバンを追跡したが、一キロ走ったところで振り切られていた。

犯行後の逃走も鮮やかなものだった。事件発生現場から十キロ圏内の駐車場で盗難車のバンを乗り捨て、新しい車に乗り換えていた。目撃されたバンタイプの車に緊急配備をかけたところで、そのときにはすでに犯人たちは別の車に乗り換えているのだ。

和也は報告書を置いた。死んだ甲斐清二が銀行強盗の一味だったと仮定すると、犯人たちの規律のある行動にも説明がつく。

この連続強盗犯は警察を舐めていないのだ。警察の追及が生半可なものではないことを知っており、そのうえで計画を立てている節がある。欲をかいて金庫に手を出さないのがいい例だ。普通、銀行強盗に臨もうとするような人間であれば、多少のリスクは冒しても大金を手に入れたいと思うのが常だ。しかしこの犯人たちはそれをしない。リスクを冒すことが警察への手がかりを与えることを知っているのだ。

和也は手元にあった紙コップのコーヒーを口にした。ここに来る前に自販機で買ってきたもので、すっかりぬるくなってしまっている。

逃走車の運転手を含めると犯人は四人組だ。甲斐清二はどのポジションにいたのか気になった。甲斐の性格を知り尽くしているわけではないが、甲斐の身辺を洗った同僚の報告からして、主犯格ではないような気がした。だとしたら別の主犯格がいて、甲斐はその男に規律ある犯行手口を教示していたと考えるのが普通だが、主犯格でない甲斐の助言をあそこまで徹底して受け入れる集団とは果たしてどんな集まりなのだろうと疑問を覚えた。

元警察官であった甲斐に対して命令を下せるのはどんな人間だろうかと想像を巡らせる。思いつくのは、たとえば目上の人間。

まさか、そういうことなのか――。

和也は自分の着想に背筋が凍る思いがした。

甲斐だけではないのだ。四人全員が元警察官とは考えられないか。そう考えると徹底した犯行の手口にも納得がいく。集団での動き方を骨の髄まで叩きこまれた警察官であれば、あの鮮やかなチームプレイも難しいものではない。

何一つ確証はない。頭の中で組み上げただけの積木の幻想に過ぎないかもしれないのだ。それでも検証に値するだけの価値があるように思えてならなかった。たとえ無駄とはわかっていても可能性を潰していくのが刑事の仕事でもある。

和也はぬるくなったコーヒーを飲み干した。コーヒーはまったく味がしなかった。

「すぐに……すぐに警察に連絡した方がいいんじゃないですかね？」

不安そうな顔つきで弘樹が言ったが、太一は首を横に振って応じた。

「どうだろうね。僕だって警察に行かなきゃいけないと思ってる。それが市民の務めだしね。でも警察にどうやって説明しよう？　この地図を見せて、『今日四谷の双葉銀行が襲われるかもしれないから、気をつけてください』って言ったところで、笑ってとり合ってくれないんじゃないかな。警察だってそんなに暇じゃないよ」

「たしかに……そうかもしれませんね」弘樹は考え込むように腕を組んだ。「じゃあこういうのはどうですか？　さっきのコンテナに戻るんですよ。あのコンテナの中にはもっとたくさんの証拠が残っているはずです」

「うん。それは僕も考えた。でもあのコンテナに近づくのは危険だと思う。いつ犯人が来るかわからないからね」

普段の弘樹ならそれくらいは想定できたはずだが、やはり父親が連続銀行強盗に関与している可能性に動揺しているのだろう。

弘樹がスマートフォンを操って何やら調べていた。顔を上げ、スマートフォンの画面をこちらに見せながら言った。

「ありましたよ、太一さん。双葉銀行の四谷支店です」

画面に映っている地図を見て、太一はうなずいた。「間違いないね。そこが襲われる銀行だよ」

何もしないで手をこまねいているわけにはいかない。根拠は弱いが、警察に頼るのが最善の策であることは太一自身もわかっていた。今から弘樹と二人で警察に向かい、事情を説明するのだ。それをするのが市民の務めってものだ。しかし——。

「僕はね、弘樹君」太一はきっぱりと言った。「泥棒が大嫌いなんだよ。人のお金を盗む人たちの心情が理解できないんだ」

「太一さん……面接の練習のときにもそう言ってましたね」

「うん。話せば長くなるんだけどさ」

あれは小学六年生のときだった。近所に住んでいた麻美お姉ちゃんの自宅が空き巣の被害に遭ったのだ。優しい麻美お姉ちゃんは太一にとっていわば初恋の女性だった。麻美お姉ちゃんの母親というのが神経質なタイプの人で、空き巣に襲われてから極度の人間不信に陥り、結局別の土地に引っ越していってしまったのだ。太一も泣く泣く麻美お姉ちゃんとお別れした。広島駅のホームで麻美お姉ちゃんを見送った。新幹線の窓の向こうで麻美お姉ちゃんは淋しそうに手を振っていた。その一件以来、人のお金を盗んではいけないと太一の脳に深く刷り込まれる結果となった。妹の名前を決めるとき、女の子だったら麻美にすると和也が言うのを聞き、太一は嬉しかった。

「僕は泥棒が大嫌いだ。他人の財産を盗んで許されるはずがない。ごめんね、弘樹君。君のお父さんを悪く言いたくはないけど、これが僕の正直な気持ちなんだ」

「……わかります。泥棒が犯罪であることくらい、俺にもわかりますから」

「だからね、弘樹君。僕は今から銀行に駆けつけようと思うんだ」

「駆けつける？　駆けつけてどうしようっていうんですか？」

「みんなに言うんだよ。これから銀行強盗に襲われるかもしれないから、気をつけてくださいってね。一生懸命話せばわかってくれると思う」

「無謀ですって、太一さん」弘樹が冷静な意見を言う。「警察に通報した方がいいですよ。太一さんが銀行に行ったところでどうにもなりませんよ」

「だから銀行に行くのは僕だけだ。弘樹君は警察に行って事情を説明してほしい。一足先に行って待ってるから」

太一は立ち上がった。不安な気持ちがないわけでもない。むしろ不安しかないと言ってもいい、無謀であることもわかっている。しかし何もしないわけにはいかなかった。僕はこう見えても刑事の兄なのだから。

「これは弘樹君が持っていってよ」太一はコンテナから持ち出した都内全域の地図を弘樹に手渡した。「あとマスクも忘れずに持っていってね。品川警察署の場所はわかるね。早く行って事情を説明してほしい。刑事課の楠見和也を呼び出すんだ。あいつに話せばわかってくれるはずだ」

「電話をかけた方が早いですよ。まずは弟さんに電話を……」

「いくら兄弟でも、こんな話は信じてもらえない。自転車を飛ばせばすぐだ。証拠を見せた方が話は早い」

「わかりました。でも太一さん、本当に一人で大丈夫なんですか？」

「うん、大丈夫。弘樹君、急いで」

弘樹は地図とマスクを手に立ち上がり、ベンチの脇に停めた自転車にまたがった。すぐに弘樹はペダルを漕ぎ、風を切るように走り去る。

先に行ってるからな、和也。絶対に助けに来てくれよ。

心の中でそう叫んでから、太一は駆け足で公園から出た。通りに出て空車のタクシーを待つ。やがて向こうから空車のタクシーが走ってきたので、太一は一歩前に踏み出して右手を上げた。停車したタクシーの後部座席にすかさず乗り込む。

「運転手さん、四谷までお願いします」

太一は胸のポケットから携帯電話をとり出し、ある番号を呼び起こして通話ボタンを押した。

「そんな馬鹿なことがあるわけないだろ。自分で何を言っているかわかってんのか。犯人が全員、警察関係者だと？」

「ええ。自分はそう思います。そう考えれば犯人たちの行動に説明がつくんです」

和也は連続銀行強盗の合同捜査本部が置かれた会議室に足を踏み入れていた。ほとんどの捜査員が出払っていたが、一人の本庁から来ている小太りの捜査員がテーブルの上で報告書の作成に追われている様子だった。彼はいわゆるデスク担当というポストだ。各種書類の作成や地図や写真の管理など、後方支援役として本部に欠かせない役割を担っている。

男は五十に手が届きそうな年配だったが、和也は意を決して自分の推理をぶつけてみることにした。

「品川署の刑事が元警察官の探偵を射殺したことはご存知ですね。名前は甲斐清二。彼が銀行強盗に関与していた疑いがあります」

和也は続けて甲斐清二に関する情報を提示した。持っていた預金通帳が事件発生の一ヵ月前、同じ銀行で作られたものであり、下見の際に口座を開設した可能性があること。甲斐清二には副収入があったと推測されるが、その収入源がまったく明らかになっていないこと。

「死んだ甲斐清二は我々の事情聴取を恐れ、逃亡を図ったんです。任意の事情聴取ですよ。

元警察官であるなら言い逃れできたはずなんです。ところが甲斐は逃げた。やましい気持ちがあったから彼は逃げた。そう考えるのは当然のことです」

「だからといってな」小太りの捜査員が顔をしかめた。「全員が元警察官と断定するのは飛躍し過ぎってもんだ。証拠も弱いしな。ええと、あんた、名前は……」

「楠見です」

「楠見さんか。あんたの言ってることが本当なら大変なことになるぞ。一味が元警察官なんてことになったら、それこそマスコミは騒ぎ放題だ」

和也は不満を腹の底に押し沈めて続けた。

「考えてもみてください。三件の銀行強盗を成功させ、いまだに手がかりの一つも掴ませない。犯人たちは完全にプロ集団です。それが盗みのプロではなく、捜査のプロである故と考えることはできないでしょうか」

「たしかに犯人が訓練されたプロ集団であることは俺たちだって想定している。でもそれが元警察官だなんて……」

小太りの捜査員の口をさえぎるように和也は言った。

「それほど難しいことじゃありません。過去十年、いや五年でもいいですから、警視庁管内で懲戒免職、もしくはそれに準ずる処分を受けた警察官をリストアップして、彼らの所在確認と任意での事情聴取。これだけでいいんです」

「そう簡単に言われてもなあ。まあ一応管理官が戻ってきたら伝えておくけど」

「お願いします」

和也は頭を下げてから、会議室を出た。そのまま廊下を歩いてエレベーターに向かおうとすると、背後から声をかけられた。「楠見さん」

振り返ると、そこに立っていたのは交通課の顔見知りの署員だった。轢《ひ》き逃げなどの事件で何度も一緒に仕事をしたこともある若い男の署員だ。

「さっき飯から帰ってきたら、一階の受付で楠見さんを訪ねてきた少年がいましたよ。あれは高校生くらいかな」

「少年？」

「楠見さんってお兄さんがいましたよね。何でも楠見さんのお兄さんの代理で来たとか言ってるみたいです。しばらく待ってみるとか言ってたらしいですけど、もう帰っちゃったかなあ」

「ありがとう。とにかく一階に行ってみるよ」

和也はそう言って歩調を速めた。兄貴の代理。いったい誰のことだろう。思い浮かぶ顔は何一つない。

「えっ、ちょっと待ってよ。言ってることの意味がわからないって」

由香里《ゆかり》の話し声で麻美は目が覚めた。紫色の天井が見える。由香里の部屋は壁紙が紫色で統一されていて、最初に部屋に来た者は誰もが驚く。何度か泊まっているうちに麻美もようやく慣れてきて、最近では目が覚めて紫色の天井が見えると、ここは由香里の部屋なんだなと実感するようになっている。

「それが本当ならマジ受けるんだけど」

由香里は携帯電話で話しているらしい。午前三時に歌舞伎町の中華料理屋を飛び出してから、行きつけのバーで由香里と合流して、この由香里の部屋に戻ってきたのは朝の六時くらいだった。壁の置時計の針は午後一時三十分をさしているので、それでも六時間くらいは眠っていたことになるのだろう。

由香里と知り合ったのは六年前のことだ。当時、麻美は川崎市から都内に引っ越してきたばかりで、ウィークリーマンションに住みながら職を探す毎日だった。いろいろ面接を受けたが思うような職が見つからず、貯金も減っていくばかりで、麻美は気が滅入り始めていた。そんなときに路上で絵を描く女の子に出会った。それが由香里だった。

由香里は一枚五百円で通りかかった人たちの似顔絵を描いていた。麻美は財布の中から五百円玉をとり出し、由香里に似顔絵を描いてもらうことにした。モデルをしながら話をしているうちに意気投合し、由香里の奢りでラーメンを食べに行った。三日後には麻美は借りていたウィークリーマンションを引き払い、由香里の安アパートに転がり込んだのだ。

由香里は画家を目指す女の子だった。両親と喧嘩別れして鎌倉の実家を飛び出し、キャバクラでバイトをしながら専門学校に通う費用を稼ごうとしていた。路上で通行人の似顔絵を描くのはあくまでもデッサンの練習だった。二人で暮らし始めてからも麻美はなかなか職が見つからず、キャバクラで働こうと由香里に誘われるようになった。

絶対に水商売に手を出してはいけない。それが川崎市の実家を出てきたときに母が言った言葉だった。理由は簡単だ。私の血を受け継いでいるからあんたには才能がある。だから決して手を出してはいけない。

しかし由香里に誘われる形で麻美もキャバクラで働くようになってしまい、母の予言通り麻美は店でもトップクラスの指名率を誇るようになった。ただ指名率が上がればそれだけ周囲の女の子の陰湿ないじめが始まり、麻美はそのたびに転々と店を変えたが、由香里だけはずっと友達だった。彼女の芸術家タイプにありがちな突拍子もない言動に驚かされることも少なくないが、今でも由香里は麻美にとって一番の親友だ。

由香里は今、昼間は美術専門学校に通いながら、夜は歌舞伎町のキャバクラで働いている。

できれば来年くらいにイタリアに留学したいと由香里は話している。もし由香里が実際に留学してしまったら淋しいだろうが、それが由香里の意思ならば止めることなどできない。由香里が帰国するまでに自分のお店を開くこと。それが麻美の目標だ。

麻美は布団から抜け出し、キッチンに向かった。冷蔵庫からミネラルウォーターのペットボトルをとり出し、グラスに注いで一息に飲み干す。キッチンから見渡せるリビングにはイーゼルが一台あり、そこには描きかけの絵が置いてある。麻美には理解できない抽象画だ。

「だからもうちょっと整理して話しなさいよ。マジ意味わかんないし」

由香里の声はバスルームの方から聞こえてくる。変な時間にラーメンを食べたせいか、胃がもたれている。昼飯はもちろん夕食抜きでもいいかもしれない。どうせ今日も夜から仕事だし、出勤前にパンを買って店に入ればいいだろう。

胃薬を飲みたかったのでピルケースを探したが見当たらない。たしかバスルームの棚に置いたような気がした。麻美はグラスに半分ほど水を注いでから、リビングを横切ってバスルームに向かう。

バスルームの前には長さ二メートルの洗面化粧台が置いてある。由香里自慢のイタリア製の洗面化粧台だ。化粧台の前の椅子に由香里が座っていて、足の指のネイルの手入れをしながら携帯電話で話している。

「あんた何言ってんのよ。マジで言っているわけ。今すぐ警察呼びなさいって」

由香里が楽しそうに言った。彼女が耳に当てている携帯電話を見て、麻美は思わず目を見開いた。私の携帯じゃん、それ。

麻美は由香里の肩を叩いた。顔を上げた由香里はさも愉快そうに言った。

「これってあんたの新しい男？　わけのわからないこと言ってるわよ。今から銀行強盗を倒すとか何とか……」

麻美は由香里の手から携帯電話を奪いとり、液晶に表示された名前を見た。そこには『楠見兄』と書かれている。

リビングに引き返しながら、麻美は携帯電話を耳に当てた。「もしもし？」

「あっ、麻美ちゃん？　やっと出てくれた。麻美ちゃんの友達、笑ってばかりで僕の話をなかなか信じてくれなくてさ」

太一の声が聞こえてくる。麻美は声のトーンを落として言った。

「ごめん、切るから。もう電話してこないで」

「ちょっと待ってよ、麻美ちゃん」太一が慌てた口調で言う。実際に太一が慌てふためく様子が脳裏に浮かぶ。「とにかく大変なんだよ。ちなみに麻美ちゃん、今日は銀行に行く予定があったりする？」

突然何を言い出すのだろう。意味がわからないまま、麻美は答えた。

「銀行？　特に行く予定ないけど」

「よかった。今日は銀行には行かない方がいいよ。もしお金を下ろすならコンビニで下ろした方がいい。銀行は危険だからね」

「銀行が危険って……いったいどういうこと？」

「銀行強盗だよ。今から四谷の銀行が強盗に襲われるみたいなんだ」

これから銀行が襲われる。まったく意味がわからない。由香里が笑うのも無理はない。

「この前、品川署の刑事に撃たれた男がいただろ。その男は実は連続銀行強盗の一味だったんだよ」

「えっ？」

「それで弘樹君が……弘樹君っていうのは説明すると長くなるんだけど、撃たれた男の息子さんで僕の友達なんだけど、彼は和也を呼びに行ってるところなんだ。今日、双葉銀行の四谷支店が襲われることを伝えるために」

あまりに荒唐無稽な話だが、電話の向こうで太一は真剣に話している。

「……なぜ、私にそれを？」

「麻美ちゃん、前に言ってただろ。四谷の友達のところに居候しているって」太一はのんびりとした口調で言った。「もし麻美ちゃんが銀行強盗に遭遇したら困るから、一応連絡してみたんだ。今、タクシーで四谷に向かっている途中なんだよ。別に銀行強盗を阻止しようとか大袈裟なことを考えてるわけじゃないけど、やっぱり怖いんだよね。足の震えも止まらないし。和也が絶対に来てくれると信じているよ。でも怖いんだよ。どうしようもなく怖いんだよ。笑っちゃうだろ、いい年した大人なのに」

電話の向こうの太一の声はいつもと変わりはなかったが、やはり緊張しているのか言葉の端々が震えていた。

「麻美ちゃんの声を聞いたら少し気分が落ち着いた。もし僕が死ぬようなことになったら、まあ死ぬことはないと思うけど、そのときは和也によろしく伝えておいてよ。えっ？　もう着きました？　ごめん、麻美ちゃん、とうとう着いちゃったよ。それじゃ」

電話は一方的に切れた。麻美はバスルームに向かい、化粧台の鏡で自分の顔を見た。寝起きなのでとても外に出られる顔ではない。椅子に座った由香里が鏡越しに視線を送ってきた。

「面白そうな男じゃないの。ちょっと意味不明なところも気に入った。今度私に紹介しなさいよ。厳しくチェックしてやるから」

由香里の声を無視して、麻美は手早くメイクを整える。最後にマウスウォッシュでうがいをしてから、由香里に言った。

「出かけてくる。自転車の鍵、ちょっと借りるから」

和也が受付の前に到着すると、観葉植物の陰に隠れるように一人の少年が立っていた。和也は少年のもとに歩み寄りながら言った。

「君かい？　楠見太一の代理の者というのは。俺が楠見和也だけど」

少年は顔を上げた。頬のあたりが強張っている。警察署の内部にいるという緊張感もあるのだろう。

「お忙しいところ申し訳ありません。俺は甲斐弘樹っていいます。太一さんの代理で来ました」

カイヒロキ？　和也は耳を疑った。たしか甲斐清二の息子の名前が弘樹ではなかったか。なぜ甲斐の息子が兄貴と……。

頭の中で渦巻く疑問を整理しながら、和也が少年に向かって言う。

「ええと……甲斐君だったね。兄からの伝言があるんだよね。その前に確認させてもらいたいんだが、君の父親は……」

「父は甲斐清二です。品川署の野口という刑事に撃たれて死亡した甲斐清二の息子です」

やはりそうだったか。和也は少年の顔をまじまじと見る。まだあどけなさの残る顔つきをしているが、父親の面影がところどころに窺えた。つまりこの子は……俺が撃った甲斐清二の忘れ形見ってことなのだ。

　和也は努めて冷静を装い、頭を下げた。

「大変だったね。お悔やみを言わせてもらう」

　さらに深く頭を下げる。できることならこのまま頭を床にこすりつけてしまいたいくらいだ。それをしたところで少年の心が晴れることはないだろうが。

「やめてください、楠見さん」少年が一歩前に踏み出した。「そのお気持ちだけでも有り難いです。お願いですから頭を上げてください」

　その言葉に和也は頭を上げた。弘樹が口元に微かな笑みを浮かべている。その笑みの正体を摑みかねていると、弘樹が言った。

「警察の人に謝ってもらったのは初めてなんです。形だけの謝罪の言葉はありましたが、ちゃんと謝った人は初めてなんですよ。やっぱり太一さんの弟さんなんだなと思いました」

「君は……兄とはどういう関係なの？」

「何と言えばいいのかわからないけど、友人です」

　友人。どこで知り合ったのだろうか。二人で何を話しているのか。疑問は山ほどあったが、弘樹が顔から笑みを消して、真剣な顔で言った。

「事態は一刻を争います。単刀直入に説明します。死んだ俺の父は例の連続銀行強盗に関与していたみたいなんです」

「ちょっと待ってくれ」

和也は思わず声を発していた。弘樹が言ったことは、和也がまさに思い描いた通りの結論だった。なぜこの子が俺と同じ結論に辿り着くことができたのか。問題はそこだ。

「詳しく話してくれ。自宅から何か見つかったのかい？　君のお父さんが銀行強盗に関与していた証拠か何かが」

「父は品川埠頭にレンタルコンテナを借りていました。その鍵を発見して、さっき太一さんと中に入ったんです。そこでこれを見つけました」

弘樹が学生カバンの中から出したのは緑色の覆面マスクと一枚の地図だった。覆面マスクは銀行強盗のトレードマークといってもよく、メキシコのルチャドール、日本で言うプロレスラーが被るものだった。

渡された地図を眺めると、それは都内全域の地図だった。

「地図はもっとたくさんありました。詳しい道路地図もあったんですが、持ち出したことが犯人にばれるといけないと思って、太一さんがその一枚だけを持ち出してきたんです」

地図の右下には数字が見えた。西暦の日付が書かれていて、それは今日を示していた。日付が何を意味しているか。考えなくても想像できた。これが本当に犯人たちの残したものであるのならば――。

「まさか……」和也は声を搾り出した。「この日付は第四の犯行日を表しているってことか」

「はい。それが太一さんの意見です。地図上に四つのマルがありますよね。三つは過去三件の銀行強盗が発生した場所です。残りの一つがこれから起こる、つまり第四の銀行強盗の発生箇所を表しているんですよ」

もう一つの赤マルは四谷近辺を囲んでいた。そのすぐ近くに「双葉」という文字が見えた。双葉銀行の四谷支店、ということか。

「双葉銀行の四谷支店。すでに場所も調べてあります」

弘樹がスマートフォンの画面をこちらに向けてきた。画面に表示された地図に、矢印で銀行の位置が示されていた。

和也は頭の隅で別のことを考え始めた。もしも太一たちの推理が正しければ、時間的な余裕もあまり残されていない。時刻は午後二時を回ろうとしていた。閉店間際に銀行に押し入るのも過去三件の共通した手口だ。

「ところで兄貴はどこに？」

「太一さんなら現場に向かいました。行けば何かできることがあるかもしれないって言ってました」

素人が現場に行ってどうなるというのだ。和也は唇を噛んだ。もしも本当に強盗犯が現れたとしたら兄貴がその場にいたところで意味はない。できればすぐにでも駆けつけたいところだったが、まずは合同捜査本部に報告を入れるのが先だ。事態は一刻を争う。四谷署に動いてもらった方が早い。

「ありがとう。助かった。俺は今から報告に向かう。君の協力には感謝する」

和也は早口でそう言って、地図とマスクを手に踵《きびす》を返した。そのままホールを横切ってエレベーターに向かう。ちょうど一階で停まっていたエレベーターに乗り込み、開閉ボタンでドアを閉める。受付の前でこちらを見ていた弘樹が、ぺこりと頭を下げるのが見えた。

罪悪感で胸が痛んだ。

合同捜査本部に足を踏み入れると、さきほどの小太りの捜査員が呑気に菓子パンを食べていた。和也は男の前に立った。「お話があります。一刻を争う重大な話です」

「またあんたかよ。今度は何よ」

「第四の犯行現場が割れました」

小太りの捜査員は喉にパンを詰まらせ、目を白黒させながら牛乳を飲んでから言った。

「何を言い出すんだよ、いきなり。驚かせないでくれよ」

「冗談じゃありません。これを見てください」和也は緑色の覆面マスクと一枚の地図をテーブルの上に叩きつけてから言った。「犯人一味は品川埠頭でレンタルコンテナを借りていました。そこから押収した物件です。いいですか？　まずは……」

最初は半信半疑といった感じで耳を傾けていた小太りの捜査員は、和也の話を聞くにつれて徐々に顔色を変えていった。和也の話が終わる頃には男の顔はすっかり青白くなっていた。

「以上です。とにかく合同捜査本部の全捜査員を四谷に向かわせてください。それと警視庁と四谷署に協力要請です。双葉銀行にも連絡を入れておくべきでしょう」

「りょ、了解だ。でもな、あんた。ガセだった場合のことを考えると銀行に連絡を入れるのは混乱を招くことにもなりかねない。俺の一存では判断できん。上の者と協議をしてみるつもりだ」

「とにかく急いでください」

「わかった」

小太りの捜査員は大きくうなずいてから携帯電話をとり出し、どこかに電話をかけた。まずは本部の責任者に話を伝えるつもりらしい。男の口元にはパン屑が付着したままだ。たしかに男の言う通りガセである可能性も否定できない。五分五分といったところだろう。

甲斐清二がメンバーであったなら、一人欠けた状態で犯行に臨むのはリスクが高い。逆に甲斐が死んで三週間近くたっているので、欠員を補充したという考え方もできなくはない。そもそも品川埠頭のレンタルコンテナが本当に一味の借りたものであるかどうかも微妙なところだ。しかし甲斐弘樹が嘘をついているようには見えなかったし、太一もその場に一緒にいたということだから、真偽のほどは別にしても実在はしているのだろう。

「……ええ、そうなんです。犯行が予想されるのは今日なんです。場所は双葉銀行四谷支店。ウラはとれていませんが、時間が迫っています」

小太りの捜査員が唾を飛ばすように携帯電話に向かって話していた。それを横目で見ながら和也は会議室から出ようとした。一刻も早く現場に向かわなければならない。そこに兄貴もいるのだから。

「おい、あんた」

会議室の出口の手前で背後から呼ばれた。振り返ると男が一枚の紙を持って和也のもとに走り寄ってきた。携帯電話の通話口を指で押さえながら、男は早口で言った。

「過去五年以内に懲戒免職になった者たちのリストだ。持っていけ」

A4サイズの紙を受けとりながら、和也は言った。「ありがとうございます」

男は小さくうなずいてから、再び携帯電話で話し始める。

「すみません。とにかく本部に来てください。時間が……」

　和也は会議室を出た。男から受けとったリストは折り畳んでポケットにしまった。該当者の所在確認を行っている時間はない。今は現場に向かうのが先決だ。

　エレベーターを使わずに階段で一階まで駆け下りた。一階のホールを横切って裏の駐車場に向かおうとすると、まだ受付の前に甲斐弘樹の姿が見えた。そのまま無視して走り去ろうとしたが、どこか後ろ髪が引かれる思いがした。

　和也は引き返して弘樹のもとに向かった。和也の顔を見た弘樹の表情がわずかに明るくなったような気がした。

「今から四谷に向かう。よかったら一緒に来ればいい」

　素っ気なく言って、和也は背を向けて歩き始める。

「はい。お願いします」

　力強い返事が背後で聞こえた。


　銀行の中は空調があまり効いていなかった。節電のためか設定温度が抑えられているようで、涼しいという感じではない。床に置かれた扇風機が風を循環させていた。

　太一は途方に暮れていた。いざ銀行の中に足を踏み入れてみたはいいが、どう動いていいのかわからなかった。いきなり行員に「そろそろ銀行強盗が来るかもしれませんよ」と助言したところで、そう簡単に信じてもらえる話ではないだろう。勇んで銀行まで乗り込んでしまった自分の軽率さを呪う。

ソファーに深く座り、キャビネットに置いてあった週刊誌を手にとった。週刊誌をめくりながらあれこれ思案を巡らせていると、頭上から声をかけられた。顔を上げると銀行の制服を着た中年女性がにこやかに笑っている。

「お客様、ご用向きは何でしょう？　あちらに番号札がございますので、おとりになってお待ちください」

「は、はい……」

週刊誌をキャビネットに戻して立ち上がる。番号札をとったところで用事など何もないので、仕方なく太一は出入り口付近にあるATMコーナーに向かう。五台のATMが並んでいて、制服を着たOLやサラリーマンといった人たちがATMの前に並んでいた。

双葉銀行のカードも通帳も持っていないが、とりあえず間を持たせるために列の一番後ろに並んでみる。壁にポスターが貼ってあり、イメージキャラクターの若い女の芸能人が輝くような笑みを浮かべている。

「どこにいるのよ、銀行強盗」

押し殺した声が耳元で聞こえた。振り返るとそこには麻美が立っていた。

「麻美ちゃん、どうしてここに？」

「すぐ近くにいたからよ。友達のマンション、ここから自転車で五分なの」

「麻美ちゃんはすぐにここから出た方がいい。危険過ぎるから」

「ちょっとこっちに来て」麻美に腕を摑まれて、壁際まで連れて行かれた。「詳しい話を聞かせて。この銀行が襲われるっていうのは本当なの？」

「うん、まあね。百パーセントとは言い切れないけど」

太一は簡潔に事情を説明した。死んだ甲斐清二が借りていたレンタルコンテナに潜入し、そこで連続銀行強盗の痕跡を発見したこと。地図に書かれた日付から今日の襲撃を予想したこと。太一の話を聞き終えた麻美は驚いたように言った。

「本当なの？　その甲斐って人が強盗犯の一味っていうのは」

「僕も信じたくないよ。僕は甲斐清二の息子さんと仲よくしてるから、その子の気持ちを考えると嘘であってほしい」

殺された父親が巷《ちまた》を騒がす銀行強盗だった。弘樹にとっては耳を覆いたくなるような真実だろう。しかし弘樹は気丈に振る舞い、和也のもとに駆けつけているはずだ。

「警察には連絡したの？」

「和也の耳にも入っている頃だと思う。あいつが助けに来てくれるのを信じるしかない」

「そんな悠長なこと言ってる場合じゃないでしょ。一一〇番通報しましょうよ。そうしたら警察だって……」

太一は麻美の言葉をさえぎるように言った。

「麻美ちゃん、警察っていうのは発生した事件に対して動くんだよ。これから起こる事件には対処してくれないと思う」

「だったらなぜここに来たのよ」麻美が強い口調で言った。「止めるんでしょ。止めるつもりで来たんでしょ。それなら行動しないといけないじゃない」

麻美は太一の腕から手を放し、カウンターの方に向かって歩いていく。しばらく呆然とその場に立ち尽くしていた太一だったが、麻美がカウンターに身を乗り出すのを見て、慌てて麻美のもとに駆けた。

麻美は正義感が強い方ではない。歌舞伎町の路上で酔っ払い同士が喧嘩をしていても黙って見過ごすし、電車の中で痴漢されている女の子を見ても手を上げる勇気なんてない。だからカウンターに手を置きながら、今日の私はどうかしているかもしれないと頭の隅で冷静に思いながら、勝手に声が出てしまっていた。

「責任者を呼んで。いいから早く」

目の前にいた女の行員が困ったように言った。

「申し訳ありませんが、ほかに待っているお客様もいらっしゃいます。番号札をお持ちになってしばらくお待ちください」

女の耳には銀色のピアスがついている。安物だと一目でわかった。あんた、いいお給料もらってんでしょ。そんなに安っぽいピアスつけてんじゃないわよ。そう言いたくなる気持ちを抑え込んで、麻美は言った。

「あなたじゃ話にならないの。ねえ、ちょっと私の話を聞いてよ」麻美は女の背後の机にいる男たちに向かって声をかけた。男たちは麻美の方をちらりと見ただけで、何も反応を示さない。

「無視するのね。じゃあここで言うわ。今からね、ここに銀行強盗がやって来るのよ」

「ちょっとまずいって、麻美ちゃん」

後ろで太一の声が聞こえたが、麻美は無視して続けた。

「あなたたちもニュースで見て知ってるでしょ。連続銀行強盗よ。その四件目のターゲットがここなの。しかも犯行が予想されるのは今日。ぼやぼやしている暇はないわ。今すぐお客さんを全員外に出して、それからシャッターを閉めるのよ」

奥の方から男性の行員が歩み寄ってきて、麻美の前に立った。髪が薄い五十代の男で、〈ナイトフィーバー〉の客にいそうなタイプだ。

「申し訳ありません、お客様。周囲のお客様も大変迷惑しておられます。お引きとり願ってよろしいでしょうか？」

「お引きとり、ですって」麻美は男の言っている意味が理解できなかった。「こっちはわざわざ忠告しに来ているのよ。それが帰れですって。まったく意味がわからないわ。あんた、私の話が聞こえたでしょ」

男が涼しい顔で答えた。

「ええ、聞こえました」

「これから銀行強盗が来るかもしれないのよ。もしかしたら今この瞬間、表に強盗犯を乗せた車が停まったかもしれない」

「どこにそんな物騒な連中がいるというんですか？」男は銀行の中を見渡してから言った。「これ以上お騒ぎになるのでしたら、営業妨害で警察を呼びます。さあ早くお引きとりを」

有無を言わせないといった強い口調で男が言った。男の後ろでは若い男の行員たちがひそひそと小声で何やら話し合っている。

背後で太一の声が聞こえた。

「麻美ちゃん、帰った方がいい。もし僕の勘違いだったら……」

「兄貴は黙ってて」

麻美は振り返って鋭く一喝《いっかつ》した。自分が何をしているかは理解していた。こんなのはいつもの私じゃない。そう思った。

由香里の部屋で太一から電話で話を聞いたときから、何かが狂い始めていたのだ。太一の話を認めたくなかった。あの人が……あの人が銀行強盗犯だなんて信じたくない。嘘に決まってる。

「警察でも何でも呼べばいいじゃない」麻美はカウンターの上に両手をついた。それから振り返って太一をあごで示す。「この人の弟は品川警察署の刑事なの。すっごい優秀な刑事なの。そんな人の言うことを信じられないと言うの？」

刑事という言葉に男はわずかにたじろいだ。額に落ちた前髪をかき上げながら男が言う。

「少々お待ちください。警察に確認させて……」

男の言葉が終わらないうちに、出入り口の方で轟音が鳴り響いた。麻美は思わず耳を覆っていた。太一の手が肩に置かれるのを感じつつも、恐る恐る振り向く。

三人組の強盗犯が出入り口から中に入ってきたところだった。三人とも派手な覆面を被っている。ＡＴＭに並んでいた客がパニックになりながら自動ドアに殺到していた。

「……ほらね、だから言ったじゃないの」

そう言う自分の声が震えているのが麻美にもわかった。カウンターの中の男は呆けたように強盗犯たちに視線を向けている。


和也はアクセルを踏み込んだ。覆面パトカーは右手に皇居を見ながら内堀通りを北上していた。半蔵門で左折すれば四谷はもうすぐだ。ダッシュボードのデジタル時計は午後二時三十分をさしている。

助手席には甲斐弘樹が座っているが、会話らしきものは何もない。弘樹は膝の上に手を置いて、まっすぐフロントガラスに目を向けていた。

「全捜査員に告ぐ。ただちに四谷に急行せよ。場所は四谷二丁目の双葉銀行四谷支店。繰り返す、ただちに四谷へ……」

無線から本部の指示が聞こえてきた。遅すぎる。これから四谷に急行したところで意味がない。本当に双葉銀行四谷支店が襲われるのであれば、ものの五分で犯行は終わってしまうのだ。品川署の捜査員が駆けつけたときには、すでに犯人たちが逃走したあとだ。協力要請を受けた四谷署の迅速な対応を今は期待するしかない。

「父は、俺にとってはいい父親でした」突然、助手席で弘樹が口を開いた。「探偵の仕事を軌道に乗せるため、毎日のように駆けずり回っていました。電柱に貼り紙を貼ったり、駅前で宣伝のチラシを配ったりしてたんですが、仕事の依頼が入ることはほとんどありませんでした。開業するときに借りた事務所の家賃も今では滞っていて、近々解約することを考えていたみたいです。そのくせ身なりにはうるさくてブランド品を揃えたり、そんな父でした」

何度も足を運んだ甲斐清二の事務所を思い出した。あの事務所で仕事が舞い込むのを首を長くして待っていた甲斐清二の姿が脳裏に浮かんだ。

「魔がさしたんだと思います。だって父は誰かの上に立って強盗を計画できるような人じゃないんです」

「俺も、そう思う」和也は声に出して同意した。「おそらく犯人の一味は全員が元警察官だ。それも円満に辞めた人間ではなく、君のお父さんのように後ろめたい事情があって警察を去っていった人間たちだ。君のお父さんは首謀者によって巻き込まれた。俺はそう考えている」

弘樹に向かって話しているうちに、徐々に頭の中が整理されていくのを和也は感じた。甲斐清二を撃ってしまったという事実に心を囚われていた。もっとシンプルに考えればいい。

「君のお父さんは殺された。撃ったのが刑事であることはこの際忘れよう。たとえばだ、君のお父さんが銀行強盗から足を洗いたいと思っていたとする。となると当然、一味にとっては秘密を知った君のお父さんを野放しにするのは危険だ。口を塞ごうと考えても不思議はない」

助手席の弘樹が言った。

「太一さんも似たようなことを言ってました。父の死と銀行強盗は必ず何らかの関係があるはずだと」

半蔵門の交差点は赤信号で混雑していた。サイレンを鳴らして数台の車を追い抜いたが、列の先頭までは辿り着けない。和也はサイレンを切ってから、車を停めた。

もしも甲斐清二が強盗犯の一味と本当に揉めていたとする。となると自分は強盗犯の代わりに甲斐清二を始末してあげたようなものではないか。

和也はスーツの懐から小太りの捜査員に渡されたリストを出した。過去五年の内に後ろめたい事情で警察を去った者たちのリストだ。名前と階級、それから退職時に所属していた部署名が記されている。その数は全部で十八人。

リストのなかほどに見憶えがある名前を見つけ、和也は愕然とした。まさか、そういうことだったのか――。疑惑がはっきりとした形になって、和也の胸の中で渦巻いた。

携帯電話が鳴っていた。和也は前方を見ながら、携帯電話をとり出し、耳に当てた。まだ信号は赤のままだ。

「あんた、今どこにいる？」

電話は合同捜査本部からだった。声からしてあの小太りの捜査員だとわかった。

「半蔵門です。あと五分ほどで現場に到着できると思います」

「四谷の連中も現場に向かっている。うちの捜査員もそちらに向かっているが間に合わん。どうやらあんたのネタ、本物だったようだ」

「襲われたんですか？」

「今、連絡があった。銀行側からの緊急通報が四谷署と警備会社に入ったらしい」

「わかりました。現場に向かいます」

青信号に変わった。再びサイレンを鳴らして車を発進させた。

ハンドルを握る手に力が入った。隣を見ると弘樹が真剣な表情を浮かべて前を見つめている。俺が撃ち殺した元警察官の息子。

あれは最初から仕組まれていたことなのか。俺は撃た、さ、れ、た、と、い、う、こ、と、な、の、か。

マスクを被った男たちの手際は鮮やかだった。すでに太一を含めた客の全員がカウンターとは逆の壁際に誘導され、直立の姿勢で成り行きを見守っていた。太一の隣では悔しげに唇を噛む麻美の姿もある。

太一たちを見張っているのは黒いマスクを被った男だった。手にはサブマシンガンのようなものを持ち、無言のまま客たちの挙動に目を光らせている。

一方、カウンターでは白いマスクを被った男が行員たちを脅していた。白いマスクの男は小型の拳銃で威嚇し、行員たちが二つのボストンバッグに現金を詰め込む作業を見つめている。「早くしろ」とか「ぐずぐずするな」とか短い言葉で行員たちをせかしていた。

もう一人の金色のマスクを被った男は、カウンターの前に立って中にいる行員たちに銃を向けていた。時折腕時計に目を落として時間を気にしていた。全体のことに目を配っているその様子から、金色のマスクを被った男がリーダー格ではないかと太一は想像した。

「おい、交代だ。お前、来い」

カウンターの前で白マスクが命令した。バッグに金を詰めていた女の行員が恐怖のあまり泣き出してしまったようだ。代わりに立ち上がった若い男の行員が作業を引き継ぎ、バッグの中に紙幣を詰め始めた。

壁際に寄せられた客の多くは女性だった。お使いで来たOLか近所の主婦といった感じで、太一だけが唯一の男性だった。女性たちは身を寄せ合うように怯えていた。本当は太一も背中を向けて女性たちの中に紛れこんでしまいたい気持ちだったが、男の自分が怖がってどうするんだと勇気を奮い起こして、先頭に立って黒マスクのサブマシンガンに対峙していた。

本物だろうか。太一は黒マスクが手にしたサブマシンガンを見ながら思う。こんな物騒なマシンガンが日本で手に入るのだろうか。おそらく金マスクと白マスクが持っている小型拳銃は本物だろう。実際にさっき一発銃弾が放たれたことからもそれがわかる。しかしワイドショーの報道を見ている限り、マシンガンが発射されたという情報を耳にした記憶はない。はったりでモデルガンを持っているだけではないのか。

「前に出るな、下がれ」

黒マスクが低い声で言った。前に出た憶えはないが、気がつくと身を寄せ合う女性陣より一メートルも前に出てしまっている。女性たちがさらに壁際に寄ったせいだ。

「すみません」

太一は頭を下げて、三歩後ろに下がった。耳元で麻美の声が聞こえた。「謝ってんじゃないわよ。あんな奴に」

「うるさい、私語は慎めよ」

黒マスクのサブマシンガンがまっすぐ麻美の胸に向けられていた。麻美は不服そうな顔をしながら口を真一文字に結ぶ。

白マスクがボストンバッグのファスナーを閉めているのが見えた。随分と長い時間が経過したように思えたが、まだ実際にはそれほど時間は経過していないのかもしれない。彼らが五分以内に仕事を終えることはワイドショーを通じて太一も知っていた。

白マスクと金マスクがそれぞれボストンバッグを一つずつ持ち、拳銃で行員たちを威嚇しながら出入り口の方に後退していく。黒マスクも同様にサブマシンガンを太一たちの方に向けたまま、ジリジリと後ろへ下がっていく。

そのときだった。外でパトカーのサイレンが聞こえた。それもかなり近い。ようやく警察が到着したのだ。

マスクの男たちは足を止めた。出入り口の近くで顔を寄せ合って何やら話し合っている。しばらくして黒マスクの男が太一たちの方に駆け寄ってきた。太一の前で立ち止まった黒マスクはサブマシンガンを構えたまま、値踏みするように人質たちの姿を観察したあと、いきなり太一の隣にいた麻美の腕をとった。

「来い」

問答無用といった感じで黒マスクは麻美の腕を摑んで引っ張っていく。麻美の叫び声が響き渡る。

「やめてよ。放してってたら」

太一は呆気にとられて連れ去られていく麻美の姿を見送っていた。麻美は三人の男たちの先頭に立たされ、そのまま出入り口から出て行こうとする。

外にはすでに警察が到着しているはずだ。立てこもるか、それとも強引に逃亡を図るか。

彼らが下した決断は後者だったのだ。麻美を盾にして逃走車輛まで辿り着こうという算段なのだ。

あとは警察に任せておけばいいと思ったが、悪い想像だけが頭に浮かんだ。強盗犯をとり囲んだ警察の中で、一番下っ端の刑事になりたてみたいな新人がうっかり発砲してしまい、それがきっかけで銃撃戦になって麻美が流れ弾に当たってしまうかもしれない。もしくは強盗犯によって逃走車輛の中に押し込まれ、激しいカーチェイスの果てに大型トラックと正面衝突して麻美は帰らぬ人になってしまうかもしれない。

太一はマスクの男たちを追って、弾かれたように駆けだした。

すでに現場周辺は大騒ぎになっていた。パトカーも到着しているようで、現場の二百メートル前で白バイ警官が道路封鎖を始めたところだった。サイレンを鳴らしているため、和也の運転する覆面パトカーは封鎖線の中に入ることができた。停車したパトカーに横づけし、和也はハンドブレーキを引いた。

「君はここで待っていろ。動くんじゃないぞ」

助手席の弘樹にそう告げてから、和也は覆面パトカーから降りた。

野次馬が遠巻きに眺めている。誰もが携帯電話を頭の上に上げて、撮影している様子だった。

野次馬をかき分けるように和也は前に進んだ。問題の双葉銀行四谷支店が巨大商業ビルの一階にテナントとして入っているようで、ビルの前には人だかりができていた。警察官たちが必死になってロープで通行人たちの侵入を防いでいる。ロープを持った警察官の一人に警察手帳を見せ、和也はロープをくぐって中に入る。

銀行の入り口では半円を描くように四谷署の警官隊がとり囲んでいる。まだ犯人たちは中にいるということか。ということは太一もまだ――。

「おい、お前は誰だ？」

スーツ姿の中年の男が和也に気づいて言った。和也は警察手帳を見せて身分を明かす。

「品川署、合同捜査本部から来た楠見です」

「ご苦労。あんたらの通報があと一分遅かったら、犯人たちをとり逃がしていたかもしれない。犯人たちはまだ中だ」

和也は警察手帳をしまい、その代わりにホルスターから拳銃をとり出し、右手に握った。右手が小刻みに震えている。甲斐清二を撃ったときの感触がよみがえり、和也は頭を振った。駄目だ、俺はもう、引き金を引くことなどできない。

そのときだった。自動ドアが開き、銀行の入り口に覆面を被った三人の男が姿を現した。黒い覆面を被った男が人質とみられる女性を連れていた。女性の脇腹にはサブマシンガンが強く押しつけられている。

麻美――。

女は麻美だった。麻美は不安そうに目を泳がせている。なぜ麻美がここにいるのだ。しかも人質となって。おそらく中に太一もいるはずだから、太一に呼び出されたと考えるべきか。

「無駄な抵抗は止めろ。今すぐ人質を解放して武器を捨てろ」

最前線に立つ刑事がお決まりともいえる台詞を吐くが、覆面の男たちは耳を貸さない。無言のまま一歩ずつ前に進んでくる。何も言わないのが不気味だった。

銀行前をとり囲んでいた警官隊も、覆面の男たちの無言のプレッシャーに押されるように少しずつ後退していく。陣形が乱れ始めている。

やはりこいつらは元警察官だ。和也はそう実感した。外にパトカーが駆けつけるサイレンは彼らの耳にも届いたはずだ。しかし彼らは立てこもるという選択肢をいとも簡単に却下し、すぐに外に出ることを選んだのだ。立てこもるという判断がいかに効率的でないか、彼らは経験上知り得ているのだ。狙撃手などの配置も整わない今の方が、人質を盾にして逃げ切れる可能性が高い。

金色の覆面を被った男が、遠くを見るような目をしていることに和也は気づいた。運転手役の男がどこかに待機しているのだ。やはり甲斐清二の代役は補充済みなのだろう。振り返って逃亡車輛を捜そうとしたとき、低い音とともに銀行入り口の自動ドアが開くのが見えた。男が一人、立っている。太一だった。

兄貴。和也は内心叫んだ。何やってんだよ、兄貴。危ない真似はするんじゃ……。

「待て、お前たち」

突然、太一は大声で叫んだ。覆面の男たちを含めて、現場にいる誰もが太一の方に視線を向けた。

太一が両足を肩幅に広げ、ベルトのあたりで両手の拳を構えている。中国拳法の形のようでもあるが、太一が拳法をやっていた事実などないし、そもそも喧嘩がからっきし弱いことは和也が一番知っている。それでも突然現れた男の姿に覆面の男たちが動揺しているのだけは見てとれる。

「僕の……僕の妹に手を出すな」

そう言って太一は覆面の男たちに向かって無防備のまま突進していく。金色の覆面を被った男が右手に持った拳銃を太一に向けた。思わず息を呑む。

四谷署の警官隊の一人が素早い動きで金色の覆面に向かって体当たりを食らわせた。金色の覆面が持っていた拳銃が路面に転がるのが見えた。白い覆面の男もほぼ同時に警官隊の手によって地面に押さえつけられていた。

麻美を捜す。麻美を拘束した黒い覆面は麻美を羽交い絞めにしたまま、銀行の建物内に戻ろうとする動きを見せていた。さすがに人質を盾にしているため、周囲の警官隊も黒い覆面には手を出せない様子だった。

「麻美ちゃん！」

太一がそう叫び、両手を広げて黒い覆面の前に立ちはだかった。すでに太一は目が血走っていて、周囲の状況などまったく頭に入っていない様子だった。和也は拳銃を握り直し、黒い覆面を被った男に的を絞る。背中を狙うつもりだったが、手が震えて仕方なかった。黒い覆面の持つサブマシンガンがまっすぐに太一に向けられていた。

「麻美、伏せろ」

そう叫んで和也は跳躍した。近くにあった花壇を踏み台にして、ハードルを飛び越えるように前にいる警官を飛び越えた。太一が必死の形相を浮かべて、サブマシンガンの前で両手をむやみに振り回している。和也の声が聞こえたのか、振り返った麻美が頭を抱えるようにしゃがみ込んだ。

和也は跳躍した反動そのままに、拳銃のグリップを黒い覆面を被った男の首筋に叩きつけた。

黒い覆面を被った男はうつ伏せで倒れたままピクリとも動かなかった。警官隊の面々が三人がかりで黒い覆面を拘束しようと動き出した。和也の目に、その場で呆然とした表情で立ち尽くしている太一の姿が映った。麻美は頭を抱えたまま、肩を小刻みに震わせていた。

「どこかに逃走車輌が待機しているはずだ。そっちも逃がすんじゃない」

捜査員の一人がそう叫ぶのが聞こえ、和也は振り返った。

その通りだ。まだ終わっちゃいない。どこかにもう一人の仲間が待機しているはずだ。すでに周辺は人だかりで溢れ返っている。誰もが携帯電話で強盗たちの姿を撮影しようと躍起になっていた。数人の警察官がロープで閉鎖し、人波を押し返していた。

通りに目を向ける。封鎖しているせいか、車の往来は途絶えている。路肩に数台の車が停車していた。おそらくこのうちのどれかだ。遠くに停めていては逃走車輌の役割は果たさない。

通りの向こう側に一台のワンボックスカーが縦列駐車しているのが見えた。ガラスにスモークが入っており、内側の様子を窺い知ることはできない。あの車だ。和也はそう見当をつけ、拳銃を持ったままその場を離れた。閉鎖中のロープを乗り越え、人ごみをかき分けて前に進む。ガードレールに足をかけたとき、問題のワンボックスカーがゆっくりと動き出すのが見えた。

まずい、逃げられてしまう。

和也はガードレールを飛び越えた。後ろから四谷署の捜査員が追ってくる気配も感じた。ワンボックスカーは縦列駐車から抜け出し、新宿方面に走り去ろうとしているところだった。拳銃を構えるが、ワンボックスカーまで二十メートルほどの距離がある。しかも通りの向こう側でも多くの通行人が足を止めているため、外したら通行人にも危害が及ぶ可能性があった。

せめてあと十メートル近づければ。

和也がそう思って足を踏み出したとき、一台の黒い車が和也の視界を横切った。車はそのまま時速四十キロほどのスピードで、車道に合流しかけたワンボックスカーに衝突した。激しい衝突音と同時に、二台はその場で動かなくなった。

黒い車には見憶えがあった。和也が乗ってきた品川署の覆面パトカーだった。となると運転しているのは、まさか――。

和也は走り出した。覆面パトカーの前方から煙が立ち昇っている。中を覗き込むと甲斐弘樹がハンドルに顔をうずめていた。拳銃のグリップでガラスを叩くと、わずかに反応があった。弘樹は顔を上げ、虚ろな視線をこちらに向けてきた。意識はあるようだ。

和也がもう一度拳銃のグリップでガラスを叩くと、弘樹の目の焦点が合ってきたように見えた。大丈夫だ。それより今は逃走車輛の運転手の確保が先決だ。

和也は拳銃のグリップを握り直し、停車したワンボックスカーに向かってにじり寄っていく。すでにワンボックスカーは三人の四谷署の捜査員によって包囲されていた。三人とも拳銃の銃口を運転席側の窓に向けて構えている。ワンボックスカーの運転席は衝突を食らったためか、ドアがかなり凹んでいた。

四谷署の捜査員と目配せを交わす。和也は拳銃を右手で構えたまま、運転席のドアに左手をかける。一、二と口の動きだけで四谷署の捜査員に伝えてから、三のタイミングで和也はドアを手前側に引いた。同時に運転席から拳銃を握った右手が飛び出した。拳銃の銃口は和也の眉間を正確に捉えている。

青い覆面を被った男がそこにいた。男は負傷しているらしく、左手を脇腹のあたりに置いたまま、こちらに目を向けている。互いに銃口を向け合ったまま、硬直したように睨み合いになった。

男の目には見憶えがあった。想像していた通りの現実に、和也は眩暈を覚えながらも声を振り絞った。

「これ以上……これ以上、俺に人殺しをさせないでください、今村さん」

青い覆面をした男の目が見開かれた。男は脱力したように、拳銃を握った右手を膝の上に落とした。

ふわふわとした浮遊感に包まれ、まるで夢の中にいるかのようだった。太一はアスファルトの上にしゃがみ込んでいた。立ち上がろうにも、膝に力が入らない。腰が抜けたというのは、まさにこういう状態を言うのだろう。

「大丈夫ですか？」

そう声をかけられて顔を上げると、スーツを着た刑事らしき男が立っていた。男が確認するように言う。

「銀行内にいらしたお客さんですよね。少し事情を伺うことになります。こちらに来ていただいてよろしいですか？」

「はい。でもちょっと膝に力が入らないというか……」

男が右手を差し出してきたので、太一はその手を握った。持ち上げられるように体を起こされる。思わずバランスを崩してよろめいたが、男の刑事が肩を摑んで支えてくれた。

「こちらです」

すでに覆面をした三人の男たちは刑事たちによってパトカーの方に連行されていったあとだった。男たちは抵抗せず、観念したかのように大人しく連行されていった。一番刑事たちの手を煩《わずら》わせたのは麻美で、腕を引っ張る刑事たちに大声で反抗していた。

現場は刑事や警察官でごった返している。さきほど車同士が衝突するような音が聞こえ、数人の刑事が慌てたように駆けていった。現在通りは封鎖されているようで、車は走っていない。赤色灯を点滅させたままのパトカーが、十台くらい銀行の前に停まっていた。

「お乗りください」

男の刑事がそう言って、一台のパトカーの後部座席のドアを開けてくれた。車に乗り込む間際に、斜め前に停まったパトカーの後部座席に麻美の横顔が見えた。

太一が後部座席に乗り込むと、男の刑事が続けて乗り込んでくる。手帳を開きながら男が言う。

「痛むところはありますか？」

特にない。それでもスーツの膝のあたりが無残にも破れ、わずかに血がにじんでいた。右の眉のあたりに小さな痛みを感じ、指でぬぐうと血がついていた。転んでアスファルトに倒れ込んだときにできた傷だろう。

「痛いところはないです」

「そうですか。まずは簡単な事情聴取に応じていただきますので、ご了承ください。そのあとで念のために病院にご案内します。その後に改めて事情をお聞きすることになるかもしれません。まずはお名前からお願いします」

「楠見太一です」

「身分証明書はありますか？」

太一は胸のポケットから財布を出し、カード入れから保険証を出して男に渡した。男は渡された保険証を見てから、そこに書かれた名前と住所、生年月日を手帳に書き込んだ。

「あなたは人質となった女性を助けるため、果敢にも犯人たちに飛びかかった。あの女性とあなたのご関係は？　妹と発言されていたように思いますが」

「ええ。妹です」そう言いながら太一は迷う。どうせ嘘をついても警察にはバレてしまう。太一は訂正した。「妹、というか、妹みたいなもんです」

「妹みたいなもの。どういうことですか？」

「存在が妹みたいな感じなんです」

「ちょっとねえ、真剣にお願いできますか。帰りが夜中になっても知りませんよ」

「……すみません」

太一は頭を下げた。喋っているうちに徐々に平常心を取り戻しつつあった。ずっと痛みのなかった右膝に打ち身のような痛みを感じると同時に、生きているんだという実感がふつふつと湧いてきた。

ガラスを叩く音がした。顔を向けると若い刑事らしき男が太一が座っている側のウィンドウをノックしている。

太一の隣に座る男の刑事が、身を乗り出して運転席側のスイッチを操ると、ゆっくりとウインドウが下がる。外にいる若い男の刑事が、水色のハンカチを差し出してくる。

「これをあなたに、とあちらの女性の方が」

若い男が顔を向けた先には麻美の横顔が見える。太一はハンカチを受けとり、それを右の眉に当てた。ハンカチに薄く血が付着した。水色のハンカチの右隅には名前が刺繡されていた。その名前を見て、太一は思わず麻美の乗っているパトカーに目をやったが、見えるのは彼女の横顔だけだった。

「時間はあまりありません」和也は今村に向かって言った。「品川署の合同捜査本部の人間が到着したら、あなたの身柄を引き渡さなければなりません。その前にすべてを俺に話してもらえますか？」

和也はワンボックスカーの運転席に座っていた。今村は助手席に座っている。すでに青い覆面は脱いでおり、両手に手錠を嵌《は》められている。手錠を嵌めたのは和也自身だった。手錠は座席のヘッドレストの後ろに回しているため、今村にとっては両肘を広げた不自然な体勢であったが、しばらくの間は我慢してもらうしかない。

衝突音を耳にして駆けつけた刑事たちに、和也は事情を説明した。この男は品川署の刑事で逃亡の恐れがあるため、二人きりで車の中で待機させてもらいたい。

強盗犯の一味が現職の刑事であるという事実に、その場に居合わせた刑事たちは凍りつき、和也の提案を受け入れてくれた。元々品川署の合同捜査本部が手掛ける案件でもあったし、事実の大きさにおいそれと口出ししない方がいいというのが彼らの判断なのかもしれなかった。

「最初に品川で銀行強盗が発生した頃から、この事件はプロの仕業だなと俺は思っていたんだ」今村は淡々とした口調で語り始めた。「しかし捜査を重ねてもなかなか成果が上がらない。そこで俺は視点を変え、もしかしたら盗みのプロではなく、捜査のプロの仕業ではないか、そんな風に漠然と考え始めた。その直後の出来事だ」

品川の現場付近の聞き込みをしていた際、現場の向かい側にあるネットカフェの店員が不審な男を目撃していた。非常階段で双眼鏡を使って現場の銀行を観察している男だった。男の風貌を聞き出した今村は言葉を失った。

「兄貴かもしれない。そう直感したのさ。お前も知っての通り、俺の兄貴は二年前に警察をお払い箱になっている」

二年前のことだ。今村の実兄は収賄罪で告発され、懲戒免職となっていた。その煽りを受けて今村自身も係長の任を解かれていた。

「すとんと腑に落ちた、という感じだった。半年ほど前、俺は兄貴から百万円借りた。兄貴が退職金もなしに警察を去ってから、警備の仕事などで細々と食い繋いでいることは知っていたからな、俺も駄目もとで頼んだんだ。それが兄貴はあっさりと百万円を用立ててくれた。おそらく兄貴は金が入る目途があったんだ」

半年前というのが気になった。今村が半年前に兄から百万円という大金を借りた理由だ。心当たりが一つある。

「半年前の百万円というのは、野口のために使った金ですか？」

「そうだ。あの野郎、新橋のホステスに執心しちまってな、悪いことにその女がマル暴の情婦だった。相談を受けた俺は、男と一度だけ会った。二百万円というのが向こうの出した条件だった。さすがに俺もローンを抱えている身だから二百万円は大金だ。半分は兄貴に借りて、もう半分は俺が用意して、男の舎弟に渡した。それで一件落着だった」

「品川のネットカフェで聞き込みをした際、野口も一緒だったんですね？」

「ああ。俺が『今の話は聞かなかったことにしてくれ』と頼んだら、あいつはきょとんとした顔をしていたよ。だが野口だって馬鹿じゃない。薄々何かに気づいたんだろう」

半年前の件もあり、野口は今村に対して恩義を感じていたはずだ。だから野口は今村に言われた通り、犯人に繋がる目撃情報を闇に消し去ることに同意せざるを得なかった。

「お兄さんと連絡はとったんですか？」

「すぐにとった。兄貴は何の躊躇《ためら》いもなく認めたよ。さらに俺に第二、第三の計画を打ち明けてきた。そして兄貴は俺に言ったんだよ」

お前も仲間にならないか。どうせお前も警察にいたところで浮かび上がることはできない。だったら俺たちと組もうじゃないか。

「悪魔の誘いだった」今村は自嘲気味に笑った。「俺は乗ってしまったんだよ、悪魔の誘いにな。実行犯を支えるサブメンバーとして、下見や物品の手配などを受け持った」

「なぜですか？　なぜそんな誘いに……」

「二年前に干されたときから、俺は終わってた。身内の不祥事が我が身に降りかかるのが警察組織ってもんだ。俺は出世も役職も関係なく、一生を平の刑事として過ごすんだ。自分より若い上司にあごでこき使われて終わっていくんだよ。楠見、お前に想像できるか？」

想像などできない。二年前までは優秀な刑事として順調にキャリアを重ねてきた今村だからこそ、たった一度のつまずきに我慢できなかったのかもしれない。

和也は運転席側の窓を小さく開けて、外を見た。まだ周囲は騒々しい。カメラを持ったマスコミらしき人影も見かけた。

「時間がありません。あの日、甲斐が死んだ朝、何が起こったのか教えてください」

「あれはボタンをかけ違えたようなものだった」今村が遠くを見るような目つきで言った。「前の日に兄貴から連絡があって、甲斐が足を洗いたがっているという話を聞いた。俺は元々甲斐とは面識はなかったが、かなり真面目な男だったようだ。自首も考えていたようだ」

自首などされたらすべてが白日のもとに晒されてしまう。不安に思った今村の兄は、弟の力を頼ることに決めたのだ。

「俺は覚悟を決めていた。甲斐を始末する覚悟をな。当初の計画では事務所の中で甲斐を射殺し、そのあとでナイフで俺の腹を刺す。ナイフを甲斐の遺体に握らせるだけで工作は終わりだ。いきなり甲斐が俺を刺し、それを見た野口が甲斐を撃った。簡単な筋書きだが、簡単なだけに現実感があるってもんだ」

「野口は筋書きを知っていたんですね？」

「大まかなことは伝えておいた。あの野郎、びびりまくっていたよ。だが俺一人で踏み込むわけにもいかない。あいつを巻き込むしか方法がなかった。あの朝、お前が同行すると言い始めたときから、歯車が狂い始めていた」

和也が二人の事情聴取に同行することになったのは偶然が産んだ結果だ。前日の夜、ガサ入れの打ち合わせをしていた二人を見かけて、和也自身が運転手を申し出たのだ。二人が計画していた筋書きなど知らないままに。

「さらに野口がドジを踏んだことで状況が一変した。拳銃を奪って逃走した甲斐を、お前が撃ってしまったんだ」

　つまり甲斐清二は今村の姿を見た瞬間、筋書きを見抜いたのだ。そして野口から拳銃を奪って逃亡した。追い詰められた甲斐の目を思い出す。甲斐の目に映っていた追跡者は、裏切り者を追うハンターのようだったのかもしれない。

「結果として甲斐の口は塞がれた。だが俺は当初の計画通りに野口に罪を着せることを選択した。何も知らないお前に罪を着せるわけにはいかなかったんだよ」

　和也は腕時計に目を落とした。ここで二人きりになって五分が過ぎようとしていた。いつ品川署の面々が到着してもおかしくない。

「一つだけ教えてください」和也は今村に向き直った。「野口を殺したのはあなたですね、今村さん」

　束の間の沈黙が訪れた。時間にして数秒だと思うが、和也にとっては息も詰まるほどの沈黙だった。やがて今村が口を開く。

「殺したのは俺じゃない。あいつの意思で死を選んだんだ」

「まるで見ていたような口振りじゃないですか。おそらく今村さんは野口の死に関与している。あいつは事件以来、ずっと監視下に置かれていた。あいつに青酸カリを渡したのはあなたですね？」

「ああ。それは否定しない」今村はあっさりと認めた。「野口が精神的に追いつめられていたのは俺も知っていた。放っておくと何を言い出すかわからない、そんなギリギリの状況にあったんだ」

それは和也も知っていた。他人の罪を被って連日のように取り調べを受ける。並の精神力を持っていたとしても耐えられないほどの生き地獄だ。

「あいつにはずっと連絡を入れていたが、携帯電話は繋がらないし、ホテルの部屋をノックしても応答はなかった。ところがあの日、ホテルの前から携帯に電話をしてみると、誰かと話し中のコール音が聞こえたんだ。あいつが電話で話をする相手など限られている。楠見しかいないと俺は思った。同時にあいつはすべてをお前に打ち明けようとしていることも知った」

大事な話がある。野口は電話でそう言った。すべてを俺に打ち明けることで肩の荷を下ろそうとしていたのかもしれない。

「俺はすぐに非常階段を上ってホテルに侵入し、あいつの部屋をノックした。ドアの向こうで『随分早かったじゃないですか』という声が聞こえたよ。お前だと勘違いしたんだな。中に入った俺は、あいつに薬の入った瓶を渡して言ったんだ」

楠見をこれ以上巻き込むな。お前が自由になりたかったら、これを使えばいい。

「そんな……何の権限があって野口を……あなたが野口を殺したようなものじゃないか」

和也は想像した。青酸カリを渡され、一人部屋に残された野口の姿を。あいつは何を思ったのだろう。あいつは何を考えていたのだろう。野口、なぜ俺の到着を待たなかった？

「もとを正せば俺が蒔《ま》いた種だ。そして野口を巻き込んだ。お前までを巻き込むつもりはなかったんだよ、楠見。お前には刑事の職をまっとうしてもらいたかった。それは嘘じゃない。信じてくれ」

パトカーのサイレンが遠くから近づいてくる。それも複数のサイレンが折り重なるように聞こえてきた。ようやく品川署の合同捜査本部が到着したのだ。

「俺の望んだ結果になった。楠見、お前なら俺を止めてくれると信じてたよ」

和也は今村の顔を凝視した。今村の口元には笑みが浮かんでいる。

思い当たる節はあった。甲斐清二の生前の行動を洗っていたとき、今村はそれを阻止しようとはしなかった。甲斐を洗っていけば、連続銀行強盗に辿り着く可能性も少なくない。しかし今村はあえて和也の好きにさせておいた。自らの凶行を止めてほしい。心の中で今村はそう叫んでいたのではないだろうか。

「楠見、そこを開けてくれ」

今村が助手席のグローブボックスをあごで示した。言われた通りにボックスを開くと、手前に透明の瓶が見えた。

「野口が飲んだものと同じものだ。俺はお前の人生を狂わせた。俺が憎いだろ、楠見。それを俺の口の中に入れてくれ。そうすればすべてが終わる」

和也は瓶を手にとった。瓶の底には白いカプセルが一粒、入っていた。

今から七年前、赤羽署時代のことを和也は不意に思い出した。初めて刑事課に配属され、今村から捜査のイロハを教わっていた時代だ。毎日が無我夢中だった。今村が語る一字一句を頭の中に染みこませた。自分がスポンジにでもなった思いがした。

刑事になってから半年後、ようやく自分の手で窃盗犯を検挙した。深夜二時過ぎ、窃盗犯が酔って自宅アパートに戻ってきたところを強襲しての逮捕劇だった。窃盗犯を署まで連行してから、今村に連れられて屋台のラーメン屋に向かった。瓶ビールを飲みながら、今村がにやりと笑って言った。刑事ってのも悪くないだろ、楠見。

和也は頭を振り、感傷を追いやった。

「あなたを死なせるわけにはいかない。あなたが刑事であるなら、法にしたがって罪を償う様を俺に見せる義務がある」

外が騒々しくなり始めた。品川署の面々が到着したのだろう。運転席のドアに手をかけると、今村が前を見つめたまま言った。

「甲斐清二を撃ったのは野口だ。それを曲げるつもりは毛頭ない」

「勝手にしてください。真実はいずれ明かされるでしょう」

和也は運転席のドアを開け、ワンボックスカーから降りた。後ろ手にドアを閉め、大きく息を吸った。


「それではお疲れ様でした。ご協力ありがとうございました」

目の前に座った中年の刑事にそう言われ、太一はパイプ椅子から腰を上げた。取調室を出ると、廊下が暗くなっていた。刑事に先導されて廊下を歩く。ずっと電源をオフにしていた携帯電話の電源を入れると、デジタル時計は午後十時ちょうどを示していた。

現場で一時間ほど事情を訊かれたあとで新宿の総合病院に連れていかれた。膝に擦り傷を負っただけなのにレントゲンを撮られ、結果は当然のように骨には異常なしとされた。品川警察署に入ったのが午後六時過ぎのことで、それから二回の休憩を挟んで延々事情聴取を受けたのだ。硬いパイプ椅子に長時間座っていたせいか、腰が痛かった。

エレベーターで一階まで下りる。外が明るいのを感じた。よく見ると警察署の外には多くの報道陣が押しかけてきていた。世間を騒がせていた連続銀行強盗が検挙されたニュースは、マスコミにとっても特ダネなのだろう。

出入り口から外に出ようとしたところで声をかけられた。

「太一さん」

顔を向けると弘樹がそこにいた。弘樹の方が先に事情聴取が終わったのだろう。弘樹は頭に包帯を巻いている。

「弘樹君、大変だったねえ」

そう言いながら太一は弘樹のもとに歩み寄った。後ろから刑事がついてくる気配を感じたので、太一は振り返って刑事に言った。「ここまでで大丈夫ですから。あとは自分で帰ります」

「わかりました。それではお気をつけて。くれぐれもマスコミには注意してください」

刑事は立ち去っていく。太一は弘樹を誘って受付の隣にある椅子に座った。

「怪我はいいのかい？」

太一が訊くと、弘樹は笑顔で答えた。

「ええ。脳波にも異常はなかったし、肋骨も無事でした。太一さんは？」

「僕も平気。弘樹君に比べたら軽い軽い」

弘樹は大活躍をしたらしい。銀行前で待機していた逃走車輛を追って、逃亡を阻止したというのだ。覆面パトカーを運転して、逃げようとする車輌に突っ込んだという。

「弘樹君、免許持ってないだろ。刑事に何か言われた？」

「はい。厳重注意を受けました」

無免許運転で弘樹が警察に捕まるようなことになったら、太一は抗議するつもりだった。厳重注意だけで済んでよかったと太一は胸を撫で下ろす。警察の中にも話のわかる人がいるようだ。

すべての事件は解決したように見えるが、弘樹の問題はまだ決着がついていないことを太一も知っていた。弘樹の父、甲斐清二は強盗犯の一味だったのだ。死んでしまったからといってても甲斐清二への追及は続くだろう。弘樹に早く平穏な日々が戻ることを太一は心の底から祈りたい心境だった。

「太一さんこそ、張り切ったみたいじゃないですか。聞きましたよ、人質になった女性を助けたって」

「正確には助けようとしただけだよ。僕は何もしてないもん。飛びかかったら転んだだけ」

「その勇気がすごいんですって。ちなみに人質になった女性は太一さんとどういう関係なんですか？　もしかして恋人とか」

「違うって、そうじゃない」太一は顔の前で手を振って否定した。「何て説明したらいいいんだろう。難しいんだよ、事情が複雑でさ」

刑事に説明しても信じてもらえなかったが、太一は事実をそのまま話した。突然妹を名乗る女性が現れ、しばらく生活をともにしていたと。いずれにしても麻美も事情聴取を受けたはずだ。彼女はもう帰ってしまったのだろうか。現場で別々のパトカーに乗せられて以来、顔すら合わせていない。

ロビーのエレベーターが開くのが見えた。先に一人の女性が降りてきて、続いて男が一人、エレベーターから降りるのが見えた。間違いなかった。麻美と和也だった。

「弘樹君、あれだよ、あれ」太一は二人の方を指でさした。「あの子が僕が助けようとした人質にされた女の子。そして後ろにいるのが僕の弟の和也。あっ、そうか。弘樹君はもう和也とは会っているんだっけね」

麻美と和也はまっすぐ出入り口に向かって歩いていく。こちらの存在に気づいていない様子なので、太一は二人に声をかけた。

「麻美ちゃん、和也、こっちだよ、こっち」

二人が太一の声に気づき、足を止めた。隣で弘樹がつぶやくように言った。

「お……お姉ちゃん？」

今村は素直に事情聴取に応じていた。ほかの三人の銀行強盗も同様に大筋で容疑を認めている様子だった。和也自身も一時間の事情聴取があり、合同捜査本部の捜査員に経緯を語った。甲斐弘樹の知らせを受け、現場に急行したこと。三人の強盗犯が検挙されたのち、甲斐弘樹によって逃亡を阻止された今村を見張っていたこと。今村から手に入れた青酸カリのカプセルも捜査員に渡した。

品川埠頭のレンタルコンテナにも捜査の手が入り、証拠物件が押収されたようだ。甲斐清二の関与も浮上し、事件の全貌は明らかになりつつあった。

夜間であるにも拘わらず、品川署の刑事課の刑事たちも大半が署内に残っていた。一度、廊下で北野係長とすれ違ったが、和也を無視するように通り過ぎていった。今村は甲斐清二射殺に関しては証言を翻しておらず、このままいけば和也が甲斐を撃ったという事実は闇に埋もれる。ただでさえ署内は上を下への大騒ぎで、今は和也が何を言っても誰もとり合ってくれない雰囲気だった。

廊下を歩いていると、向こうから強行犯係の先輩刑事に先導されて麻美がやって来た。事情聴取が終わったところらしい。和也が目礼をすると、先輩刑事が足を止めた。あごをしゃくったので、和也は先輩刑事のもとに向かう。麻美に聞こえない程度の小声で彼は言った。

「彼女、いったい何者なんだよ。お前の兄貴は妹だとぬかしているらしい。本当のところはどうなんだ？」

「彼女は何と？」

「お前の兄貴は店の常連だったと証言している。歌舞伎町のキャバクラには電話で照会済みだ。彼女がそこで働いていることは間違いない。あくまでも彼女は被害者だからな、強制的な捜査もできないが、身許の確認くらいはしておきたい。ずっとだんまりで俺も参ったよ」

「すみません」

「楠見が謝ることはねえよ。連絡先は聞いておいた。せめて本名くらい聞き出してくれ。今日の事情聴取はこれで終わりだ。外まで送ってやってくれ」

そう言って先輩刑事は和也の肩を叩いてから、廊下を歩き去った。和也は麻美の方を見た。麻美も和也を見ていた。

「行こう。下まで送る」

素っ気なく和也は言って、エレベーターに向かった。麻美も黙ってついてくる。

エレベーターはちょうど上昇中だった。ボタンを押してから、和也は隣に立つ麻美を見た。彼女は何者なのか。どんな目的があって和也たちに接触してきたのか。その謎だけは今もわかっていない。

停止したエレベーターに乗り込んだ。一階のボタンを押して、和也は奥の壁にもたれた。

麻美はドア近くで背中を向けて立っていた。エレベーターが下降していく。

「今はどこに住んでいるんだ？」

和也が訊くと、麻美は背を向けたまま答えた。

「友達のところ」

「最後に教えてほしい。お前はいったい誰なんだよ。なぜ俺たちに近づいた？　その理由を説明してくれ」

麻美は何も答えない。エレベーターの銀色のドアに彼女の顔がぼんやりと映っていた。やがてエレベーターが一階に到着し、ドアがゆっくりと開いた。

「やっぱり何も憶えていないんだね、和兄」

そう言って麻美はエレベーターから降りていく。俺が……憶えてない？　どういうことなんだ？

「ちょっと待てよ、おい」

和也は麻美のあとを追った。麻美は耳を貸さずにロビーを歩いていく。そのとき太一の声が聞こえた。

「麻美ちゃん、和也、こっちだよ、こっち」

受付の隣に太一と弘樹が並んで立っていた。太一は満面の笑みを浮かべて手を振っているが、隣に立つ弘樹の顔は深刻なものだった。弘樹の視線の先には麻美がいた。麻美もまた立ち止まり、弘樹の方を見ていた。

弘樹が何かつぶやいた。その口の動きから「お姉ちゃん」と言ったような気がした。

「弘樹……君」

麻美が小さくつぶやいた。その瞬間、和也は彼女の正体に思い至った。


太一は自分の耳を疑った。麻美ちゃんが弘樹君のお姉さんだって？　状況が摑めず、太一は弘樹の方に目を向けた。

弘樹がやや戸惑ったような顔をして、ゆっくりと麻美の方に向かって歩いていく。麻美はその場で立ち止まったまま動こうとしない。和也は麻美の隣で立ち尽くし、目を大きく見開いて麻美の横顔を見ていた。太一は弘樹のあとを追った。

「弘樹君、いったいどういう……」

弘樹と麻美は向かい合ったまま、互いを見つめていた。先に口を開いたのは弘樹だった。

「お姉ちゃん、なぜここに？」

「弘樹君こそ、なぜここにいるの？」

「俺はちょっと事件に巻き込まれたというか、成り行きみたいなものかな」

まったく意味がわからない。この二人に面識があるということ自体が驚くべきことなのに、しかも二人は姉弟らしい。ということはつまり——。

太一は二人の間に割って入った。

「ねえ、ちょっと待って。二人は姉弟ってこと？　血が繋がった姉弟ってこと？」

二人は無言だった。それが答えを物語っているような気がした。

「二人が姉弟ってことはだよ、つまり弘樹君は僕の弟ってことになるのかな」

「なぜそうなるんだよ、冷静になれって」和也が横から口を出した。「麻美はな、まあ麻美ってのも偽名だろうが、彼女は死んだ甲斐清二の娘だ。甲斐清二には離婚歴がある。前妻との間に生まれた子なんだろう。違うか？」

麻美は何も言わず、うつむいている。答えたのは弘樹だった。

「そうです。この人は俺の腹違いの姉です。俺が小学生くらいのとき、母には内緒で父と三人で何度も遊びに行ったことがあります」

それを受けて和也が説明を続けた。

「甲斐清二が死んだとき、当然警察から前妻のもとにも連絡を入れたが、もう付き合いは途絶えていると前妻は言ったらしい。でも娘は違った。彼女は父と交流があったってことだろう」

そういうことだったのか。太一は事情が呑み込めた。だがまだ不明な点が残っていた。なぜ麻美は僕たち兄弟に接触してきたのだろうか。それも甲斐清二が死んだ直後というタイミングで。

「どうしてだよ、麻美ちゃん。どうして君は僕たち兄弟に……」

「それは彼女の口から説明してもらうしかないだろう。教えてくれ。お前の目的は何だったんだ？」

和也に訊かれ、麻美は顔を上げた。

「私が小さいとき、パパとママは離婚して、私は川崎市に引っ越したの。ママは夜の仕事だったから私はいつも家で一人ぼっちだった。まるでそうなるのを見越したみたいに、パパは定期的に私に会いに来てくれたの」

月に一度の割合で、麻美と甲斐清二は会って食事をしたりしていた。そのうち弟の弘樹もそこに加わり、三人で遊びに出掛けたりした。

「私が中学生になった頃に突然パパと会えなくなってしまったの。でもパパとはメールでやりとりできたから、私は不満は感じなかった」

「俺のせいなんです」弘樹が突然口を挟んだ。「俺がうっかり母に口を滑らせてしまったんです。それで母が怒ってしまって、それきりお姉ちゃんとは会えなくなってしまいました。多分父と母の間で何か約束が交わされたんだと思います」

「私は気にしてないよ、弘樹君。ずっとパパとはメールで連絡をとり合っていたしね」

まだ外は騒々しい。スポットライトの光がまぶしかった。ガラス張りの正面玄関の向こうで、マイクを持った女性のシルエットが見えた。ニュース番組の中継でも始まったのかもしれない。

「パパが死んだことを知ったとき、正直信じられなかった。最初は同姓同名かなと思ったけど、そんなにありふれた名前じゃないしね。滅多に買わない新聞を買って、貪《むさぼ》るように読んだの。パパが警察を辞めていたことを初めて知った。メールじゃそんなこと教えてくれなかったから」

直接顔を合わせなくなってから十年以上、麻美と甲斐清二はメールだけを手段として父子関係を続けてきたことになる。メールだけでも心は通じ合っていたということか。

「パパを殺した刑事が憎かった。だから私……」

麻美がこちらを見ていた。太一はうなずいた。

「それで僕たちに接触したってわけだね。野口の居場所は摑めなかったから、一緒に現場にいた和也なら情報を持っている。麻美ちゃんはそう思ったんだね」

探偵を使ったと麻美は言っていた。その通りなのだろう。ただし探偵への報酬だって安くはないはずだ。しかも調べるターゲットは現職の刑事であるから、探偵がすんなり引き受けてくれるとは限らない。麻美はそれなりの報酬を支払ったはずだし、実際にユカリという女の代役でヌードモデルのバイトに手を出したのも、麻美の懐事情が影響しているのかもしれなかった。

「父を撃った刑事に会ってどうするつもりだったの？」

弘樹がそう訊くと、麻美は首を横に振って答えた。

「わからない。最初は殺してやろうと思って、品川一帯のホテルを訪ね歩いたりもした。でもそのうちどうでもよくなった。一発殴れば気が済むかもしれないと思った」

しかし甲斐清二を撃った野口という刑事は、結局自ら命を絶ってしまった。それで麻美は目的を見失い、部屋から出ていったというわけか。

「でも結果はよかったじゃん」太一は努めて明るい口調で言った。「だって銀行強盗は逮捕されたし、ずっと離れ離れだった二人は再会できたわけでしょ。それに君たちのお父さんを殺した男は自殺してしまった。彼だってあの世で反省していると思うよ」

麻美が顔を上げ、弘樹の顔を見た。やはり姉弟だけあって言葉を交わさなくても通じる何かがあるようだ。太一の胸の奥で弘樹に対する嫉妬心が浮かび上がったが、太一はそれを振り払うかのように言った。

「帰ろう、みんな。お腹空いただろ。夕飯は僕が奢るよ」

「あれ、太一さん」弘樹が言った。「今日は研修じゃなかったでしたっけ？　休んでも大丈夫ですか？」

「うん。電話して事情は説明してある。研修先に無愛想なバンドマンがいるんだけど、それが案外いい人でね。店長にうまく説明してくれるって約束してくれた。あれ？　麻美ちゃんだって仕事じゃないの？」

「私は無断欠勤。でもいいんだ、もう」

「じゃあ行こうか。ほら、和也。お前も一緒に行こうぜ」

立ち尽くしている和也に声をかけ、太一は歩き始める。その後ろを弘樹と麻美が並んでついてきた。

自動ドアから外に出ると、品川警察署の前に詰めかけた報道陣の多さにたじろぐ。一斉にフラッシュを浴びせてきた報道陣に対し、歩哨《ほしょう》で立っていた二名の制服警官が注意した。

「ただの目撃者です。写真は撮らないでください」

眩しさに顔を背けたところで、まだ署の中で呆然として立っている和也の姿が見えた。あいつはまだ仕事なのだろう。だから夕飯を一緒に食べに行けないことにすねているに違いない。

太一は駆け戻って、ガラス越しに和也に向かって大声で言う。

「先に行ってるからな、和也。仕事終わらせて早く来いよ」

声が聞こえたのか、和也が顔を上げた。その顔つきが気になった。眉間に皺を寄せた深刻そうなその表情は、刑事を辞めると言い出したときに見せたのと同じ表情だ。何となく嫌な予感がした。

和也がこちらに向かって歩いてきた。自動ドアが開き、和也が太一のもとまでやってきた。和也は太一の脇を素通りして、弘樹と麻美の前まで向かった。

「二人とも……すまない」和也が頭を下げた。その声は震えている。「これ以上、嘘をつき続けることは俺にはできない」

嘘。いったい何のことだろう。太一は和也の背中を食い入るように見つめた。やがて和也が口を開いた。

「君たちのお父さん、甲斐清二を撃ったのは野口じゃない。俺なんだ」

気がつくと和也は声を発していた。後悔はなかった。ここで真実を告げなければ、いつ告げるというのか。

自分が口をつぐめば真実は闇に葬り去ることができるかもしれない。心のどこかにそんな甘えがあった。しかし甲斐清二の子供である弘樹と麻美を見ていて、とてもそんな真似はできないと思った。刑事である俺が嘘をついてどうする？　二人だけには真実を明かす義務がある。

二人とも呆然とした表情で和也の顔を見つめている。先に口を開いたのは麻美だった。麻美の口元には笑みが残ったままだ。弘樹と何か話している途中だったのだろう。

「嘘でしょ？　いきなり何を言い出すのかと思ったら。変な冗談はやめてよ」

「嘘じゃない。俺が撃ったんだ。俺が君たちのお父さんをこの手で殺したんだ」

「本当なんですか？　本当に……楠見さんが父を撃ったんですか？」

弘樹が真剣な目で訊いてきた。

「ああ。俺が撃った」和也はうなずいた。「甲斐は……君たちのお父さんは野口から拳銃を奪って逃走し、それを追いかけたのが俺だった。俺は甲斐に追いついた。彼が奪った拳銃の引き金に指を置くのを見て、俺は引き金を引いたんだ」

「でも……なぜですか？　なぜ野口って人が撃ったことになっちゃったんですか？」

弘樹にそう訊かれ、和也は答えた。

「そもそも拳銃を奪われたのは野口の失態だ。だから野口が撃ったことにしよう。その場にいた上司にそう提案されて、俺は乗っちまったんだ。刑事としての将来を棒に振りたくなかったんだ」

報道陣が遠巻きにこちらを見ているのが雰囲気でわかった。会話の内容までは聞こえていないだろうが、注目しているのは間違いない。歩哨の制服警官の耳には届いているらしく、二人とも困惑した表情でこちらを見ていた。

「俺が甲斐を撃ったという事実。それを一生隠し続けることなんて俺にはできない。君たちの姿を見ていて、俺はそう思った」

「勝手なこと言ってんじゃないわよ」ずっと黙っていた麻美が口を開いた。「あんたがパパを殺したですって？　何で今まで黙っていたのよ。せっかく全部がうまく終わったと思ったのに、これじゃ台無しじゃない。嘘でしょ？　ねえ、嘘って言ってよ。私たちをからかっているだけなんだよね？」

麻美にシャツを摑まれ、強い力で揺さぶられる。麻美の目には涙が浮かんでいた。

「それに……なぜ野口って人は自殺なんてしたのよ。あんたがパパを殺したんなら、あの野口って人はなぜ死ななきゃいけなかったの？」

言葉が出なかった。麻美に握られたシャツのボタンが飛んで、地面に落ちた。弘樹が背後から麻美を引き離そうとしていた。「お姉ちゃん、冷静になろうよ」

「冷静になんてなれるわけない」麻美が和也を見たまま言う。「私たちのパパはこの男に殺されたのよ。それなのに私ったらこの男の部屋にまで上がり込んだりして……。なぜよりによってあんたなのよ。よりによって……」

麻美の右手が和也のシャツから離れた。麻美はそのままうずくまって泣き崩れてしまう。弘樹がその背中をさするように覆いかぶさった。

野口は死んだ。今村は逮捕された。のうのうと生き延びているのは俺だけだ。法の裁きを受けること以外にも責任のとり方はある。

和也はホルスターから拳銃をとり出した。セーフティロックを解除する。遠巻きに眺めている報道陣がどよめいた。それが異国の世界の出来事のように遠く感じた。

「楠見さん、いったい何を……」

近寄ってきた歩哨の制服警官を、じっと睨んだ。近づくなよ、と目で訴える。

和也の気持ちが伝わったのか、制服警官はその場で硬直したまま動かなくなった。もう一人の警官はカメラや集音マイクを向ける報道陣を懸命に宥《なだ》めていた。

後悔はある。やり残したことは山ほどある。それでも甲斐清二を撃ち殺し、その罪を野口に押しつけて彼を自殺に追い込んだのは死に値する。

ロビーに続々と警官たちが駆けつけていた。どの警官も手には拳銃を手にしている。もう終わりだ。それを見て和也は悟った。俺は完全に終わったのだ。いや偽証をしたときからすでに終わっていたのかもしれない。

和也は右手に持った拳銃を見つめた。

「ちょっと待ってよ。変なこと考えてんじゃないでしょうね」

耳に届くのは麻美の声だ。続けて弘樹の声が聞こえた。

「そうですよ。早く拳銃を捨ててください。今すぐに」

報道陣のフラッシュも容赦なく焚《た》かれている。不思議な気分だった。周囲の騒々しさがまるで耳に入ってこない。自分だけが静かな世界にいるかのようだ。

「馬鹿な真似はするな、和也」

背後で声が聞こえた。ゆっくりと振り返る。一瞬、死んだ親父がそこに立っているのかと思ったが、よく見ると太一だった。

太一は一歩ずつ和也のもとに近づいてくる。

「兄貴、俺に……俺に近づくな」

太一は笑みを浮かべたまま、和也の言葉に耳を貸さずに近づいてくる。兄貴、どうかしちまったのか。なぜこの状況で笑っていられる？

太一が和也の目の前で足を止めた。それから笑って言う。

「許すよ、僕は」

周囲は騒々しいが、太一の言葉だけがくっきりと和也の耳に届いてくる。

「お前が人殺しだろうが、嘘をつこうが、何をしたって僕はお前を許す。お前はたった一人の僕の兄弟なんだから」

あれは和也が小学校二年生のときだった。当時、和也たち家族は広島市でも割と山間にある新興住宅地に住んでいた。分譲されたばかりの住宅地だったため、周囲はまだ田んぼや畑ばかりで、商店などはまったくなかった。

隣町にファストフード店ができた。和也はそんな噂を小学校で耳にした。ハンバーガーを食べたいと思った。昔、一度だけ広島駅の近くでハンバーガーを食べたことがあり、その味は忘れることができなかった。家に帰って早速太一に話すと、太一は乗ってきた。よし、和也。今度の日曜日に行こうぜ。

次の日曜日の午前中、和也は太一と連れ立って出発した。徒歩で行くしかなかった。自転車は一台しかなかったし、バスに乗ると運賃がかかってしまう。和也と太一はそれぞれ小遣いの五百円玉を持ち、隣町を目指して歩いた。

五キロほどの道のりだった。途中、いろいろと寄り道をしたせいで時間がかかってしまった。暑い日で、陽射しも強かった。どうしても喉が渇いてしまい、和也は誘惑に勝てなかった。自動販売機でジュースを買い、所持金が四百円弱に減った。さらに調子に乗った和也は、駄菓子屋でお菓子を買ってしまい、隣町に着く頃には所持金は二百円にまで減っていた。それを見て、太一が困ったように言った。

「駄目じゃないか、和也。それじゃハンバーガーなんて食べられないぞ」

ようやく隣町のファストフード店に辿り着き、店内に入った。まだ出来たばかりのためか、店内は綺麗だった。日曜日の昼時ということもあり、とても混んでいた。和也と太一はレジの前の列に並び、自分の順番が来るのを待った。

十五分ほど並んでいると、やっと和也たちの順番が訪れた。ずっとレジの上に表示された大きなメニューを二人して眺めていたため、食べたいものも決まっていた。太一はチーズバーガーのセットを注文すると宣言しており、和也は自分の所持金が少ないことを承知していたので、ハンバーガーを単品で注文するつもりだった。ハンバーガー単品なら二百円で買えるはずだった。

「チーズバーガーセットください」

最初に太一が注文し、店員に金を払った。ポテトのいい匂いが漂っている。和也はセットを注文できないので、ポテトを食べることはできない。でもそれは仕方ないことだ。ジュースやお菓子を買ってしまった自分の責任だ。

「お次でお待ちの方、どうぞ」

店員にそう言われ、和也はレジの前に立つ。下に置かれたハンバーガーの写真を指でさしながら、もう片方の手をズボンのポケットに入れ、和也は愕然とした。一瞬、何がどうなっていない。ポケットに入れていたはずの小銭がなくなっているのだ。ここに来る途中、いろいるか、和也はわからなかった。どこかで落としてしまったのか。ここに来る途中、いろいろと遊びながら来たため、思い当たる節はたくさんある。

「和也、どうかした？」

太一にそう訊かれ、和也は首を横に振った。

「お金、落としちゃったみたい」

「嘘だろ」

「本当。ないもん」

涙が出そうだった。しかしお金を落としてしまった以上、ハンバーガーを買うことはできない。左腕を太一に摑まれる形で、レジから離れた。窓際のテーブル席に座る。隣のテーブルには家族連れがいて、美味しそうにハンバーガーやナゲットを頰ばっている。

和也が座るテーブル席には、太一が買ったチーズバーガーのセットがあるだけだ。それを見て、和也は落ち込んだ。馬鹿だ。俺は馬鹿だ。途中でジュースなんて買ったりしないで、五百円玉を大事に持っておくべきだったんだ。

悔しかった。和也は両手を膝の上に置き、床に目を落とした。涙が落ちるのが見えた。

「ほら、和也」

その声に顔を上げると、太一がチーズバーガーの包みをとり、それを半分に千切っているところだった。

「半分、やるよ」

そう言いながら、太一が千切ったチーズバーガーを半分、こちらに向かって手渡してくる。

和也は涙を拭いて訊いた。

「いいの？」

「当たり前だよ。だって兄弟じゃないか」

太一は満面に笑みを浮かべて、それからチーズバーガーにかぶりついた。


拳銃を持つ右手が凍ったように動かなかった。和也は幼い頃に太一と二人でファストフード店に行ったときのことを思い出していた。なぜ、その思い出がよみがえったのか、和也にはわからなかった。気がつくと、太一が腕を伸ばして、拳銃のシリンダーをぎゅっと握っていた。

「目の前でむざむざお前に死なれたら、僕は母さんに顔向けできないよ。さあ、手を放せよ。それから家に帰ろう」

硬直した右手が徐々にほぐれていくのを和也は感じた。右手を離れてこぼれ落ちた拳銃が床に落ち、乾いた音が聞こえた。次の瞬間、強烈な圧力を受け、和也は地面に転がっていた。肘のあたりに痛みが走る。警官たちに組み敷かれたのだと理解するのに数秒を要した。

太一の姿を捜した。太一は立ち尽くしたまま涙を流していた。その隣には弘樹の姿もある。

彼女の姿を捜したが、どこにも見当たらなかった。報道陣の方に向かって駆けていく女の背中を見たような気がしたが、それは幻かもしれないと和也は思った。

「ただいま」

靴を脱ぎながら和也は言った。リビングに向かうとテーブルの上には豪勢な食事が並んでいる。寿司やチキンやサラダなどで、どれも出来合いの惣菜であることが一目見てわかる。

「おかえり、和也」

太一がテレビから目を離さずに言った。シリーズ終盤となった広島東洋カープの野球中継がテレビに流れている。

この部屋に足を踏み入れるのはおよそ三週間振りのことだ。ずっと署の休憩室に寝泊まりしていた。

和也はバスルームに行って洗面化粧台で手を洗い、それから顔を洗った。鏡を見ると、水滴のついた自分の顔が映っている。頬のあたりがこけている。体重計には乗っていないが、痩せたことだけは間違いない。

リビングに戻り、ソファーにもたれた。ネクタイを緩めて、テレビの前に正座する太一の背中を眺めた。

今日が何の日か憶えているよな。そんな短いメールが入ってきたのが今日の昼のことだった。憶えていないわけでもなかったが、冗談だろうと思っていた。彼女が戻ってくるわけがない。

太一はテレビの野球中継を見ているが、試合に集中できていないのは明らかだった。背中に神経を集中させ、こちらの出方を窺っている様子だった。

和也は立ち上がり、冷蔵庫から缶ビールをとり出した。再びソファーに座って、プルタブに手をかけたところでようやく太一が振り返った。

「まだ飲むなよ。乾杯は麻美ちゃんが来てからだ」

「来るわけねえだろ。今日が彼女の誕生日ってのも眉唾もんだ」

あれは三人で朝食をとっていたときだった。麻美の誕生日には三人でお祝いしようと太一が提案したのだ。決して果たされることがない約束のはずだが、こうして豪勢な料理まで用意してしまうのが兄貴らしいなと和也は思う。

「それで……お前の方はどうなんだよ。体調はいいのか？」

再び野球中継に目を戻しながら太一が言った。和也は笑って答えた。

「ああ。問題ない。元気にやってるよ」

和也はすべてを明らかにした。甲斐清二を撃ったのは野口ではなく自分であると明かした。テレビでも報道されたし、署にもマスコミが殺到したが、最近になってそれもようやく下火になりつつある。それでも和也は通常の捜査から外され、連日のように警視庁の取り調べを受ける日々だ。取り調べのない時間は書類整理というどうでもいい仕事を押しつけられている。

偽証したことは許されることではない。しかし四件目の銀行強盗を未然に防ぎ、犯人を検挙した功績の多くが和也のものであるというのが警視庁の認識で、それが和也の進退を微妙なものにしていた。もっとも和也自身はとうに警察を辞める覚悟はできている。

「遅いな、麻美ちゃん。何やってんだろ」

太一が壁の時計を見てつぶやいた。時刻は午後八時になろうとしている。

「だから来るわけないんだって。先に飲むぞ、俺は」

そう言って和也が再び缶ビールのプルタブに指をかけると、太一が慌ててそれを制する。

「駄目だって、和也。あと一時間待ってみよう。それで来なかったら僕も諦める」

和也は溜め息をついて、缶ビールをテーブルの上に置いた。

あの夜以来、麻美は消息を絶っていた。歌舞伎町の店にも姿を現していないし、川崎市の実家にも姿は見せていない。麻美が甲斐清二の前妻の娘であることは明らかで、すでに本名も判明している。今日が彼女の誕生日でないことも和也は知っていたが、それを太一に告げるのは酷だと思い、口にすることはできなかった。

「なあ、和也。僕はまだわからないことがあるんだけど」太一がこちらを振り向いて言う。野球中継はピッチャー交代で中断していた。「麻美ちゃんのことだよ。彼女が弘樹君のお姉さんであることはいいとしてだよ、なぜわざわざ僕たち兄弟のところにやって来たのかな。それだけがいまだにわからないんだよ」

それは和也も感じていた疑問だった。いきなり妹だと名乗っても受け入れられる可能性は少ないのにも拘わらず、彼女はあえてそれを実行した。彼女がそこまで俺たち兄弟にこだわる理由とは何か。その答えを和也は今も見つけられずにいる。

「もしかして和也。お前、どっかで麻美ちゃんと会ったことがあるんじゃないのか？」

太一にそう言われ、和也は即答した。

「それはない。兄貴の方こそどうなんだよ。ずっと昔、彼女とどこかで顔を合わせたことはないのか。たとえば行きつけの定食屋のバイトだったとか、タイヤ売ってた頃の知り合いとか」

「絶対ないね。あんな可愛い子を忘れるわけないだろ。あっ、そういえば」

太一が腕を伸ばして棚の上から一枚のハンカチを手にとった。それを和也に渡しながら言う。

「これ、お前のだろ。麻美ちゃんが貸してくれたんだ。お前って見かけによらず物持ちがいいな。まだそんなハンカチ使っているなんて」

渡されたハンカチを眺める。ずっと昔、使っていたことはあるが、ここ最近は見た憶えがない。ハンカチの右隅にアルファベットで「KAZUYA」という刺繍が施してある。母が入れた刺繍だ。太一と和也の持ちものを区別するために、実家に暮らしていた頃にはすべて衣類にこの刺繍が入っていた。上京したての頃に使っていた記憶が残っているが、新品に買い替えていくたびに一枚ずつ減っていき、今では一枚も残っていないはずだ。

「遅いな、麻美ちゃん。道に迷っているのかな。心配だから見てこようかな」

「道に迷うって猫じゃあるまいし。来るわけないんだって。そもそも彼女の父親はな……」

俺が殺したんだ。続く言葉を呑み込んで、和也は水色のハンカチに目を落とす。なぜ彼女がこのハンカチを持っていたのか。とうに失くしてしまったはずのこのハンカチを。

何かを思い出せそうで、思い出せない。そんなもどかしい思いを感じながら、和也は太一に訊いた。

「あの絵、いったい何なんだ？」

リビングの壁に一枚の絵が飾られていた。裸婦というのだろうか、女の肢体が濃い鉛筆で鮮やかに描かれている。背中から尻にかけての曲線が美しいが、残念ながら女は俯《うつむ》いてしまっているので、顔は定かではない。

「いい絵だろ。羨ましいだろ、和也」

なぜか太一は自慢げに言った。

「別にどうってことねえよ」

芸術なんて兄とは最もかけ離れたところにある言葉だ。どうせ誰かに無理矢理売りつけられたか、拾ったかのどちらかだろう。そんなことを考えていると、和也は無意識の内にテーブルの上の缶ビールを摑んでいた。それを見た太一が咎める。

「待てよ、和也。少しくらい我慢できないのかよ」

「うるさいよ。もういいだろ。彼女が来るわけないんだよ」

和也が缶ビールのプルタブに指をかけたそのときだった。突然、玄関のインターホンが鳴り響いた。太一が満面の笑みを浮かべて立ち上がり、玄関の方に向かって駆けていった。

エピローグ

携帯電話のメール受信音が鳴り響き、少女は顔を上げた。父からのメールだった。「元気にしているか？」という絵文字も何もない素っ気ない内容だったが、少女はすぐさま返信する。元気だよ、今から塾に行くところだよ。

嘘をつくことに罪悪感がないわけではないが、本当のことを父に教えることなどできない。少女は周囲を見渡した。

ここは渋谷にあるマンションの一室だ。広い部屋には少女と同じ年代の高校生たちが集まり、それぞれ雑誌を読んだり携帯電話をいじったりしている。

部屋の間仕切りはマジックミラーになっていて、向こう側からこちらを見ることができるらしい。部屋の入り口で金を払った男たちが、マジックミラー越しに女の子を選ぶ仕組みになっている。気に入った子がいれば、金を払って外に連れ出すことができるのだ。

外に連れ出したあとで女の子と何をするのかは、客の男によって大きく異なるようだ。露骨にホテルに行こうと誘ってくる男もいるし、ご飯を一緒に食べてプリクラを撮るだけで満足する男もいるらしい。

少女がこの部屋に足を踏み入れるのは二度目だった。一ヵ月前、高校の一学年上の先輩に声をかけられた。その先輩は頻繁に東京に遠征しているという噂で有名で、学校帰りにバス停で声をかけられたのだ。ねえ、あんた。今から渋谷行ってみない。結構いいお小遣いが稼げんのよ、マジで。

家に帰っても暇だったし、特に予定もなかったので、先輩と一緒に東海道線と銀座線を乗り継いで渋谷まで行き、このマンションの一室に案内されたのだ。その日は髭を生やしたおじさんにカラオケボックスへ連れて行かれ、二時間飲み放題の内に何枚か写真を撮られただけで二万円をもらった。先輩はカラオケのあとでおじさんとどこかに消えていった。どこに行ったのかは少女にも薄々であるが想像がついた。

部屋にいる少女たちの胸には丸いネームプレートが貼ってあり、まずマンションに入ったときに渡されるマジックで名前と年齢を書くことが決まりになっていた。まるで売り物になったみたいで抵抗があったが、女の子の中には花の絵やスリーサイズを書いたりして、男の目を惹きつけようというういじらしい努力をしている子もいた。

「ヒロミちゃん、それからミナミちゃん。ご指名が入ったよ」

ドアが開いて茶髪の若い男が顔を出した。男の声に反応して、二人の女の子が立ち上がり、部屋から出て行った。

携帯電話の受信音が鳴り響いた。メールは父からのもので、「えらいな。勉強がんばれよ」という文面が見えた。少女は携帯電話をバッグの中にしまって立ち上がる。ドアの前まで歩いて、小さくドアをノックした。

「ん？　どうかしたか？」

茶髪の若い男がドアを薄く開いて訊いてきたので、少女は短く答えた。「トイレ」

ドアが半分ほど開かれたので、少女はその隙間から部屋を出る。廊下は暗く、煙草の匂いが漂っている。奥には絶えず三人くらいの男が常駐しているようで、テレビの音声に混じって男たちの話し声が聞こえている。

廊下の一番奥がトイレだった。洋式トイレの便座に座って用を足し、水を流して外に出ようとしたところで、突然外で激しい音が聞こえた。ドアが蹴破られたような音だった。

複数の人が土足で踏み込んでくる足音が聞こえ、その直後に男の声が聞こえた。何しやがるんだよ、てめえら。誰の許可を得て入ってきてんだよ。

少女は声を押し殺したまま、トイレの中で聞き耳を立てた。男たちの話し声が聞こえてくるが、その内容まではわからない。渋谷署という単語が耳に入ったので、どうやら警察が来たらしいと少女は想像した。

このデートクラブと呼ばれるバイトが、法律に違反していることくらいは少女でも知っている。摘発という二文字が少女の頭の中で点滅した。

このまま見つからなければいい。少女は祈るような思いで息を押し殺していたが、やがて向こう側からトイレのドアを叩く音が聞こえてきた。

「おい、誰か入っているのか」

男の声が聞こえたので、少女は口に手を押し当てた。ノブが外側から何度も回され、鍵がかかっていることが相手にばれてしまう。

「開けてくれ。早く出て来いよ」

少女は観念し、ドアのロックを解除した。同時にドアが半分ほど開けられ、外に角刈りの中年男性が立っているのが見える。少女は角刈りの男を見上げた。

「早く出て来いよ」

そう言われても体が硬直してしまって動かない。すると角刈りの男が手を伸ばし、少女の着ているブレザーの襟首を持って、トイレの外に引きずり出そうとした。

火花が散る。中途半端に開いていたドアに目尻がぶつかったのだ。トイレの外に出された少女は、その場でうずくまった。目尻がじんじんと痛い。

「ちょっと手荒な真似はよしましょうって」

角刈りの男の背後で声が聞こえ、今度は若い男が現れた。頭上で若い男が言った。

「渋谷署の者です。このデートクラブはたった今、摘発されました。自分が何をしたかはわかっているね。これから渋谷署で事情を聞かせてもらうことになります」

少女は顔を上げた。目尻の傷に気づいたのか、若い男が心配するように言った。

「大丈夫？　ちょっと血が出ているみたいだね」

「おい、クスミ。早く連れてこいよ」

玄関の方で若い男を呼ぶ声が聞こえ、クスミと呼ばれた若い男は振り返って言った。

「今行きますって。怪我してるんですよ、この子」

若い男は立ち上がり、廊下の奥に消えていった。しばらく待っていると若い男は再び戻ってきて、ハンカチを少女の手に握らせた。

「これを当てておくといい。署に行ったら医務室に案内するから」

そう言って若い男は玄関近くに集まる男たちのもとに合流した。女の子たちは廊下に一列に並ばされている。

少女は水色のハンカチを目尻に当てた。水に浸してあるのか、ひんやりと冷たかった。ハンカチを裏返してみると、右隅に刺繍で「KAZUYA」という文字が刻まれていた。

この作品は二〇一三年五月小社より刊行されたものに加筆修正したものです。

偽《いつわ》りのシスター

横関大《よこぜきだい》

平成28年10月10日　初版発行

発行人――石原正康
編集人――袖山満一子
発行所――株式会社幻冬舎
〒151-0051東京都渋谷区千駄ヶ谷4-9-7
電話　03(5411)6222(営業)
03(5411)6211(編集)
振替00120-8-767643

印刷・製本―株式会社 光邦

装丁者――高橋雅之

幻冬舎文庫

ISBN978-4-344-42541-5　C0193　よ-27-1

幻冬舎ホームページアドレス　http://www.gentosha.co.jp/
この本に関するご意見・ご感想をメールでお寄せいただく場合は、
comment@gentosha.co.jpまで。